KB043972

하쿠바 산장 살인사건

白馬山莊殺人事件

하쿠바 산장 살인사건

히가시노 게이고

민경욱 옮김

RHK
알에이치코리아

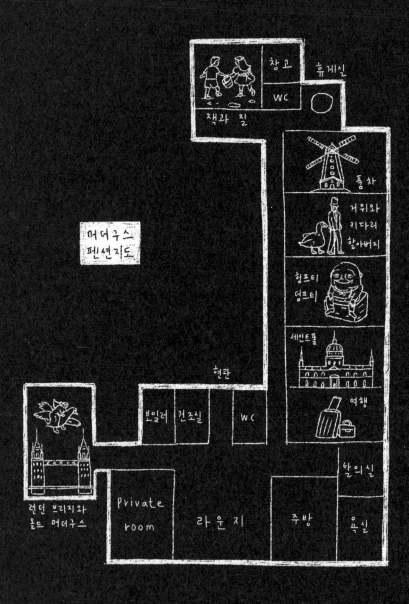

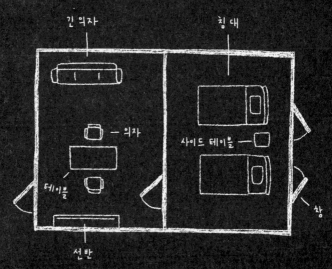

방 내부

긴 의자

침대

의자

사이드 테이블

데이블

창

선반

illust 안다연

| 주요 등장인물 |

◆ **하라 나오코** 대학 3학년생. 오빠 고이치의 죽음에 의문을 품는다.

◆ **사와무라 마코토** 나오코의 친구. 나오코와 함께 사건의 진상을 좇는다.

◆ **마스터** '머더구스' 펜션 주인.

◆ **셰프** '머더구스' 펜션의 공동 경영자. 거구의 남자.

◆ **다카세** 스무 살을 갓 넘긴 펜션의 남자 종업원.

◆ **구루미** 20대 중반의 펜션 여자 종업원.

◆ **의사 부부** 노부부. '런던 브리지와 올드 머더구스'라는 방에 숙박.

◆ **시바우라 부부** 30대 중반의 부부. '거위와 키다리 할아버지'라는 방에 숙박.

◆ **가미조** 30대 남성. '풍차'라는 방에 숙박.

◆ **오오키** 30대 초반의 남성. 스포츠맨 타입. '세인트폴'이라는 방에 숙박.

◆ **에나미** 29세 남성. '잭과 질'이라는 방에 숙박.

◆ **나카무라** 20대 초반의 남성. '여행'이라는 방에 숙박.

◆ **후루카와** 20대 초반의 남성. '여행'이라는 방에 숙박.

◆ **무라마사** 펜션에서 일어난 살인사건을 수사하는 경부.

누가 울새를 죽였나?
'그건 나' 라고 참새가 말했다.

프롤로그

1

  남자는 저녁노을이 사라지길 기다렸다 작업하기 시작했다. 다른 사람에게 들킬까 두려웠던 것이다. 그래, 절대 들켜서는 안 된다.

  힘쓰는 일은 오랜만이었다. 평소 몸을 거의 움직이지 않았고, 특히 최근에는 무리하지 않으려고 최대한 노력했다. 그런 탓에 곧바로 숨이 차오르고 폐를 찌르는 통증이 밀려왔다.

  초조해할 필요는 없어, 쭈그려 앉으면서 남자는 스스로를 다독였다. 시간은 충분하고, 이런 곳에는 아무도 오지 않는다. 그보다 일이나 열심히 하는 거다. 그게 우선이다.

  한숨 돌린 다음 다시 작업에 들어갔다. 익숙하지 않은 작업이다. 삽을 사용하는 게 몇 년 만인가? 그래도 어떻게 다루는지는 잊지 않았다. 느리지만 제대로 파고 있다.

  한참을 파내려 간 뒤 남자는 옆에 놓아둔 나무상자를 구멍 안에 넣어보았다. 나무상자는 구멍에 꼭 맞았다. 하지만 그는 잠시 생각한 후 나무상자를 꺼내고 더 깊이 파내려 갔다.

"서두를 필요는 없어."

자기 생각을 확인하듯 이번에는 소리 내어 말해본다. 이 일이 가장 중요하다. 여기서 대충 처리하면 모든 계획이 수포로 돌아간다. 신중히, 신중히, 그래, 무슨 일이 있어도 신중해야 한다.

그건 그렇고…….

그는 조금 불안한 듯 고개를 갸웃했다. 땅속에서 다른 게 나올 낌새가 없었던 것이다.

역시 뭔가 잘못됐나? 아니야, 그럴 리 없어. 여기가 아니면 어디란 말인가. 결국 그것은 뭔가가 들어 있다는 의미가 아니었군. 주술……. 맞다, 어차피 주술에 불과한 것이다. 만약 착오였다고 해도 상관없다. 지금 이 순간부터 그 착오가 진실이 되는 것이다.

그 후 남자는 다시 구멍 속에 나무상자를 넣었다. 이번에는 꽤 깊이 들어갔다.

이 정도면 됐다.

그는 만족스럽게 고개를 끄덕였다. 그러고는 그 위에 흙을 덮고 다시 눈을 덮은 뒤, 몇 걸음 뒤로 물러가 그 지점을 바라보았다. 눈이 조금 거뭇거뭇해지긴 했지만 특별히 눈에 띄지는 않았다. 그는 다시 한번 이 정도면 됐다고 생각했다.

그는 삽을 짊어지고 온 길을 되돌아오면서 계획을 정리했다. 기승전결, 모두 완벽했다. 유일한 걱정거리는 지금 묻은 장소를 다른 사람에게 들키는 것인데 그는 걱정하지 않았다. 괜찮아, 그렇게 머리 좋은 놈은 없다.

"게이이치, 조금만 기다려."

그는 무심코 중얼거렸다.

인기척을 느낀 것은 한참을 걸은 뒤였다. 그의 앞쪽 10미터 정도 떨어진 곳에 사람의 뒷모습이 보였다. 고개를 숙이고 걸었던 터라 미처 알아채지 못했는데 훨씬 전부터 거기 있었을지도 모른다.

그의 가슴이 덜컥 내려앉았다. 어쩌면 저 사람이 내 행동을 처음부터 끝까지 지켜봤을지 모른다.

그는 전력을 다해 달렸다. 그 사람의 정체를 밝히기 위해서였다. 이런 곳에서 실책을 범할 수는 없다…….

다음 날 아침, 하쿠바(白馬)에 있는 한 펜션 주인이 담당 경찰서에 뒤편 계곡에서 손님이 떨어져 죽었다고 신고했다. 계곡에는 부서진 돌다리가 중간까지 뻗어 있었는데 거기서 떨어진 것 같다고 했다. 돌다리가 얼어붙어서 미끄러지기 쉬웠다.

손님은 '신바시 지로'라는 이름으로 숙박했는데 곧 가명으로 밝혀졌다. 소지품 속에서 '가와사키 가즈오'라고 적힌 병원 진찰권이 나온 것이다. 병원에 확인해 본 결과 정확한 신원도 밝혀졌다. 도쿄의 보석가게 주인으로, 나이는 53세였다. 가족들 말로는 3일 전부터 실종된 상태였다고 했다. 이 남자가 왜 하쿠바의 펜션에 왔는지는 끝내 밝혀지지 않았다.

프롤로그

2

　제법 오래되어 보이는 뻐꾸기시계의 뻐꾸기가 아홉 번 얼굴을 내밀었다. 체크를 외치려고 비숍을 들고 있던 남자의 오른손이 그대로 멈췄다. 체스판을 사이에 두고 있는 사람은 온 얼굴에 수염이 가득한 무뚝뚝한 남자와 마르고 키가 큰 노인이었다. 체크를 외치려던 사람은 수염 난 남자였다.

　"9시네요."

　그렇게 말한 뒤 체크, 하며 말을 내려놓았다. 노인의 얼굴이 시디신 음식을 먹은 것처럼 일그러졌다. 수염 난 남자가 빙그레 웃었다.

　두 사람의 옆 테이블에서는 한 시간쯤 전부터 포커게임이 벌어지고 있었다. 게임에 참가한 것은 다섯 명. 1백 킬로그램은 될 법한 남자도 끼어 있었는데 그 남자는 이 숙소의 요리사로, 모두 그를 셰프라고 부른다. 다른 네 명은 오늘 밤의 숙박객이다.

아르바이트하는 아가씨가 커피를 가져왔다. 아가씨라고는 해도 이 숙소에서 일한 지 벌써 2년째니까 20대 중반일 텐데 화장기가 없고, 화려한 색상의 트레이닝복을 입고 있어서 나이보다 젊어 보였다.

"이상하네요."

그 아가씨는 커피를 테이블에 내려놓고, 뻐꾸기시계를 슬쩍 본 다음 말했다.

"이렇게 빨리 잘 리가 없는데."

"피곤했나 보지."

포커를 하던 손님 중 하나가 다른 멤버들의 표정을 살피며 말했다. 포마드로 머리를 붙인, 체구가 단단한 남자다.

"피로는 갑자기 찾아오지. 기회와 마찬가지로."

"위기도 그렇지."

건너편에 앉은 뚱뚱한 셰프가 승부수를 던졌다.

"어떤지 보러 가죠."

아가씨는 긴 의자에 누워 주간지를 읽고 있던 청년에게 말을 걸었다. 청년은 아가씨보다 조금 젊었다. 이 숙소의 종업원으로, 보일러 보수 같은 일을 맡고 있었다.

"그렇게 하지. 좀 이상하긴 하네."

몸을 일으킨 그는 두 팔을 들어 크게 기지개를 켰다. 목 주변 관절에서 뚝뚝 소리가 났다.

"30분 전에 부르러 갔을 때도 대답이 없었어."

청년과 아가씨는 어두침침한 복도를 걸어 그 방 앞에 섰다. 문에는 나무로 만든 문패가 걸려 있었는데, 거기에는 '험프티 덤프티(Humpty Dumpty, 땅딸보라는 뜻으로, 동요집 《머더구스》에 나오는 달걀꼴 사람-역주)'라고 새겨져 있었다. 이 방의 이름이다.

청년은 두세 번 노크한 다음, 그 방에 묵고 있는 손님의 이름을 불렀다. 복도에 울릴 정도로 크게 소리쳤는데도 실내에서는 반응이 없었다. 손잡이를 돌려봤지만 잠겨 있었다.

"열어봐요."

아가씨가 불안하게 청년을 올려다봤다. 그도 결심을 굳히고 몸을 돌려 다시 복도를 걸어갔다. 열쇠를 가지러 가기 위해서였다.

문을 열기 전에 청년은 다시 손님을 불러봤다. 여전히 대답이 없자, 그는 마음을 정한 듯 열쇠를 돌렸다.

들어가자마자 거실이 있고 그 안쪽이 침실이었다. 침실 문도 두드렸지만 역시 대답이 없었다. 침실도 잠겨 있어서 청년은 다시 여벌 열쇠를 사용해야만 했다. 침실은 밝았다. 불이 켜진 상태였던 것이다. 뜻밖의 상황에 청년은 숨을 멈췄다. 하지만 더 큰 충격을 받은 것은 바로 다음 순간이었다.

손님은 침대에 엎드린 상태로 고개만 옆으로 돌린 채 누워 있었다. 한두 걸음 다가가던 청년은 경악했다. 손님이 검붉은 얼굴로 물끄러미 그를 응시하고 있던 것이다.

어느 날 밤, 신슈(信州) 하쿠바에 있는 한 산장에서 일어난 일이었다.

창밖에는 마침 눈이 내리기 시작했다. 청년의 비명은 그 속에 흡수되어 사라졌다.

1장

펜션 머더구스

1

신주쿠 역, 오전 6시 55분.

두 명의 젊은이가 플랫폼으로 이어진 계단을 빠르게 오르고 있다. 주오본선(中央本線, 도쿄 역에서 나고야까지 운행하는 철도노선-역주)의 플랫폼이었다.

앞에서 걷는 사람은 회색 카고바지에 감색 스키복을 입고 있었다. 긴 리젠트 헤어스타일(빗을 이용해 옆머리는 붙이고 앞머리는 세우는 방식-역주)에 짙은 색 선글라스를 끼고 상당히 큰 배낭을 메고 있는데도 긴 다리로 계단을 두 개씩 뛰어오르는 발걸음이 가볍다.

그 젊은이의 뒤를 따르고 있는 이는 기운이 딸리는 듯 보이는 아가씨였다. 바퀴 달린 스키 가방은 평지에서는 편했지만, 계단을 오를 때는 훨씬 힘들어서 몇 계단 오르고 한 번씩 쉬어야만 했다. 그때마다 긴 머리를 쓸어 올리는 아가씨의 고운 입술 사이로 담배연기처럼 짙고 하얀 입김이 쉴 새 없이 뿜어져 나왔다.

"천천히 와도 돼. 아직 시간 있어."

한발 앞서 플랫폼에 도착한 젊은이가 뒤를 따르는 파트너

에게 말을 걸었다. 허스키하지만 또렷한 목소리였다. 아가씨
는 대답 대신 고개만 살짝 끄덕였다.

그들이 타려는 열차는 이미 플랫폼에 들어와서 발차시각을
기다리고 있었다. 그들처럼 계단을 뛰어 올라오는 사람이 몇
명 있었다. 그 사람들은 모두 긴 스키를 메고 있었다. 플랫폼
에도 사람이 많았는데 그보다 더한 것은 열차 안이었다. 화
려한 색깔의 스키복과 스웨터를 입은 젊은이들이 거의 모든
자리를 차지하고 있었다. 겨울방학이 시작되길 손꼽아 기다
리던 학생들이 평소에 쌓인 스트레스를 슬로프에서 풀어버
리기로 한 듯 보였다.

잔뜩 들뜬 학생들로 가득 찬 차량을 지나친 두 젊은이는 플
랫폼을 더 걸어, 같은 열차라고 생각할 수 없을 만큼 조용한
일등석에 올라탔다. 그곳에도 눈 덮인 산이 목적지인 사람이
없진 않았지만 유치원생들의 소풍처럼 시끄럽기만 한 무리
들과는 부류가 달랐다.

두 사람은 좌석번호를 확인하고 나란히 자리에 앉았다. 아
가씨가 창가에 앉자, 젊은이는 커다란 짐 두 개를 가볍게 선
반에 올렸다.

"몇 시야?"

젊은이의 질문에 아가씨는 왼쪽 소매를 올려 시계를 봤다.
초침 없는 태엽시계가 7시 정각을 가리키고 있었다. 젊은이

가 "좋았어!"라고 조그맣게 읊조리는 것과 거의 동시에 열차 문이 닫혔다.

신주쿠에서 탄 두 사람은 평범한 젊은이들처럼 쉴 새 없이 떠들지는 않았다. 만약 다른 사람이 이따금 나누는 이들의 대화에 귀를 기울였다면, 아가씨가 젊은이를 마코토라고 부르는 것을 알아차렸을 것이다. 그리고 마코토는 아가씨를 나오코라고 불렀다. 마코토는 열차에 탄 뒤에도 선글라스를 끼고 있었다.

"드디어 가네."

나오코는 목소리를 잔뜩 낮춰 말하며, 물끄러미 창밖을 봤다. 열차는 아직 도쿄 도를 벗어나지 못했다.

"후회해?"

마코토가 열차시각표를 보면서 물었다.

"그렇다면 돌아가도 돼."

나오코가 살짝 째려보았다.

"농담하지 마. 내가 후회할 리 없잖아."

"유감이군."

표정을 살짝 누그러뜨리며 마코토는 나오코에게 시각표를 펼쳐 보였다.

"11시가 지나면 그쪽 역에 도착하는데 그다음은 버스를 타야 하나?"

나오코는 머리를 가로저었다.

"자동차. 숙소에서 데리러 오기로 했어."

"그거 다행이네. 그런데 상대가 우리를 알아?"

"다카세 씨라는 사람인데 전에 한 번 만난 적 있어. 그 사람만 장례식에 왔었거든. 젊은 남자야."

"흐음, 다카세 씨……라."

마코토는 잠시 생각하는 듯 말을 끊었다.

"그 사람은 믿을 수 있어?"

"몰라. 하지만 느낌은 괜찮았어."

나오코의 말에 갑자기 마코토가 콧방귀를 끼며 입술을 삐죽거렸다. 그런 반응을 본 나오코는 자신의 어리석음을 깨닫고 저도 모르게 고개를 숙였다. 느낌이 괜찮다는 말은 전혀 참고가 되지 않는다는 걸 깨달았기 때문이다.

"그 엽서 말이야, 지금 가지고 있어?"

마코토가 묻자 나오코는 고개를 끄덕이고는 벽에 걸려 있는 작은 백으로 손을 뻗었다. 그녀가 꺼낸 것은 지극히 평범한 그림엽서였다. 눈 덮인 산이 찍혀 있는, 신슈에 가면 손쉽게 구할 수 있는 것이었다. 마코토는 내용을 살펴봤다. 엽서에는 다음과 같이 적혀 있었다.

야호! 나오코 잘 지내? 나는 지금 신슈의 한 펜션에 있어. 사실

여기는 아주 이상한 곳이야. 하지만 무척 재미있기도 해. 이 숙소에 오게 된 것에 감사하고 있어. 어쩌면 내 인생에도 드디어 희망이 찾아올지 모르겠어.

그런데 부탁이 있어. 알아봐 줬으면 하는 게 있거든. '마리아 님은 집에 언제 돌아왔지?'라는 거야. 성모 마리이의 마리아야. 성경이나 다른 어딘가에 실려 있을 것 같은데, 조사해 줘. 다시 말하는데 나한테 아주 중요해. 잘 부탁해. 이 은혜는 나중에 꼭 갚을게.

마코토는 두 번을 읽은 후, 엽서를 나오코에게 돌려줬다. 한숨을 내쉬면서 고개를 갸웃했다.

"모르겠군."

"나도 모르겠어. 오빠는 크리스천도 아니었는데 난데없이 마리아를 찾으니……. 게다가 '언제 집에 돌아왔지?'라니, 마치 무슨 암호 같아……."

"그럴지도 모르지."

마코토는 집게손가락으로 선글라스를 밀어 올리고, 의자를 뒤로 젖힌 다음 몸을 눕혔다.

"그런데 조사는 했겠지? 결과는 어땠어?"

나오코는 우울한 표정으로 천천히 고개를 가로저었다.

"수확은 없었어. 오빠 말대로 성경을 조사한 게 다야."

"관계가 있을 법한 기록이 없었다는 거야?"

나오코는 실망스러워 힘없이 고개를 숙이듯 끄덕였다.

"글쎄······. 뭐가 관계있는지, 없는지조차 지금으로선 알 수 없지만."

마코토는 우선은 체력을 유지해야 해, 라고 중얼거리며 선글라스에 가려진 눈을 감았다.

2

이야기는 일주일 전으로 거슬러 올라간다.

그해 강의가 모두 끝난 날이었다. 마코토는 겨울방학을 맞이한 친구들이 가벼운 발걸음으로 돌아가는 모습을 계단식 강의실에 앉아 창문으로 내다보면서, 혼자 나오코를 기다리고 있었다. 어젯밤에 그녀가 전화를 걸어 여기서 만나자고 했던 것이다. 하지만 용건은 듣지 못했다.

나오코는 약속 시간이 5분 지난 뒤에 나타났지만 사과도 없이, 근처 카페는 다른 사람이 얘기를 들을지도 몰라서 그렇다며 이곳을 택한 이유를 설명했다.

"말하려는 게 뭔데?"

계단 형태로 놓인 긴 책상 중에서 맨 앞 책상에 앉으며 마코토가 물었다. 전화기 너머로 들린 나오코의 목소리로 추측

하건대 놀러 가자는 평범한 얘기는 아닐 거라고 생각했다. 하지만 생각보다 더 심각한 상황인지 지금 눈앞에 나타난 나오코의 표정은 평소처럼 얌전한 아가씨의 얼굴이 아니었다.

나오코는 의자를 가지고 와 마코토 앞에 앉은 다음, "우리 오빠, 알지?" 하고 운을 뗐다. 말을 꺼내기 어려워 보였다.

"……알지."

마코토의 말투도 무거워졌다. 두 사람은 대학 1학년 때부터 알고 지냈으니 벌써 3년째다. 그 때문에 마코토도 몇 번쯤은 나오코의 집에 놀러 갈 정도로 친해져 책상 위에 놓여 있던 사진 속 인물이 그녀의 오빠라는 것 정도는 알고 있었다. 그리고 그 오빠가 어떻게 되었는지도.

"고이치 씨……를 말하는 거지?"

기억을 더듬으며 마코토가 말했다.

"맞아. 작년 12월에 죽었지. 스물두 살이었어."

"응."

"왜 죽었는지 말했나?"

"조금……."

자살이라고 했다. 신슈의 산속에 있는 어떤 펜션에서 음독자살을 했다. 침대에 쓰러져 있던 그의 머리맡에 콜라가 반쯤 담긴 컵이 놓여 있었는데, 거기에서 강한 독약이 발견되었다고 했다. 그 독약이 특별한 것이었고, 입수경로도 불명확했기 때문에 타살 가능성도 검토되었지만 고이치에게 자살 동기가 있었고, 종업원이나 숙소의 다른 손님과 고이치의 접점이 발견되지 않아 결국 자살로 처리되었다는 것이다.

"경찰의 판단은 당연한 거였어."

나오코는 아주 또렷하게 말했다. 그리고 확실한 자살 동기도 있었다고 전제한 다음 그녀가 말한 내용은 대체로 다음과 같았다.

당시 고이치는 노이로제 상태였다. 대학원 시험에 떨어진데다 취직도 마음대로 되지 않아 장래가 불투명해진 게 원인이었다. 국립대 영문과에 다녔으니 취업이 안 될 턱이 없었는데 내성적인 성격이 문제가 된 모양이었다. 긴장하면 자신의 생각을 제대로 말하지 못하고 공황상태에 빠진다고 했다. 그리고 장래문제에 덧붙여 그가 자신의 이런 성격을 끔찍이 싫어한 것도 노이로제 진행에 박차를 가했다.

고이치가 갑자기 여행에 나선 것은 작년 11월이었다. 전국을 돌며 정신을 단련하겠다는 것이 그의 바람이었고, 부모님은 불안해했지만 승낙했다. 그렇게 함으로써 다시 일어서길 바라는 심정이었을 것이다.

가족은 걱정했지만 고이치의 여행은 그런대로 충실했던 것 같다. 때때로 여행지에서 그림엽서나 편지를 보냈는데, 거기 담긴 내용은 활기찼다. 이제 괜찮아진 거라고 안심했을 때

느닷없이 비보가 날아들었다.

"편지 내용이 밝았다고 해서 노이로제가 나왔다고 단정할 순 없어. 기분 좋은 상태와 우울한 상태가 반복되는 게 노이로제의 특징이라고 경찰이 말했어. 일반적으로 조울증이라고 한대."

자주 들은 병명이군, 마코토는 나직이 중얼거렸다.

"오빠와 관계있는 사람이 숙소에 하나도 없었다는 점도 자살설을 뒷받침했어. 관계없는 사람에게 살인 동기가 있을 리 없잖아. 실은 그것 말고도 또 다른 근거가 있었어."

"근거?"

"오빠가 발견된 방은 잠겨 있어서 아무도 들어갈 수 없었어. 문도 창문도 말이야."

마코토는 한참 동안 나오코를 응시하더니, 이윽고 우두둑 목뼈 소리를 내면서 "밀실이라……" 하며 신음하듯 읊조렸다.

"그래서 나오코가 말하고 싶은 게 뭔데?"

그러자 나오코는 주머니에서 엽서 한 장을 꺼냈다. 받는 사람은 나오코였고, 보내는 사람은 문제의 고이치였다. 신슈에서 보냈을 거라 생각한 것은 사진 때문이었다.

내용을 쭉 훑은 후 마코토는 나지막하게 말했다.

"이상한 엽서네. '마리아 님은 집에 언제 돌아왔지?' 라니."

"오빠가 죽은 다음에 왔어. 그러니까 죽기 직전에 보낸 거지."

"예감이 좋지 않네."

"오빠가 마지막으로 쓴 편지야. 거기에 '드디어 희망이 보인다'라고 적혀 있지? 그런 사람이 자살했을까?"

"말하긴 좀 그렇지만……."

마코토는 엽서를 그녀에게 돌려주면서 말했다.

"나오코의 오빠는 확실히 노이로제였던 것 같아. 이 엽서를 읽어보면 말이야."

"믿을 수 없어."

"믿고 싶지 않은 거겠지."

"납득할 수 없는 점은 그것뿐이 아니야. 내가 독에 대해 말했나?"

"특이한 독이라고 했지? 이름은 기억 못하지만."

아코니틴이라고 나오코가 말했다.

"투구꽃이라고 해야 쉽게 알려나."

"들은 적은 있지."

"아이누족이 사냥할 때 자주 쓰던 거래."

"잘 아네."

"책에서 읽었어."

투구꽃은 여름에서 가을에 걸쳐 보라색 꽃을 피운다. 가을에 그 뿌리를 캐내 3, 4주 정도 건조시키는 것이 아이누족 사이에서 전승되어 온 방법이다. 주요성분은 아코니틴인데 분리하면 하얀 분말 형태가 된다. 몇 밀리그램이면 치사량이 되는, 청산가리 못지않은 맹독이라는 것이 나오코의 지식이었다.

"문제는……"

마코토는 리젠트 머리를 뒤로 쓸어 넘겼다.

"나오코의 오빠가 그 독을 어떻게 손에 넣었느냐는 거지."

"그런 걸 손에 넣었을 리가 없어."

나오코는 그녀답지 않게 거칠게 말했다.

"오빠한테 아이누족 친구가 있다는 말도 못 들었어."

"오빠는 그때까지 여러 군데를 여행했잖아. 홋카이도에도 갔을지 모르지. 그때 손에 넣었을 가능성도 있어."

"경찰도 결국 그런 결론에 도달한 것 같아. 하지만 그건 그저 때려 맞힌 것에 불과해."

"뭐, 그럴지도 모르지. 그 사람들은 그런 데 도가 텄을 테니까."

그렇게 말한 다음 마코토는 머리카락을 마구 헝클었다.

"그런데 용건이 뭐야? 나오코가 오빠의 죽음을 납득하지 못하는 기분은 알겠는데, 그래서 어쩌자는 건데? 경찰에 불만을 얘기하러 가자는 거면 같이 가줄 수 있는데 1년 전에 끝난 사건을 얼마나 진지하게 대할지는 보증할 수 없어."

그러자 나오코는 의미심장한 미소를 짓고 같이 가줄 곳은 경찰서가 아니라며 마코토의 눈을 정면으로 바라봤다. 입가는 부드러웠지만 눈빛은 진지했다.

　"나, 신슈에 가려고 해."

　"신슈에?"

　"그 펜션에 가려고."

　놀란 마코토의 얼굴을 보는 나오코의 눈빛은 차분했다. 그리고 더 담담하게 말했다.

　"두 눈으로 직접 확인하고 싶어. 오빠가 어떤 곳에서 어떤 상태로 죽었는지. 그리고 진상을 알아보고 싶어."

　"진상이라고?"

　마코토는 한숨을 내쉬었다.

　"자살이라는 것 말고 다른 진상이 있을까?"

　"만약 자살이 아니면 누군가에게 살해당한 게 되는 거야. 그렇다면 그 범인을 찾아야 해."

　마코토는 눈을 크게 뜨고 나오코의 얼굴을 물끄러미 쳐다봤다.

　"진심이야?"

　"진심이야."

　나오코가 대답했다.

　"사건이 일어난 지 1년이나 지났어. 지금 와서 그곳에 간다고 해서 뭘 알아낼 수 있겠어? 그럴 거였으면 좀 더 빨리 움직였어야지."

하지만 나오코는 여전히 냉정하게 말했다.

"일부러 1년을 기다린 거야."

"뭐라고?"

마코토가 되물었다.

"나도 빨리 가고 싶었어. 그걸 참고 지금까지 기다린 이유는 이때가 되어야 작년에 묵었던 손님들이 그 숙소에 모인다는 얘기를 들었기 때문이야."

"단골손님이란 거야?"

"그 숙소는 방이 열 개 정도밖에 안 되는데 이 시기가 되면 매년 같은 사람들이 대부분의 방을 예약한대. 작년에도 오빠를 뺀 다른 손님들은 전부 단골이었어."

"흐흠……."

마코토는 나오코가 뭘 원하는지 이해했다. 만에 하나 타살이라면 범인은 숙소의 종업원이나 숙박객으로 좁혀진다. 만약 전원이 다 모이는 시기가 있다면, 사건의 진상을 좇기에 이보다 좋은 때는 없었다.

"진심인 것 같군."

마코토가 읊조렸다.

"하지만 경찰이 샅샅이 조사했는데도 아무것도 안 나왔잖아? 아마추어가 움직인다고 해서 새로 발견할 게 있을까?"

"1년이나 지났으니 적도 방심하고 있겠지. 게다가 상대가 경찰이라면 신중하겠지만 평범한 여자라면 마음을 놓을지도 모르고. 물론 내가 오빠 여동생이라는 건 비밀로 할 생각이야."

"적이라……."

이거야 원. 마코토는 어깨를 으쓱했다. 살인사건이라고 단정지은 듯했다.

"그래서 어떻게 하자는 거야?"

마코토가 물어보았다. 하지만 대답은 거의 예상할 수 있었다. 나오코는 고개를 숙인 다음, 힐끗 올려다봤다.

"함께 가주지 않을까 생각했지. 물론 강요할 생각은 아니지만."

마코토는 한숨을 크게 쉰 뒤, 눈동자만 움직여 시선을 천장으로 옮겼다. 졌다는 포즈를 취하려는 것이다.

"탐정놀이라도 하자는 거야?"

그녀는 눈을 내리깔았다.

"의지할 사람이 마코토밖에 없었어. 하지만 괜찮아. 무리한 부탁이라는 건 알고 있었어."

"부모님에게는 뭐라고 할 건데?"

"스키 타러 간다고 할 거야. 사실을 말하면 허락해 주지 않

으실 테니까. 너와 같이 갈 계획이라고 말했어……. 부모님
이 너는 믿으시니까."

"비행기는 안 태워도 돼."

쿵 하고 책상을 울리며 마코토가 일어섰다. 그리고 여전히
시선을 떨어뜨리고 있는 나오코의 옆을 지나쳐 출구로 향했
다. 애인이나 친구에게 의지할 마음이라면 아무것도 할 수
없을 거라는 얘기를 남기고 나가려던 참이었다.

하지만 그러지 못한 채 멈춰 섰다. 나오코의 다음 말이 귀
에 들어왔기 때문이다.

"그야 그렇지만."

구부정한 뒷모습에서 가냘픈 목소리가 들려왔다.

"다른 사람은 싫었어. 이런 일 부탁하는 거……. 미안해.
내가 생각이 짧았어. 신경 쓰지 않아도 돼. 나 혼자라도 갈 거
야. 하지만 한 가지만 부탁할게. 부모님에게 너와 같이 스키
타러 가는 걸로 해줘. 걱정 끼치고 싶지 않아서 그래. 그저 말
만 맞춰주면 돼."

"진심이야?"

"진심이야."

마코토는 얼굴을 찡그리고 다시 머리를 헝클었다. 옆에 있
던 책상을 힘껏 발로 차고는 성큼성큼 걸어와 나오코의 어깨
를 붙잡았다.

"조건이 있어."

목소리에 노여움이 묻어났다. 실제로 화가 나 있었다. 나오코에 대해서도, 자신에 대해서도.

"위험한 일은 하지 않을 것, 자살이라는 확증이 잡히면 곧바로 돌아올 것, 도저히 감당할 수 없겠다 싶을 때도 곧바로 돌아올 것, 이 세 가지야."

"마코토······."

"다시 한번 묻는다, 진심이야?"

나오코가 대답했다.

"진심이야."

3

뿌연 유리창을 손가락으로 닦아내자, 마치 우윳빛 유리에 구멍이 난 것처럼 또렷한 화면이 나타났다. 쾌청한 날씨와 눈부신 푸른 하늘 때문에 나오코는 무심코 얼굴을 찌푸렸다.

올해 12월은 그리 춥지 않았는데도, 창밖을 스치는 풍경은 본격적인 설경으로 바뀌어 있었다. 열차가 벌써 나가노에 들어선 것이다. 나오코는 일본도 넓다는 사소한 감상에 젖어 있었다.

"거의 다 왔나 보네."

강한 빛 때문에 눈을 떴는지 옆에서 마코토가 기지개를 쭉 켰다. 나오코의 손목시계는 11시를 가리키고 있었다. 확실히 거의 다 온 것이다.

시나노아마기 역에 도착한 것은 5분 뒤였다. 운전수가 알아차리지 못하고 그냥 지나치지 않을까 걱정될 정도로 작은 역이었고, 플랫폼도 무척 허술했다. 열차 문과 플랫폼 사이가 넓은 데다 얼음판이 되어 있어서, 나오코는 발을 내딛다 조금 비틀거렸다.

이 역에서 내린 것은 그들을 포함해 네 명이었다. 나머지 두 명은 노부부처럼 보이는 남녀였다. 열차가 떠난 플랫폼에서 남편으로 보이는 남자가 넘어졌다. 위치로 짐작해 보니, 역시 내리다가 발이 미끄러진 모양이었다.

"그러니까 위험하다고 했잖아요. 그런데도 조심하지 않더니……."

한 옥타브 높은 소리가 플랫폼에 울려 퍼졌다. 검은 모피코트를 입은 멋진 부인은 남자의 오른손을 잡고 몸을 부축했다. 남자는 두세 번 미끄러지면서 겨우 몸을 일으켰다. 허리까지 내려오는 두꺼운 회색 오버코트를 입고, 같은 색 사냥모자를 쓰고 있었다.

"이렇게 넓은지 몰랐지. 게다가 왜 저렇게 얼어 있는지."

"늘 넘어지면서, 기억 좀 해요. 이 플랫폼은 무척 낮은 데다가 이 시기에는 늘 얼어 있잖아요."

"늘 넘어지진 않아."

"아뇨, 작년에도 넘어졌어요. 재작년에도. 그때마다 내가 부축해 줬잖아요. 내가 없었으면 당신은 매년 허리를 다쳐서 도쿄로 돌아갔을 거예요."

"이제 그만해. 사람들이 웃잖아."

실제로 나오코와 마코토가 웃고 있었다. 두 사람은 노부부가 자신들의 시선을 의식하자, 서둘러 개찰구를 빠져나왔다.

시나노아마기 역 대합실은 네 명 정도 앉을 수 있는 긴 나무의자가 디귿 자 모양으로 배치된 게 전부인 조촐한 곳이었다. 디귿 자형 중앙에는 구식 석유난로가 있었는데 불이 꺼져 있었다. 마코토는 난로 옆에 붙은 손잡이를 잡으려다 그만뒀다. 등유의 잔량을 표시하는 눈금이 0을 가리켰기 때문이다.

"춥네."

나오코는 의자에 앉으며 두 손으로 자신의 허벅지를 문질렀다. 난로에 불이 없다는 점과 역 밖의 풍경이 추위를 더욱 부추겼을 것이다. 역 앞에는 세 칸 정도의 작은 건물이 덩그러니 늘어서 있었고, 살짝 눈을 덮어쓴 잡목 숲이 바싹 다가와 있었다. 그리고 제대로 포장되지 않은 좁은 도로가 급커

브를 그리며 숲 쪽으로 사라졌다.

"아직 마중은 안 나온 것 같네."

마코토는 스키 장갑을 끼고 나오코 옆에 앉았다. 엉덩이 깊숙이 의자의 싸늘한 감촉이 느껴졌다.

조금 늦게 개찰구를 통과한 노부부가 불 꺼진 난로를 끼고 나오코 일행과 마주 앉았다. 남편으로 보이는 남자는 60세 정도로 보였는데 모자 밑으로 나온 흰머리가 꽤 많았다. 긴 얼굴에 눈썹도 눈도 8시 20분 모양으로 늘어져 있어서 무척 인상이 좋아 보였다. 키는 그 세대치고는 드물게 170센티미터 이상인 것 같았다. 앉으면서 두 손을 난로 가까이에 댄 남자는 따뜻하지 않은 이유를 곧 깨닫고, 내민 두 손을 처치하기 곤란한 듯 천천히 오버코트 주머니에 넣었다.

"늦나 보네요."

부인이 손목시계를 보며 말했다. 팔찌 타입의 고급스러운 은색 시계였다.

"자동차니까."

남자는 무뚝뚝하게 대답했다.

"자동차는 무슨 일이 일어날지 모르니까."

부인은 조그맣게 하품을 한 번 하고, 시선을 건너편에 있는 두 사람에게 던졌다.

"두 분도 여행 중이세요?"

부인은 고운 입술에 미소를 지은 채 물었다. 조금 통통한 탓에 주름이 적어 젊어 보였다. 키가 작은 탓에 늘 주변을 올려다봐서인지 앉은 자세가 곧았다.

"그렇습니다."

나오코가 대답했다.

"그래요? 하지만 이런 데는 아무것도 없는데. 숙소는 어디예요?"

그녀는 잠깐 망설인 다음, "'머더구스'라는 펜션입니다"라고 알려줬다. 부인의 눈이 반짝였다.

"역시 그랬군요. 혹시 그러지 않을까 생각했어요. 여기는 다른 변변한 숙소가 없죠? 저희도 거기에 간답니다."

"아, 예⋯⋯."

당황한 나오코는 옆에 앉은 마코토를 바라봤지만 표정에 변화가 없었다. 선글라스 속에서 눈이 잠깐 빛났을 뿐이다.

"여기에는 자주 오시나요?"

두 사람을 번갈아 보면서 마코토가 묻자 부인은 그렇다면서 신나게 고개를 끄덕였다.

"이 사람이 은퇴한 뒤부터 매년⋯⋯. 댁들은 머더구스에는 처음인 것 같네요."

"그렇습니다. 머더구스라는 데는 좋나요?"

"좀 이상한 곳이죠. 안 그래요?"

동의를 구하는 부인의 질문에 "응" 하고 성의 없이 대답한 남편이 젊은 두 사람에게 질문했다.

"두 사람은 연인인가요?"

두 사람이 머뭇거리는 사이에 아내가 그의 옆구리를 찔렀다.

"당신은 뭘 그런 걸 물어요. 실례되는 걸 묻다니……. 정말 미안해요."

남편에 대한 부인의 잔소리는 중간쯤부터 마코토 일행에 대한 사과로 바뀌었다. 마코토가 괜찮다면서 미소로 대답했다. 남편만 수긍이 안 된다는 표정으로 고개를 갸웃했다.

역 앞의 좁은 도로에 하얀 원 박스 왜건이 도착한 것은 그들이 이 역에 내리고 10분쯤 지난 뒤였다. 차를 몰고 온 남자는 성큼성큼 대합실로 들어왔다. 스무 살을 막 넘긴 것으로 보였고, 눈에 반사된 햇빛에 그을렸는지 새까만 피부와 하얀 이가 인상적인 청년이었다.

"죄송해요. 오래 기다리셨죠?"

남자는 입을 열자마자 그렇게 말하고 고개를 숙였다.

"다카세 씨, 오랜만이군요. 올해도 신세 질게요."

"사모님도 건강해 보이시네……. 의사선생님! 격조했습니다."

의사선생님이라고 불린 남자는 가볍게 인사한 뒤, "오는 도중에 무슨 일이 있었나?" 하며 걱정스럽게 물었다.

"저희한테 오시는 손님 중에 자동차로 오는 분이 계셔서요. 도중에 눈길에서 이도 저도 못하고 있다는 연락이 와서 도와주러 갔었습니다. 정말 죄송하게 됐습니다."

"아니, 아니야. 별일 없었으면 됐네."

의사선생님은 보스턴백을 들고 일어섰다.

다카세는 노부부에게서 두 젊은이 쪽으로 고개를 돌렸다.

"하라다 씨죠?"

"예."

나오코가 대답하며 일어섰다. 그녀의 진짜 성은 '하라'였는데, 오빠인 고이치와의 관계를 다른 손님에게 알리지 않기 위해 가명을 사용하기로 했다. 물론 고이치의 장례식에서 나오코와 만난 다카세만은 그 사실을 알고 있었다. 그에게는 오빠가 마지막으로 묵었던 숙소를 봐두고 싶은데 다른 사람들이 신경 쓰게 하고 싶지 않아서 가명을 쓰고, 여동생이라는 것도 숨기고 싶다고 설명해 두었다.

다카세는 마코토를 돌아보며 약간 당황한 듯 눈동자를 불안하게 움직였다.

"전화로는 분명히 여성 두 분이라고……."

그의 말에 가장 큰 반응을 보인 것은 의사 부인이었다. 그녀는 연극배우처럼 오버액션을 하며 대합실 천장을 올려다보고는, 그 둥근 얼굴을 절레절레 흔들었다.

"아아, 어떻게 남자라고 할 수 있어요? 예순을 넘긴 우리 남편도, 젊은 다카세 씨도 똑같은 실수를 범하다니. 도대체 무엇 때문에 이 아가씨를 남자로 보는 거죠?"

4

흰색 원 박스 왜건은 뒷바퀴에 단 타이어 체인 때문에 차체가 조금 흔들렸지만 그래도 힘차게 눈길을 올랐다. 다카세의 말로는 시나노아마기 역에서 숙소까지는 30분 정도 걸린다고 했다. 오빠가 죽은 장소에 직접 간다는 생각만으로도 나오코는 온몸이 화끈거릴 정도로 긴장됐다.

"사와무라 마코토 씨……. 마코토는 어떤 한자를 쓰나?"

의사 부부가 물었다. 이 왜건은 세 개짜리 시트 중 가운데가 회전해, 뒷자리에 네 명이 마주 앉을 수 있는 방식이었다.

"진실할 때 진(眞)에, 악기 중 하나인 금(琴) 자를 씁니다."

마코토가 대답했다.

"자주 남자로 오해받습니다."

나오코는 소리 없이 웃었다. 실제로 그랬다. 마코토를 처음 집에 데려갔을 때 아버지가 짓던 심각한 표정은 지금도 잊을 수 없다.

"아니, 정말 실례했네. 사과하지."

의사는 백발이 성성한 머리를 깊이 숙였다. 벌써 세 번째다.

"마코토 씨와 나오코 씨 모두 대학생인가?"

"예. 둘 다 같은 대학에 다닙니다."

마코토가 대답했다.

"어느 대학인지 물어도 될까?"

"괜찮습니다."

그녀는 정직하게 대학 이름을 댔다. 거짓말은 적게 할수록 좋겠다고 여기 오기 전에 미리 합의했다. 거짓말을 많이 하면 언제 탄로 날지 모르기 때문이다.

의사 부인은 그걸로 만족했는지 대학에 대해서는 더 이상 묻지 않았다. "젊으니까 좋네"라며 정말 부럽다는 듯 한숨을 지었을 뿐이다.

"마스다 씨는 의사선생님이세요?"

부인의 질문이 일단락된 시점에서 나오코가 질문을 던졌다. 마스다라는 이름은 차에 타기 전에 들었다.

"전직이라는 꼬리표가 달려 있긴 하지만."

의사는 조금 부끄러워하며 이를 드러내고 웃었다. 나이에 비해 깨끗한 치아였다.

나오코는 부인이 조금 전, 은퇴한 뒤부터 매년 여기에 온다던 말을 떠올렸다.

"병원을 경영하고 계신가요?"

"전에는 그랬지. 지금은 딸 부부가 하고 있네."

"그럼 이제 안심하셔도 되시겠어요. 그야말로 유유자적이시겠네요."

그야 그렇지, 하고 그다지 분명치 않게 답하는 의사의 말투에서 나오코는 그런 상황을 조금 서운해하는 게 느껴졌다.

"매년 여기에 오시는 건, 특별한 이유가 있어서인가요?"

마코토가 태연하게 물었다. 자신들에게 있어서 가장 필요한 질문이다. 역시 그녀와 함께 오길 잘했다고 나오코는 생각했다.

질문에 답한 것은 부인 쪽이었다.

"가장 큰 이유는, 이곳에는 아무것도 없어서겠지."

"아무것도 없어서라뇨?"

"일본에는 뭐든 다 갖춰진 곳이 흔하지 않나? 겨울에는 스키를 탈 수 있고, 여름은 여름대로 테니스, 수영, 미식축구를 할 수 있는 데다 그것 말고도 뭐든 다 완비된 곳 말이야. 그런 곳에 가면 불편할 게 하나도 없지만, 뭐랄까. 도시생활의 연장 같아서 편안하지는 않지. 그런 점에서 이곳은 그럴 염려가 없다오. 아무것도 없어서 숙소도 적고. 대신 사람도 적어서 시끌벅적하지 않다는 장점도 있지."

"아! 그렇군요. 이유는 잘 모르겠지만 왠지 알 것 같네요."

마코토가 고개를 끄덕였다. 나오코도 끄덕였다. 이해가 됐다. 왠지…….

"오는 시기도 늘 이때로 정해져 있나요?"

"그래요. 이 시기가 가장 한가하니까. 게다가 머더구스에는 단골손님이 많아서, 이때 가면 늘 같은 얼굴을 만날 수 있지. 그러니 1년에 한 번씩 열리는 동창회 같은 거라오. 이 사람도 그 사람들이랑 체스 두는 걸 무척 좋아해요."

부인 옆에서 의사가 그렇지 않다며 기어 들어가는 소리로 반론했다.

"왜 그런 곳에 단골이 많죠?"

마코토가 물었다.

"글쎄……. 자연스럽게 그렇게 된 게 아닐까."

"아무것도 없어서…… 말이죠?"

"맞는 말이야."

마코토의 말이 마음에 들었는지 부인은 기뻐했다.

백색 왜건이 이따금 내리막길을 달렸기 때문에 조금씩 고도를 낮추는 것 같았다. 주변 풍경도 완전히 은빛으로 바뀌었다. 구름 한 점 없는 하늘에서 내리비치는 햇살이 눈 덮인 산에 반사되어 차 안으로 들어왔다. 마코토가 커튼을 닫았다.

"댁들이야말로 왜 이런 데 왔어요? 스키장 쪽으로 가는 게더 좋을 텐데?"

이번에는 부인이 되물었다. 이야기의 흐름으로 봐선 당연한 의문이었다.

"이유는 없죠, 뭐. 평범한 일에 싫증이 나서 좀 특별한 곳을 선택한 것뿐이에요. 대학생은 시간이 많으니까요."

시원스럽게 대답했다.

"그렇지."

부인은 그 말만 듣고 수긍한 듯했다. "그럴지도 모르겠네. 요즘 젊은이라면"이라고 그녀 나름대로 이해한 모양이다.

자동차가 갑자기 샛길로 빠지자마자 주변이 어두워졌다. 왜건은 숲속에 억지로 낸 것 같은 좁은 길을 나아갔다.

"거의 다 왔군."

의사가 중얼거렸다.

3, 4분 정도 숲속을 더 달렸다고 생각했을 때, 갑자기 눈앞이 환해졌다. 산 중턱을 일부러 깎아놓은 것 같은 평원이 나타났고, 좁은 길이 완만한 굴곡을 그리며 뻗어 있었다. 길 끝에 짙은 다갈색 건물이 보였다.

"저기가 머더구스라네."

의사가 흐뭇한 표정을 지었다.

머더구스는 단층건물인데도, 뾰족한 지붕이 군데군데 솟아 있어서 영국의 작은 성을 연상시켰다. 요즘 유행하는 목조주택과 벽돌건물을 조합해 놓은 느낌이었다. 주위에 담이 둘러져 있어서 중세 분위기가 났다.

"멋진데."

나오코가 나지막하게 읊조렸다.

"원래는 영국 사람의 별장이었대요. 사연이 있어서 건물을 내놓게 됐는데 지금 주인이 사서 펜션으로 개장했다고 하더군요. 하지만 특별히 개조한 곳은 없다고 했죠."

의사 부인이 가르쳐줬다.

왜건이 빨간 벽돌 문을 지나치자 그곳에 조그만 주차장이 나왔다. 이미 몇 대가 주차되어 있었다. 나오코는 먼저 온 손님 차일 거라고 생각했다.

펜션은 중정(中庭)을 빙 둘러 디귿 자 형태로 지어져 있었다. 거의 똑같은 구조의 방들이 늘어서 있었는데 그중 두 개만 복층구조로 되어 있어서 전체적인 통일감은 부족했다.

"수고하셨습니다."

다카세가 시동을 끄고 뒤를 돌아봤다. "수고하셨네요" 하고 말을 건넨 것은 마코토였다.

뜰에는 눈이 살짝 쌓여 있었다. 발을 내딛자 1센티미터쯤 가라앉았다.

"조심해요. 넘어지지 않게."

나오코 일행 뒤에서 남편에게 말하는 부인의 목소리가 들렸다.

입구에 달린 '머더구스'라고 쓰인 큼지막한 나무 간판만이 이 펜션의 운영자가 일본인이라는 것을 알려주는 유일한 증거였다.

나무 문을 열자 정면에 유리문이 보였다. 그 너머로 사람이 움직이고 있었다. 다카세는 그 문을 열고 손님을 모셔왔다며 말을 걸었다. 그러자 "수고했네" 하고 낮은 목소리가 들려왔다. 다카세에 이어 나오코 일행이 들어서자, 턱에 잔뜩 수염을 기른 남자가 카운터 안에서 나왔다. 그곳은 천장이 높은 라운지였는데, 구석에 카운터가 있었고 카운터 안쪽은 부엌인 듯했다. 네 명이 앉을 수 있는 둥근 테이블 다섯 개가 놓여 있고, 그것과는 별도로 긴 테이블이 하나 있었다. 카운터 반대편에는 난로도 있었다.

"이분이 여기 펜션의 주인입니다."

다카세의 소개에 기리하라는 수염 난 남자가 고개를 숙였다. 청바지에 트레이닝복 차림의 몸은 예전에는 운동깨나 했는지 단단했다. 운영자라고 해서 50대 남자를 상상했던 나오코는 다른 이미지에 조금 당혹감을 드러냈다. 눈앞의 남자는 아무리 봐도 30대 같았기 때문이다.

"잘 부탁해요. 마스터."

나오코의 뒤에서 의사 부인이 얼굴을 내밀었다. 남자는 반가운 듯 흐뭇한 표정을 지은 후, 그 시선을 나오코 일행 쪽으로 돌리고 "느긋하게 지내세요. 여기에 오면 모두 친구랍니다"라며 수염 사이로 하얀 이를 드러내고 활짝 웃었다.

둘은 "신세 좀 지겠습니다" 하며 고개를 숙였다.

"그런데 저 방에 묵어도 괜찮을까?"

마스터는 다카세를 걱정스럽게 바라보았다.

"예……. 예약하실 때 미리 말씀드리고 양해를 구했습니다."

다카세는 그녀들과 마스터의 얼굴을 번갈아 쳐다보았다. 나오코는 이 대화의 의미를 깨달았다.

"저…… 괜찮습니다. 별 생각이 없으니까요. 촉박하게 예약한 저희 잘못이죠."

나오코가 예약할 때, 다카세는 유감스럽게도 방이 하나밖에 없다고 말했다. 그런데 그곳은 고이치가 자살한 방이라 당분간 사용하지 않을 계획이라고 했다. 손님이 자살한 방이라는 사실을 숨기고 다른 손님을 묵게 하는 것은 양심에 걸린다는 게 그 이유인 듯했다.

그러나 나오코의 입장에서는 고이치가 죽은 방에 묵는 것이야말로 바라던 바였다.

다카세에게는 그 방이라도 좋다고 미리 말해뒀다.

"그렇지만……."

마스터는 팔짱을 꼈다.

"유령이라도 나오나요?"

느닷없이 물은 것은 마코토였다.

마스터가 말도 안 된다며 손을 흔들었다.

"그런 말은 듣지 못했지만."

"그러면 됐잖아요. 우리들이 묵고도 아무렇지 않으면 앞으로도 안심하고 다른 사람에게 빌려줄 수도 있잖아요. 이대로 두면 언제까지나 마찬가지니까요."

마코토의 시선에 마스터는 당황한 듯 가볍게 눈을 감았다. 그리고 천천히 혼잣말처럼 말했다.

"여러분이 좋다면 된 거죠. 다카세 군, 안내해 드리게."

나오코와 마코토는 다카세의 뒤를 따라 걷기 시작했다.

"요즘 아가씨들은 강심장이네요."

마스터가 의사 부인에게 말하는 소리가 들렸다. 그래도 마스터가 마코토를 남자로 착각하지 않았다는 사실을 나오코 혼자 재미있어했다.

라운지 옆 통로를 거쳐 세 번째 문이 마코토와 나오코에게 주어진 방의 입구였다. 문 위에는 'Humpty Dumpty(험프티 덤프티)'라고 적힌 팻말이 걸려 있었다.

"무슨 뜻인가요?"

마코토가 묻자, 다카세가 들어가 보면 안다고 말하며 문을 열었다.

문을 열자 거실이 나왔다. 거실이라고 해도 키 큰 책상에 딱딱한 의자 두 개가 마주 놓여 있을 뿐이었다. 방의 오른쪽 구석에는 책상, 의자와 같은 재질로 만든 간단한 선반이 있었고, 왼쪽 구석에는 공원 벤치보다 약간 작은 긴 의자가 놓여 있었다.

"이건?"

마코토가 선반 위에 걸려 있는 벽걸이를 가리켰다. 주변에 잎사귀 부조가 장식되어 있고, 중앙에 영문이 새겨져 있다. 신문 한 면 크기 정도의 벽걸이였다.

내용은 다음과 같았다.

Humpty Dumpty sat on a wall,

Humpty Dumpty had a great fall.

All the king's horses,

All the king's men,

Couldn't put Humpty Dumpty together again.

"머더구스(Mother Goose, 영국의 전승동요집-역주)입니다."

다카세는 손을 뻗어 벽걸이를 뒤집었다. 뒤에는 일본어가 새겨져 있었다. 일본어로 새겨진 쪽은 새로 판 것처럼 보였다.

"이건 마스터가 새긴 겁니다."

다카세가 말했다.

험프티 덤프티가 벽 위에 앉아 있다.

험프티 덤프티가 쿵 하고 떨어졌네.

왕의 말을 총동원해도,

왕의 부하를 총동원해도,

깨진 험프티 덤프티를 원래대로 돌려놓을 순 없었네.

"험프티 덤프티란 루이스 캐럴의《이상한 나라의 앨리스》에 나오는 건방진 달걀이죠."

나오코는 앨리스가 돌담에 앉아 궤변을 늘어놓는 달걀과 이야기를 나누는 삽화를 떠올리며 말했다. 아주 옛날에 읽은 기억이 있다.

"정확히는《이상한 나라의 앨리스》의 속편인《거울 나라의 앨리스》에 나옵니다. 머더구스에 나오는 캐릭터 중에서 가장 유명하죠."

다카세가 박학함을 드러냈다.

"이 벽걸이는 전부터 여기 있었나요?"

마코토가 물었다.

"전이라면 펜션으로 고치기 전부터라는 의미인가요? 그랬던 것 같습니다. 이 방뿐만 아니라, 모든 방에 이런 벽걸이가 하나씩 걸려 있습니다. 마스터도 좋아해서 시의 한 구절을 방 이름으로 했습니다. 그래서 이 방은 '험프티 덤프티' 방이된 거죠."

"방은 전부 몇 개나 되나요?"

"예, 그러니까 일곱 개입니다."

"그럼, 시도 일곱 편이겠네요?"

"아니요, 그중에는 시가 두 편씩 장식된 방도 있습니다."

머지않아 알게 될 거라고 다카세는 말했다.

이 방 안에는 또 다른 문이 있었는데, 그는 그 문도 열었다. 침대 두 개가 놓여 있는 게 보였다.

"여기가 침실입니다."

두 사람은 다카세를 따라 방으로 들어갔다. 안쪽에 창이 하나 있고, 그 창 쪽으로 머리를 두도록 되어 있는 침대가 놓여 있었다. 두 침대 사이에는 작은 테이블이 있었다.

"오빠는…… 오빠는 어느 쪽 침대에서 죽어 있었나요?"

두 침대 사이에 서서 나오코가 물었다. 가슴속에서 뜨거운 것이 치밀어 올라왔지만 들키지 않으려고 목소리를 최대한 낮췄기 때문에 억양 없는 부자연스러운 말투가 되어버렸다. 다카세도 목이 조금 메는지 가볍게 헛기침을 한 뒤 왼쪽 침대를 가리켰다.

"저깁니다."

"예…… 여기서."

나오코는 흰 시트 위에 살짝 손바닥을 댔다. 1년 전, 오빠는 여기서 잠들었다 영원히 눈을 뜨지 않은 것이다. 지금 이러고 있으니 오빠의 체온이 어렴풋이 느껴지는 것 같은 착각에 사로잡혔다.

"사체를 발견한 것은 어느 분이세요?"

마코토의 질문에 "접니다" 하고 다카세가 대답했다.

"그 자리에 몇 사람이 있었는데 제일 먼저 방에 들어와 발견한 게 접니다."

"이 침대에 누워 있었나요?"

"예……. 독 때문에 고통스러웠는지 시트가 조금 구겨져 있었습니다. 정말 유감입니다."

그때를 떠올렸는지, 다카세의 목소리도 급격히 잠겼다. 자세도 점점 더 움츠러들었다. 나오코는 고맙다며 예의를 갖췄다. 왠지 인사를 하고 싶어졌던 것이다. 하지만 언제까지나 감상에 젖어 있을 수만은 없었다. 여기에 꽃이나 바치려고 온 게 아니다.

"방은 다 잠겨 있었다고 들었습니다만."

최대한 씩씩하게 나오코가 물었다.

"예."

다카세는 침실 문을 가리켰다.

"저 문은 물론, 밖으로 통하는 문도 잠겨 있었습니다."

방 출입구는 열쇠가 없으면 안쪽에서만 잠글 수 있는 것이었고, 침실 문은 손잡이에 붙은 버튼을 누르고 닫으면 자동으로 잠기는 타입이었다. 마코토는 문고리를 슬쩍 보고는 창으로 다가갔다.

"저것도 잠겨 있었어요."

그녀의 생각을 읽은 듯 다카세가 말했다.

"그게 결국 문제가 되어서, 저도 경찰에 몇 번이나 확인했습니다."

나오코도 마코토의 옆에서 관찰해 보았다. 이중창인 창문은 바깥쪽이 셔터 방식, 안쪽은 유리문이었다. 모두 좌우로 여는 덧창이었는데 바깥 창문은 바깥으로, 유리문은 안으로 열렸다. 그리고 각각 빗장을 걸어 잠갔다.

"죄송합니다만……."

나오코는 다카세를 돌아보며 말했다.

"저…… 오빠가 죽어 있는 걸 발견했을 당시 상황을 설명해 주시면 안 될까요? 별로 말씀하고 싶지 않으실 것 같지만."

사실은 나도 듣고 싶지 않지만…….

나오코의 말을 듣고, 다카세는 한동안 아무 말 없이 두 아가씨의 얼굴을 봤다. 망설임과 당혹감이 뒤섞인 눈빛이었다. 이윽고 그는 쥐어짜낸 것 같은 목소리로 말했다.

"그렇군요."

미간에 깊은 주름이 패어 있었다.

"두 분이 이곳에 온 목적이 그거였군요. 사건의 전말을 납득하려는 거군요."

나오코는 입을 다물고 뭐라고 대답할지 생각했다. 다카세가 아군이라고 단정할 수 없었다. 하지만 그의 협력 없이 사건의 진상을 규명하는 것은 불가능했다.

마침표를 찍은 것은 마코토였다. "다카세 씨가 말씀하신 게 맞습니다"라고 자백한 것이다. 나오코는 놀라 쳐다봤지만 마코토는 태연하게 말을 이었다.

"자살이라는 결론에 대해, 여동생은 납득하지 못하고 있습니다. 그런 마음은 이상할 게 없죠. 생판 모르는 곳에서 이상한 죽음을 맞았다는 사실을 쉽게 받아들이긴 힘들죠. 우리들이 여기에 온 것은 납득하기 위해서입니다. 그 이상도, 이하의 목적도 없습니다. 물론 자살이라는 결론에 대해 의문점이 생기면 철저히 조사할 생각입니다."

"마코토……."

그녀는 나오코에게 윙크를 보냈다.

"호랑이 굴에 들어가야 호랑이를 잡는다는 속담이 있긴 하지만 누군가 등을 떠밀어 주지 않으면 못 들어가는 경우가 많지."

"……고마워."

어째서 마코토가 여자일까 하는 전혀 관계없는 의문이 나오코의 머릿속에 문득 떠올랐다 사라졌다. 나오코의 굳은 의지를 느꼈는지 두 팔을 허리에 올리고 아랫입술을 깨물고 있던 다카세도 마침내 큰 숨을 내쉬고는 얘기해 주겠다고 하며 크게 한 번 고개를 끄덕였다.

"고이치 씨가 이곳에 오시고 닷새째 밤이었습니다. 그때쯤에는 늘 오시는 단골손님과도 꽤 친해지셔서 카드게임 같은 것도 함께 즐기셨습니다. 그날 밤도 다른 손님들이 포커를 하겠다며 멤버를 모으고 싶다고 하셔서, 저와 손님 한 분이 고이치 씨를 부르러 갔습니다. 그런데 노크를 해도 대답이 없었습니다. 시험 삼아 문을 밀어봤는데 그때는 열려 있더라고요. 즉 잠겨 있지 않았습니다. 방에 들어가 침실 문도 두드려 봤는데 역시 대답이 없었습니다. 그런데 이 침실 문은 잠겨 있었습니다. 저와 함께 있던 손님은 혹시 안에 없을지도 모르니 창으로 침실을 들여다보자고 했죠. 그래서 밖으로 돌아가 봤는데, 창문도 단단히 잠겨 있었습니다."

"실내는 들여다보셨나요?"

마코토의 질문에 다카세는 고개를 흔들었다.

"셔터 문이 잠겨 있었기 때문에 못 봤습니다. 그래서 결국 자고 있겠거니 하고 그대로 물러났습니다."

"그게 몇 시였나요?"

"8시쯤이었습니다. 그리고 30분 정도 지났을 때 게임할 사람이 부족해서 다시 한번 부르러 갔습니다. 그런데 이번에는 입구도 잠겨 있었습니다. 아무래도 본격적으로 잠을 잘 모양이라며 돌아왔죠. 그로부터 다시 30분이 지났는데 여종업원이 아무래도 이상하다고 하더군요. 고이치 씨가 그때까지 보여준 습관을 고려할 때 이렇게 빨리 잠자리에 들 리가 없었고, 방에서 전혀 인기척도 들리지 않는다면서요. 갑자기 불안한 마음이 들어 다시 문을 두드렸는데 여전히 반응이 없었습니다. 그래서 생각 끝에 마스터키를 사용해 안으로 들어갔던 겁니다. 침실도 잠겨 있어서 그것도 열고 안으로 들어갔습니다. 그런데……."

"고이치 씨가 죽어 있었다는 말입니까?"

"그렇습니다."

다카세가 마코토를 보며 대답했다.

나오코는 오빠가 죽었다는 침대에 앉아 손바닥을 시트 위에 놓은 채 다카세의 말을 듣고 있었다. 밀실 안에서 오빠는 무슨 생각을 하고 무엇을 느끼면서 죽어갔을까?

"물론 경찰은 오랫동안 조사했습니다. 타살 가능성이 있지 않을까 해서요. 하지만 결국 아무것도 나오지 않았습니다."

"독은 어땠습니까? 투구꽃에 있는 독이라고 들었는데 다카세 씨는 짚이시는 게 있나요?"

다카세는 심각한 표정을 지은 채 고개를 저었다.

"전혀 없습니다. 그것도 경찰이 하도 꼬치꼬치 캐물어서 ……."

그랬습니까, 하며 마코토는 나오코와 마주보았다.

"말씀드린 것이 발견했을 때의 상황입니다. 그 이상은 저도 모르고, 다른 사람도 모를 겁니다."

이제 만족하느냐는 표정으로 다카세가 두 사람을 바라보았다. 그 시선에 대답이라도 하듯 마코토는 고개를 끄덕였다.

"고맙습니다. 또 여쭤볼 게 있을 것 같지만."

"협조는 하겠습니다. 하지만 조건이 있습니다."

"조건이요?"

"두 분이 작년 사건에 대해 조사하고 있다는 것은 다른 사람에게는 비밀로 해주세요. 다른 손님들은 여기에 쉬러 오신 거니, 이리저리 탐색하고 다니면 기분이 좋지는 않을 테니까요. 그리고 뭔가 새로운 걸 발견하면 제게 말해주세요. 이것은 당연한 권리라고 생각합니다."

"다른 사람에게 말하지 않는다는 조건은 좋습니다."

마코토가 대답했다. 처음부터 그럴 생각이었다.

"다카세 씨에게도 조사 결과를 말하는 것 역시 기본적으로는 오케이입니다. 하지만 혹시 말할 수 없는 내용이 나오면 어쩌죠?"

그러자 다카세의 입가에 쓴웃음이 번졌다.

"제가 수상하다는 결론이 나왔을 때를 말하는 겁니까?"

그렇다고 말하며 마코토는 표정을 부드럽게 했다.

"그런 경우는 어쩔 수 없죠. 제게는 거짓을 보고할 수밖에 없겠죠."

"그러면 그렇게 하겠습니다."

마코토는 진지하게 대답했다.

그 뒤 다카세는 식사시간과 목욕에 대해 간단하게 설명하고, 방 열쇠를 나오코에게 건네고는 방을 나갔다.

열쇠가 하나밖에 없기에 "침실 열쇠는 없나요?"라고 물었더니, "기본적으로는 침실은 잠그지 않는 것으로 되어 있습니다. 열쇠를 두 개씩 건네면 문제가 많아서요"라는 대답이 돌아왔다. "지금까지 쭉 그랬습니까?"라고 마코토가 묻자, "늘 그랬습니다. 작년에도"라며 한쪽 눈을 찡긋했다.

다카세가 나간 후 나오코는 한참 동안 침대에 누워 있었다. 작년 이맘때 오빠가 이렇게 누워서 죽었다는 걸 떠올리자 이상하게도 만감이 교차했다. 그리움에 가까운 감정이었다.

"마코토, 미안해."

"갑자기 무슨 소리야?"

"이런저런 질문을 혼자 다 하게 해서."

"괜찮아."

마코토는 창가에 서서 물끄러미 밖을 바라보고 있었다. 그리고 마침내 감정이 담기지 않은 목소리로 중얼거렸다.

"아까 그 부인은 아무것도 없어서 온다고 했지만 사실은 반대가 아닐까?"

"반대?"

나오코는 몸을 일으켰다.

"무슨 소리야?"

"잘은 모르겠지만……."

마코토는 예리한 눈빛으로 나오코를 봤다.

"여기에 모두 모이는 것은 아무것도 없기 때문이 아니라, 뭔가가 있기 때문이 아닐까? 왠지 그런 느낌이 들어."

2장

런던 브리지와 올드 머더구스 방

1

나오코와 마코토가 옷을 갈아입고 라운지로 가자 수염 난 마스터가 카운터 너머로 젊은 여성과 얘기를 나누고 있었다. 나이는 20대 중반쯤이었고, 약간 둥근 얼굴에 포니테일 헤어스타일을 하고 있었다. 두 사람을 보고 그 여자는 가볍게 인사했다. 나오코는 이 숙소에 묵는 손님이 아닐까 생각했는데, "여기서 일하는 아입니다. 구루미라고 합니다"라며 카운터에서 마스터가 소개했다.

"드문 일이네요. 이렇게 젊은 여성이 오시다니."

구루미는 기뻐하며 두 손을 가슴 앞에서 모았다. 바로 그 가슴 언저리에서 새 모양의 은색 펜던트가 흔들렸다. 나오코는 겉보기만큼이나 밝은 그녀를 보고 도시에서라면 무척 인기가 많을 타입이라고 생각했다. 마코토는 별로 관심이 없다는 얼굴이다.

두 사람은 믹스 샌드위치와 오렌지주스를 주문하고, 창가의 둥근 테이블에 자리 잡았다. 조금 있다 구루미가 요리를 가져왔다.

"둘 다 대학생이라고요?"

구루미는 쟁반을 안고, 테이블 옆에 서서 물었다. 마코토가 그렇다고 대답했다.

"혹시…… 체육과?"

구루미가 이런 질문을 던진 것은 마코토의 체격 때문이리라. 하지만 마코토는 부드러운 표정을 짓고, 사회과학이라고 말했다. 익숙하지 않은 단어에 구루미는 의아한 표정을 짓더니, "응, 어려워 보이네"라고 내뱉고는, 더 이상 묻지 않았다.

"이번에는 어떻게 여기 오게 된 거예요?"

마코토는 잠깐 뜸을 들인 다음 "그저, 별 이유 없이……"라고 대답했다. 쓸데없는 말을 했다가 오히려 들통날 수 있으니 되도록 애매하게 대답하자고 둘이 미리 입을 맞춰놓았다.

"어떻게 여기를 알았죠? 누가 소개했나요?"

마코토만 대답했기 때문에 배려라도 할 생각이었는지, 구루미는 나오코의 얼굴을 보며 물었다. 나오코는 지인의 소개로 왔다고 할 생각이었는데 그러면 그게 누구냐고 물을 것이 뻔했다. 이 시점에서 고이치의 이름이 나와서는 절대 안 될 테고, 그렇다고 엉뚱한 이름을 댔다가는 곧 들통나고 만다.

"책에서 봤습니다."

나오코는 무난한 대답을 찾아냈다. 구루미도 납득한 듯했다. "맞아, 여기저기 잡지에 실렸지" 하고 고개를 끄덕였다.

"구루미 씨는 언제부터 여기서 일하셨어요?"

나오코가 물어보았다.

"3년 전부터요."

구루미가 대답했다.

"하지만 나는 겨울만 일해요. 가장 바쁜 여름은 놀기 바빠서 쉬죠."

"구루미는 꼭 중요할 때 없다니까."

카운터에서 얘기를 듣고 있었는지 마스터가 큰 소리로 말했다. 구루미는 그쪽을 돌아보며 입을 내밀었다.

"그래서 겨울에는 꼬박 일하잖아. 근로자의 노동시간 기준을 늘 오버하는데."

"누가 꼬박 일한다는 거야?"

갑자기 통로 쪽에서 소리가 났다. 검은 스웨터를 입은 남자가 나오코 일행이 걸어왔던 통로에서 천천히 나타났다. 마스터와 비슷한 연배의 마른 남자였다. 포마드로 정갈하게 붙인 3대 7 가르마는 자로 그은 것처럼 곧았다. 나오코는 식물 같다는 느낌을 받았다.

"가미조 씨."

구루미는 그 남자를 그렇게 불렀다.

"뭐, 필요하신 거라도 있나요?"

"아니, 아니, 아무것도 아니야. 처음 듣는 소리가 나서 잘못 들었나 싶어서."

가미조는 가르마를 손으로 누르면서 당연하다는 듯 나오코 일행의 테이블로 다가왔다. 그리고 "나는 블루 마운틴을 블랙으로 주세요. 미스 너츠"라고 구루미에게 말하고, 나오코에게 살짝 미소를 짓고는 손바닥으로 둘의 앞자리를 가리켰다.

"앉아도 될까요?"

"그러세요."

상대방 얼굴도 보지 않은 채 마코토가 무뚝뚝하게 대답했다. 하지만 가미조는 전혀 신경 쓰는 눈치가 아니었다. 다리를 꼬고 두 사람이 샌드위치를 먹는 모습을 한참 감상한 후, "미시즈 닥터에게 들었습니다. 댁들이 그 '험프티 덤프티'에 묵는다고 하더군요" 하고 물어왔다. 나오코가 그렇다고 대답했다.

"그 방이 어떤 방인지도 알고 있나?"

"알고 있습니다."

그는 휘, 하고 휘파람을 불었다.

"외모만 용감한 게 아니군. 구루미 씨는 아직도 무서워서 혼자 그 방에 못 들어가는데."

"가미조 씨도 사건이 일어났을 때 여기서 묵고 계셨나요?"

샌드위치를 다 먹고 빨대로 주스를 마시면서 마코토가 물었다. 가미조는 물론이라고 말하며 손가락을 튕겼다. 성가신 남자라고 나오코는 생각했다.

"나는 '밀'이라는 방에 묵고 있어요. 작년도 역시 같은 곳에 묵었고요."

"밀?"

"풍차라는 뜻입니다. 이 숙소에서 가장 형편없는 방 이름이죠."

그리고 가미조는 영어로 줄줄 읊어댔다. 아마도 밀이라는 시일 텐데, 나오코는 전혀 알아들을 수 없었다. 유창해서가 아니었다. 나오코는 영어에는 자신이 있었다. 가미조의 발음이 엉망이었기 때문에 알아들을 수 없었던 것이다.

"바람이 불면 풍차가 돈다. 바람이 멈추면 풍차가 멈춘다. 그게 다예요. 좀 더 이해하기 쉬운 시였다면 좋았을 텐데."

"가미조 씨는 자살했다는 사람과 얘기를 나눠보셨나요?"

그의 말이 관계없는 방향으로 흘러가려고 하자, 나오코는 서둘러 화제를 돌렸다. 가미조는 자랑거리라도 되는 듯 당연하다며 콧대를 세우고는 말했다.

"댁들도 곧 알게 되겠지만 이 숙소에 묵으면 동료의식이 강해집니다. 작년에 죽은 그 사람도 그랬거든요. 그때까지는 정말 즐거워했습니다. 그래서 더 놀랐죠. 뭐, 노이로제가 있었다고 하니 어쩔 수 없지만."

"어떤 말을 했나요?"

순간 나오코는 너무 캐묻는 게 아닐까 불안했다. 하지만 가미조는 전혀 개의치 않고 "이런저런 얘기죠"라고 대답했다.

이때 구루미가 그의 커피를 가지고 왔기 때문에 대화가 끊겼는데, 그녀가 가자마자 가미조가 계속 말을 이었다.

"이 숙소에 묵으면 곧 공통의 화제가 생깁니다. 말하자면 이 숙소 자체에 대한 겁니다. 왜 영국인은 이 별장을 내놓은 걸까, 왜 방에 머더구스가 적혀 있을까, 같은……. 뭐, 이런 얘기들은 마스터한테 물어보면 알 수 있는 것들인데 작년 그 사람은 특별히 더 흥미를 가졌던 것 같습니다."

그는 커피 잔을 입에 대고 맛있게 마셨다. 향기로운 냄새가 나오코에게까지 날아왔다.

나오코는 고이치가 영문학을 전공했다는 것을 떠올렸다. 구체적으로 어떤 분야를 연구했는지는 모르지만 머더구스에 흥미를 가졌다는 말은 분명 의미심장했다.

"그래, 맞아. 그리고 이 숙소에는 또 다른 기분 나쁜 얘기가 있어요."

가미조는 두 사람의 얼굴을 번갈아 보면서 몸을 내밀었다. 목소리도 낮아졌다. 나오코는 기분 나쁜 건 당신도 마찬가지라는 말을 하고 싶었지만 꾹 참고 귀만 열었다.

"작년에 여기서 사람이 죽었지만 사실은 그 지난해에도 사람이 죽었어요. 그러니까 두 번째죠."

"2년 전에도……."

나오코는 자기도 모르게 몸을 떨었다. 마코토의 표정도 굳어 있었다.

"왜 죽었나요?"

마코토의 긴장한 말투가 가미조를 만족시킨 모양이었다.

"일단은 사고로 처리됐지요. 일단은……."

그는 나오코 일행 뒤에 있는 창을 가리켰다.

"댁들도 이 부근을 산책해 보고 싶다고 느낄 때가 올 겁니다. 그때가 되면 꼭 숙소 뒤쪽으로 돌아가 보세요. 깊은 계곡이 있고, 거의 물이 없는 강을 내려다볼 수 있습니다. 그 계곡에는 낡은 돌다리가 걸려 있는데 거기에서 떨어졌다고 하더군요."

"일단이라뇨? 무슨 뜻이죠?"

마코토는 오렌지주스를 다 마시고 컵 바닥에 있는 얼음을 달그락달그락 흔들었다. 가미조는 카운터 쪽을 힐끗 보고는 목소리를 더 낮췄다.

"확실한 증거가 있었던 건 아니라는 의미입니다. 추락사는 사체만 보고 사고인지, 자살인지, 타살인지 판단하기 아주 어려우니까요. 유서가 없었으니 자살은 아니고, 범인을 짐작할 수 없으니 타살도 아니다, 그러니까 사고다……. 뭐, 이 정도로 대충 정리됐죠."

"그때도 여기에 묵고 계셨나요?"

나오코도 이 얘기에 끌렸다. 원인을 알 수 없는 두근거림이 심장박동을 빠르게 했다.

가미조는 아랫입술을 내밀고 떨떠름한 표정을 지었다.

"유감스럽게도 한발 늦었습니다. 제가 여기에 도착한 게 사건 3일 뒤였습니다. 사체는커녕 그 사람이 묵었던 방까지 깨끗이 정리되어 있더군요. 성냥개비 하나 떨어져 있지 않았죠. 그 말을 들었을 때는 흠스라도 된 것 같았지만."

그는 커피를 한 모금 마시고 크게 웃었다.

"그 사람은 어느 방에 묵었나요?"

나오코는 설마 험프티 덤프티는 아니겠지, 하고 생각하며 겁을 집어먹었다. 그렇다면 정말 기분 나쁠 것이다.

"어디인 것 같아요?"

가미조는 즐거워 보였다. 고개를 흔드는 나오코 옆에서 마코토가 차갑게 말했다.

"밀이죠."

가미조는 눈을 빛내며 항복했다는 듯 두 손을 들어올렸다.

"명석하네요. 역시 당신은 대단한 여자요. 의사선생과 다카세 군이죠? 당신을 남자로 착각했다니, 도대체 무슨 생각을 했는지. 그러니까 한 사람은 부인한테 꽉 잡혀 있고, 다른 한 명은 애인이 없지."

"왜 가미조 씨는 그 방에……?"

가미조는 나오코의 물음에 그리 대단한 이유는 없다며 웃어넘겼다.

"아까도 얘기했지만 그저 흥미로 묵었던 겁니다. 그런데 이 숙소는 단골이 되면 매년 같은 방을 준비해 줍니다. 아무튼 마스터가 그 기분 나쁜 방을 내가 마음에 들어 한다고 해석한 것 같습니다. 이후 나는 매번 밀에 묵게 됐죠."

말과는 달리 가미조는 뭐가 그렇게 재미있는지 비실비실 웃고 있었다. 그 밀이라는 방보다 이 남자가 그 방에 묵고 있다는 사실이 더 기분 나쁜 일일 거라며 나오코는 속으로 혀를 차댔다.

"이런, 쓸데없는 말을 길게 해버렸네."

그는 커피 잔을 내려놓고 손목시계를 보며 일어섰다.

"친해지면 좋겠군. 내 방은 당신들 방보다 두 칸 더 들어간 방이니, 마음 내키면 놀러 와요."

그리고 그는 나오코에게 오른손을 내밀었다. 악수를 청하는 것 같았다. 그다지 받아들이고 싶지 않았지만 이것도 작전의 하나라고 생각하고 손을 내밀었다. 가미조의 손은 몸짓만큼이나 거칠었다.

가미조는 마코토와도 악수를 했다. 만약 나오코가 '강한 여자가 멋지다'라는 사탕발림에 마음을 빼앗기지 않았다면 마코토의 눈빛이 날카로워진 것을 깨달았을 것이다.

"2년 전 사건이라면 셰프에게 물어보면 될 겁니다. 그가 잘 알고 있으니까요."

그렇게 말하고 가미조는 통로로 사라졌다. 나오코가 주위를 둘러보니 어느새 마스터와 구루미의 모습도 사라지고 없었다.

"재수 없어."

나오코는 오른손을 청바지에 문지르면서 마코토에게 동의를 구했다. 나오코도 마코토가 남자를 별로 좋아하지 않는다는 걸 잘 알고 있었다. 특히 저런 타입은.

"아, 그렇지……"

하지만 마코토는 나오코의 말을 귓등으로 흘려들으며 한동안 오른쪽 손바닥을 들여다봤다. 그러더니 불쑥 말했다.

"하지만…… 방심해선 안 되겠어."

2

계곡 바닥까지 수십 미터 정도 될까. 계곡이라기보다 절벽이라는 말이 더 어울릴 정도로 가팔라, 끝에 서서 내려다보니 마치 빨려 들어갈 것만 같았다. 고소공포증이 있는 나오코는 잠깐 내려다본 것만으로도 속이 울렁거렸다.

가미조가 말한 대로 펜션 머더구스의 바로 뒤는 계곡이었다. 건너편과의 거리는 20미터 정도인데 그 경사면에 나무들이 덮여 있어서 무척 가깝게 느껴졌다.

"저게 그 돌다리인가 봐."

마코토가 경사면에 튀어나온 거대한 바위 같은 것을 가리켰다. 다리라기보다 다리의 잔해였다. 전체의 70퍼센트는 건너편에, 20퍼센트는 이쪽에 남아 있었다. 그리고 나머지 10퍼센트는 계곡 바닥에 떨어져 있는 듯했다.

"여기서 떨어지면 즉사겠어."

나오코가 말하는 사이 마코토는 돌다리 위에 올라가 있었다. 2미터 정도 지점에서 다리가 끊어져 있었는데, 마코토는 그 끝에 쭈그리고 앉았다.

"위험해. 그만해."

뒤에서 말하는 나오코의 목소리가 떨렸다. 돌다리 위에는 눈이 쌓여 있어서 당장이라도 마코토의 발이 미끄러질 것 같았다. 다리 앞 긴 푯말에 새겨진 '위험'이라는 글씨에 박력이 넘쳤다.

"다리는 꽤 오래전에 무너진 것 같아."

마코토는 일어나서 천천히 돌아왔다. 나오코는 얼굴을 가린 손을 떼고 물었다.

"그게 왜?"

"좀 전 얘긴데, 왜 이런 데서 떨어졌을까 생각했어. 혹시 건너려다 중간에서 다리가 무너진 게 아닐까 했는데, 가미조 씨는 그런 말은 안 했잖아. 혹시 2년 전 사건이 일어났을 때 이미 이 다리가 무너져 있었다면 왜 그 사람은 이런 곳에 왔을까?"

"무엇 때문에……?"

나오코는 순간 다리 밑으로 시선을 던졌다가 바로 피했다. 그것만으로 무릎이 후들거렸다.

"산책하려던 게 아니었을까? 그러다 발이 미끄러져서."

"산책? 돌다리 외에는 아무것도 없는데? 게다가 혼자?"

"가미조 씨는 한 사람이었다고는 하지 않았어."

"사고인지 자살인지 타살인지 애매하다는 투였어. 즉 목격자가 없다는 거지. 두 사람 이상 산책했다면 목격자가 있었겠지."

"무슨 말을 하고 싶은 거야?"

"딱히 할 말이 있는 건 아니야."

온 길을 돌아오면서 마코토가 말했다.

"그저 신경이 쓰인다는 것뿐이야. 2년 전 사건과 작년 사건은 관계가 없을까."

"오빠는 작년에 처음 여기에 왔어."

"자살설에 의문이 있다는 말을 꺼낸 건 나오코야. 모든 가능성을 생각해 봐야지."

마코토는 걸음을 멈추고 계곡 쪽을 내려다봤다. 이쪽 경사
면에서 20미터 정도 아래였다.

"누가 있어."

나오코도 조심스레 내려다봤다. 정말 나무들 사이로 하얀
물체가 슬쩍슬쩍 보였다 사라졌다.

"혼자네. 저런 데서 뭘 하는 거지?"

"새를 관찰하고 있는 게 아닐까?"

"글쎄……."

마코토는 고개를 한 번 갸웃하고는 다시 걷기 시작했다. 두
사람은 지금까지의 얘기를 잠시 잊고, 한동안 입을 다물고
있었다. 얼마 후 나오코가 무슨 말인가 꺼내려고 했을 때, 어
디선가 "산책 중이야?" 하는 목소리가 들려왔다. 숙소 정면
으로 튀어나온 모퉁이를 돌려고 할 때였다.

"여기야, 여기."

목소리가 어디에서 들리는지 알 수 없어서 나오코 일행이
주변을 둘러보는데 다시 목소리가 들렸다. 먼저 시선을 위로
옮긴 것은 마코토였다.

"아아……."

나오코도 마코토를 따라 위를 봤다. 뾰족한 지붕 밑 창문에
서 의사 부인이 손을 흔들며 웃고 있었다. 숙소에서 2층이 있

는 것은 이 동(棟)과 또 다른 방 하나뿐이었다.

"거기가 사모님 방인가요?"

그렇게 물으면서 나오코는 얼마나 전망이 좋을까 싶어 어쩐지 부러운 마음이 들었다.

"여기와 이 아랫방이에요. 어때요, 잠깐 놀러 안 올래요?"

"괜찮으시겠어요?"

"물론 괜찮지. 그렇죠?"

마지막의 "그렇죠?"라는 말은 실내에 있는 의사에게 한 말이었다. 나오코는 마코토를 봤다. 그녀도 끄덕였다.

"그럼, 실례하겠습니다."

나오코는 위를 향해 말했다.

의사 부부의 방은 나오코 일행의 방이 있는 건물과 달리 독립되어 있는 별채 같은 형태를 취하고 있었다. 본관과는 구름다리로 연결되어 있어서, 이곳만 유일하게 현관을 이용하지 않고 드나들 수 있었다. 나오코 일행이 들어가려고 했을 때, 이 방 전용 문에 다음과 같은 팻말이 붙어 있었다.

'런던 브리지와 올드 머더구스

(London Bridge and Old Mother Goose)'

"방 이름치고는 너무 기네."

"2층 방이라서 그런 게 아닐까?"

나오코의 평범한 의견에 마중 나온 부인은 그 말이 맞다고 말하고 미소를 지으면서 그녀들을 불러들였다.

들어가자마자 응접세트가 눈에 띄었다. 중앙에 우윳빛 테이블이 있고, 그것을 둘러싸듯 차분한 갈색 소파가 놓여 있었다. 앉아 있던 의사도 일어나 어서 오라며 부드러운 표정을 지었다. 의사는 파란색 카디건을 입고 있었다.

"차라도 끓여야겠네."

구석에는 홈 바도 있었다. 부인은 일본차가 든 캔을 꺼내면서 말했다.

"이것만은 도쿄에서 가져왔지."

나오코는 고개를 돌려 실내를 둘러보았다. 벽과 가구 색은 모두 차분한 갈색 계통으로 통일되어 있었는데 커튼만 짙은 녹색이었다.

"저 사람이 이 방을 좋아한다네."

담뱃재를 테이블 위에 있는 재떨이에 털면서, 의사는 고갯짓으로 아내 쪽을 가리켰다.

"마스터도 일부러 이 방을 비워놓는 것 같더군."

"어머, 나만 좋아하는 게 아니잖아요. 당신도 다른 방은 싫다고 했잖아요."

"구석구석 잘 아는 익숙한 방이라 좋다고 한 것뿐이야."

"꼭 저런 식으로 허세를 부린다니까."

부인은 찻잔에 담긴 일본차를 테이블에 내려놓았다. 이런 데서 맡는 차 향기는 왠지 모르게 진한 그리움을 불러일으 켰다.

"여기 1층 방이 '런던 브리지'인가 보네요."

나오코는 정면 벽에 걸려 있는 벽걸이를 발견하고 말했다. 나오코의 방에 걸려 있는 것과 똑같은 재질에 똑같은 장식이 새겨져 있었다. 안에 적힌 영문 필적도 동일해 보였다.

London Bridge is broken down.

Broken down, broken down,

London Bridge is broken down,

My fair lady.

"잠깐 봐도 될까요?"

마코토는 부부의 대답을 듣지도 않고, 벽걸이로 다가가 그 것을 뒤집었다. 거기에도 역시 해석이 새겨져 있었다.

런던 브리지가 무너졌네,

무너졌네, 무너졌네,

런던 브리지가 무너졌네,

멋진 아가씨.

마코토는 벽걸이를 제자리에 놓고, 나오코에게 알겠느냐고 물었다. 나오코는 고개를 가볍게 저었다.

"물론 영어야 아는데, 무슨 뜻인지는 깜깜이네."

그러자 의사는 두 손으로 잔을 들고, 평소보다 눈과 눈썹을 더 내리고는 설명하기 시작했다.

"의미를 알 수 없다는 게 머더구스의 전매특허인 것 같더군. 감각적으로 파악해야 하는 것 같아. 노래하기 좋게 운율이 잘 맞고, 왠지 재미있기도 하지만."

소파에 앉은 마코토는 자세를 고쳤다.

"노래라면 멜로디도 있겠네요?"

대답은 부인이 했다.

"있지. '머더구스'는 영국 전승동요의 별명 같은 거야. 유명한 노래로 「양을 잃어버린 메리(우리나라에서는 「떴다, 떴다, 비행기」로 유명함—역주)」가 있지."

"아! 그거 알아요. '메리 씨의 어린 양, 어린 양, 어린 양이라고 부르는 거죠?"

나오코가 노래했다. 아주 오래전부터 알고 있던 멜로디였다.

"그거 말고도 들어본 곡들이 많다오. 그게 머더구스라는 걸 모르고 있을 뿐이지. 이 「런던 브리지」에도 멜로디가 있어.

하지만 이 노래의 가사가 무엇보다 특별한 것은, 그저 운율이 잘 맞는다는 것 말고도 다른 이유가 있어서야."

일부러 관심을 집중시키려 했던 것은 아니겠지만, 부인은 차를 한 모금 마시고, 역시 일본차가 맛있다며 흐뭇한 표정을 지은 다음 이야기를 계속했다.

"실제로 영국 런던에 다리가 있었는데 짓기만 하면 무너지는 일이 되풀이됐었대. 10세기에서 12세기 사이였다는데 템스 강에 몇 번이나 다리를 지었지만 매번 유실됐대. 사람들은 「런던 브리지」라는 노래에 다리를 잃은 영국인들의 생생한 감정을 담았다고 하더라고. 실은 이 노래 뒤에는 또 다른 내용이 이어져. 흙으로 만드니까 자꾸 흘러가 버리니 이번에는 벽돌로 지어라, 벽돌은 부서져 버리니까 철로 지어라⋯⋯. 이처럼 일이 점점 더 커지다가 결국은 돌로 짓게 됐다는 거야. 그런데 실제로도 13세기에 돌다리가 지어졌고, 나중에 철거될 때까지 6백 년이나 끄떡없었다는 얘기야."

"자세히도 아시네요."

마코토가 부인의 박식함을 칭찬했다. 나오코도 감탄하고 있던 참이었다.

"어머, 그런 게 아니야."

기뻐하면서도 부끄러워하는 부인 옆에서 의사가 "뭐야, 마스터한테 얻어들은 거 가지고"라며 자신은 이미 오래전에 홍미를 잃었다는 표정을 지었다. 부인은 남편 쪽을 보며 부루 퉁한 표정을 지었다.

"그래도 외우고 있는 것만도 대단하지 않아요? 당신은 작년에 역 플랫폼에서 넘어진 것도 잊어놓고선."

"여기에 손님이 올 때마다 같은 얘기를 하니, 아무리 머리가 나쁜 사람이라도 기억하겠네."

"뭐예요, 내가 머리가 나쁘다는 거예요?"

"저기……."

이런 데서 부부싸움이 일어나면 큰일이라고 생각한 마코토가 끼어들었다.

"마스터가 머더구스에 대해 잘 아세요?"

부인은 마코토 일행의 존재를 기억해 낸 듯 얼굴을 붉혔다.

"맞아요. 각 방에 걸려 있는 벽걸이의 영문을 번역한 게 마스터인데, 그때 시의 내용을 조금 공부한 모양이야. 이 사람이 말한 것처럼 런던 브리지 얘기도 마스터가 가르쳐 준 거야. 하지만 보통은 금방 잊어버리지 않아?"

부인은 정말 집요했다. 마코토가 그렇다고 맞장구를 치며 상냥하게 미소를 지었다.

나오코는 조금 전에 가미조가 한 말을 떠올렸다. 왜 방마다 머더구스를 새긴 벽걸이가 있는지는 마스터가 알고 있을 거라는…….

한 번쯤은 마스터로부터 자세한 얘기를 들을 필요가 있겠다 싶었다.

"여기가 런던 브리지 방이면, 2층이 올드 머더구스 방인가요?"

마코토의 물음에 부인은 그렇다고 대답했다.

"잠깐 봐도 될까요?"

"그래, 그래요. 2층이 아주 좋아요."

부인은 마치 이 말을 기다렸다는 듯 쏜살같이 소파에서 일어났다.

"특별히 볼만한 건 없어요. 이 사람이 호들갑을 떠는 거지."

부인은 계속 흥을 깨는 의사를 노려봤다.

2층은 침실이었다. 창문과 침대 두 개가 놓여 있는 배치는 나오코 일행의 방과 같았는데 면적이 넓은 만큼 옷장 같은 가구들이 더 충실했다. 구석에는 의사 부부의 짐으로 보이는 가방이 아직 그대로 놓여 있었다. 역에서 봤을 때보다 짐이 많아서 나오코가 고개를 갸웃하자, 큰 짐은 먼저 택배로 부쳤다고 부인이 말했다. 부인은 나오코의 등을 떠밀 듯 창 쪽으로 다가갔다.

"여기에서 보는 경치가 최고지요."

부인은 짐짓 무게 있는 손놀림으로 창문을 열어젖혔다.

"어때요, 저 능선. 마치 비단을 펼쳐놓은 것 같죠? 산은 불가사의해. 햇빛에 따리 표정을 수없이 바꾸니까. 조금 전까지 옅은 푸른 산이었다가도, 금방 수묵화처럼 변해버리지."

나오코는 눈 덮인 근처 산들을 보기에는 이 자리가 최고일 거라고 생각했다. 새하얀 산의 캔버스에 태양이 엮어내는 빛의 예술에 감동을 받을 수도 있을 것이다. 그러나 그것은 보는 사람의 마음에 여유가 있을 때 얘기다. 아까부터 계속 벽걸이를 들여다보고 있는 마코토에게 마음을 빼앗긴 나오코는 눈 덮인 산이 뿜어내는 빛이 그저 눈부실 뿐이었다.

"정말 전망도 좋고…… 좋은 방이네요."

나오코는 창문에서 떨어져 은근슬쩍 실내로 시선을 돌렸다.

"어머, 뭘 보고 있어, 마코토?"

마코토는 벽걸이를 뒤집어 번역문을 읽고 있었다.

"이것도 상당히 난해하네."

"영문을 보여줘 봐."

"응."

마코토는 벽걸이 앞면을 나오코에게 보여줬다.

Old Mother Goose,

When she wanted to wander.

Would ride through the air

On a very fine gander.

"늙은 머더구스는, 돌아다니고 싶을 때는, 멋진 거위의 등에 타고, 하늘을 훨훨 날아간다라니."

뒤쪽을 보면서 마코토가 읽어주었다.

"정말 무슨 소린지 모르겠네."

나오코는 팔짱을 끼고 고개를 갸웃거렸다.

"구스라는 건 거위라는 뜻일 텐데, 어째서 거위가 거위 등을 타고 날아가지?"

어느새 부인도 나오코의 옆에 다가와 있었다.

"이건 마스터도 확실히 모르는 것 같던데 그림책 삽화를 보면 이 머더구스라는 건 어미 거위가 아니라 노파인 것 같아. 그래서 마스터는 아마 별명이 아니겠느냐고 했지."

"여기에도 런던 브리지처럼 다른 의미가 있나요?"

나오코가 물어봤다.

"의미까지는 모르지만 이것도 역시 다른 일화가 있고, 이야기가 계속 이어진다고 하던데. 하지만 이쪽은 런던 브리지처럼 역사적인 배경은 없다는 게 마스터의 설명이야."

"그렇군요. 그런데 사모님은 정말 기억력이 좋으시네요."

마스터의 말을 그대로 옮기는 것을 살짝 비꼬는 말이었는데, 부인은 순수하게 받아들이고 좋아했다.

"있잖아, 그보다 이리로 와서 대자연의 그림을 감상하지 않겠어? 이렇게 맑은 날은 그리 흔치 않으니 이 기회를 놓치지 마."

부인은 여전히 특별석에서 바라보는 경치에 집착하고 있는
듯했다. 어쩔 수 없이 나오코가 따라나서자, 마코토도 탐탁
지 않아 하면서도 옆으로 왔다. 하지만 창가에 선 마코토가
가리킨 것은 부인이 자랑스러워하는 원대한 풍경이 아니라
바로 아래 산길이었다.

"저 사람은?"

나오코도 마코토가 가리킨 곳을 바라봤다. 등산복 차림을
한 남자가 고개를 숙인 채 조용히 산길을 올라오는 모습이
보였다. 조금 전 계곡에 있던 사람이 틀림없었다.

부인은 그쪽을 보자마자 "아아!" 하며 반갑다는 듯 말했다.

"에나미 씨네. 여전하네."

"여전하다니요?"

"이상한 벌레나 식물 같은 걸 관찰하는 게 취미지. 새도 관
찰하는 것 같아. 물론 이 숙소의 단골이고."

"혼자 묵으시나요?"

"그래. 늘 혼자지."

"그래요, 혼자라고요."

마코토가 의심스러운 눈초리로 그 등산객을 내려다봤다.
나오코도 왠지 그 마음을 이해할 수 있을 것 같았다. 가미조
나 에나미 같은 사람들은 왜 이렇게 아무것도 없는 곳에 매

년 혼자 오는 걸까. 자신이라면 절대 그러지 않을 것이다. 그게 싫어서 마코토와 함께 온 게 아닌가.

조금 전 마코토가 했던 말이 나오코의 귓전에 되살아났다. 아무것도 없기 때문이 아니라, 뭔가가 있기 때문에 모이는 것이다…….

3

의사 부부의 방에서 나온 두 사람은 구름다리를 건너 본관으로 돌아왔다. 방이 하나 있고, 그 옆이 라운지였다. 테이블에는 아무도 없었지만 카운터에서 마스터와 뚱뚱한 남자가 담소를 나누고 있었다. 프로레슬러처럼 거구인 남자는 지방이 많은 만큼 추위에도 강한지 반소매 셔츠를 입고 있었다. 하지만 나오코 일행의 존재를 알아차리고 돌아본 눈은 동물원의 코끼리처럼 온순했다.

"이 숙소의 셰프입니다."

마스터가 나오코 일행에게 남자를 소개했다. 뚱뚱한 남자는 엉거주춤 카운터 의자에서 내려와 큰 머리를 정중히 숙였다.

"요리에 대한 불만이나 주문이 있으면 거리낌 없이 말씀해

주세요. 애써 이렇게 먼 곳까지 오셨으니 불편한 점이 있어
선 안 되죠."

"이 사람의 이름을 기억할 필요는 없겠죠. 여기서 셰프는
한 사람밖에 없으니까요. 게다가 이 사람도 그렇게 불리는
걸 자랑스러워한답니다."

"놀리지 마, 마스터. 자네야말로 엄청나게 이상한 성……
뭐였더라, 기리기리스(귀뚜라미-역주) 아닌가."

"기리하라."

"그래, 맞아, 비슷했지. 그런 곤충 같은 이름으로 불리는 것
보다 산뜻하게 마스터라고 불리고 싶었겠지. 그보다 아가씨
들은 싫어하는 음식은 없나?"

"없습니다."

마코토가 뚝 부러지게 대답했다. 그녀의 체격을 보고 짐작
했는지 셰프는 알았다는 듯 고개를 끄덕였다. 나오코도 거의
없다고 대답했다. 실제로 메뉴를 특별히 신경 써야 할 정도
로 싫어하는 것은 없었다.

"그게 중요해. 다이어트 책이 세상에 넘쳐나고 있는데 말도
안 되는 소리야. 좋아하네, 싫어하네, 군소리 말고 균형 잡힌
식생활을 하면 스타일은 자연스럽게 따라오는 거야. 내가 이
런 얘길하니까 전혀 설득력이 없긴 하지만."

뚱뚱한 셰프는 그렇게 말하며 씩 웃고는 카운터 안쪽의 부

억으로 들어갔다. 그 뒷모습을 지켜보던 마스터는 솜씨 하나
는 끝내준다고 말하며 윙크했다.

"그런데 마스터께 물어보고 싶은 게 있습니다."

마코토는 셰프가 앉았던 의자에 엉덩이를 걸치며 말했다.
나오코도 곧 그녀의 의도를 파악하고 옆자리에 앉았다.

"머더구스 노래들에 대한 건데요."

"아, 그거."

마스터는 딱딱한 미소를 지었다.

"누군가에게 들었습니다. 방마다 걸려 있는 벽걸이의 글귀
에 뭔가 숨겨진 뜻이 있다고요."

"가미조 씨가……."

그는 수염 가득한 얼굴에 역시나 하는 표정을 지었다.

"늘 말을 부풀리니 한심하다니까. 하지만 특별히 들려줄 말
은 없습니다."

"하지만 여기 단골손님들의 공통화제라고 하셨습니다."

"한심하다니까."

마스터는 같은 말을 반복했다.

"그런 건 아닙니다. 가미조 씨가 멋대로 한 말일 뿐입니다."

"하지만……."

"정말……."

마스터는 잠깐 말을 끊었다.

"특별한 얘기는 없습니다. 머더구스 노래에도 특별한 의미는 없어요. 단순한 인테리어입니다. 마음에 드시지 않으면 두 분 방에 있는 걸 떼어드릴까요?"

나오코는 그의 말투가 왠지 화가 난 것처럼 들렸다.

"그럴 필요는 없습니다."

마코토가 손을 저었다.

"그런 게 아닙니다."

"그렇다면……."

마스터는 커피 잔을 닦던 행주를 싱크대에 던져 넣었다.

"그럼 됐죠? 자, 일이 있어서."

그는 불쾌하다는 듯 그렇게 말하고, 카운터를 나와 복도 쪽으로 사라졌다. 무슨 기분 나쁜 말이라도 한 걸까? 어리둥절해진 둘이 마스터의 뒷모습을 바라보고 있는데 얼마 뒤 부엌에서 큰 몸집의 셰프가 등장했다. 셰프는 짧은 목을 빼서 마스터가 없다는 것을 확인하고 얼굴을 찡그렸다.

"타이밍이 나빴어."

"저희가 심기를 건드렸나요?"

나오코가 걱정스럽게 묻자, 셰프는 고개를 살짝 흔들었다.

"걱정할 필요는 없어. 저 녀석은 술이 한잔 들어가거나, 기분이 좋을 때는 자기가 먼저 떠드는데, 오늘은 날이 안 좋았던 것 같군."

"무슨 얘기예요?"

마코토의 질문에 셰프는 다시 한번 마스터가 사라진 쪽으로 눈길을 준 다음, 짧고 굵은 집게손가락을 입술에 갖다 댔다.

"내가 말했다는 건 비밀이야."

나오코와 마코토는 얼굴을 마주 바라본 뒤 셰프 쪽으로 몸을 기울였다.

"벌써 8년이나 됐지."

이렇게 운을 뗀 그는 벽에 붙은 달력을 쳐다보았다. 흐린 해도(海圖)에 디자인된 문자로 1년이 빼곡하게 인쇄된 달력이었다. 그는 그 연도의 숫자를 보고 말하는 것 같았다.

셰프는 다음과 같은 이야기를 들려주었다.

8년 전, 마스터는 회사에서 일했다. 셰프는 특별할 게 없는, 별다른 설명도 필요 없는 회사라고 표현했다. 셰프는 그때부터 요리사로 일했는데, 이미 일류였다는 게 본인의 말이었다. 두 사람은 그때도 친구였는데 그들에게는 친한 사람이 하나 더 있었다. 여섯 살짜리 아들을 둔 영국인으로, 남편을 교통사고로 잃은 여성이었다. 그녀의 남편과 마스터가 등산 친구였다는 인연으로 셋이 친해졌다. 그리고 머더구스는 그녀 남편의 별장이었다.

"그런데 그 여섯 살짜리 아들이 죽었어."

셰프는 이 말을 할 때 목소리를 조금 낮췄다.

"나하고 마스터 둘이서 이 별장에 놀러 왔을 때 일이지. 눈이 내리던 밤이었는데 그 사내아이가 돌아오지 않았어. 구조대도 부르고, 모두가 나가서 찾아봤지만 결국 발견하지 못했어. 다음 날 아침에야 발견했지. 어머니의 집념은 대단해. 날이 밝지도 않았는데 혼자 나가서 결국 찾아냈으니까. 절벽으로 떨어져 나무에 걸려 있었지."

그때를 떠올렸는지 한동안 말을 잃은 셰프는 깊은 한숨을 내쉬었다.

그녀가 별장을 팔겠다고 한 것은 사고가 일어난 직후였다. 고향으로 돌아가기로 해서 내놓는다는 게 그녀의 설명이었다. 한편 당시 회사생활을 하던 마스터의 꿈은 샐러리맨 생활에서 벗어나 펜션을 운영하는 것이었다. 그녀가 제시한 금액은 건물의 수준을 생각하면 믿기 어려울 정도로 파격적이었고, 게다가 조금만 손질하면 곧바로 펜션으로 사용할 수 있을 것 같았다.

"마스터에게는 일생일대의 기회였지. 물론 내게도. 녀석이 펜션 오너가 되면 내가 주방장이 되기로 약속했었거든. 물론 녀석도 오케이했지."

셰프는 이렇게 말하고 윙크를 했다.

영국인 부인도 마스터의 결단을 기뻐했다. 이걸로 안심하고 고향으로 돌아갈 수 있다고 했다. 하지만 그녀는 그때 딱

한 가지 조건을 내걸었다. 사실은 그게 좀 이상했다.

"방마다 벽걸이가 하나씩 걸려 있는데 그걸 떼어내거나 다른 걸로 바꿔 달지 말라는 게 조건이었어. 또 방을 증축하거나 철거하지도 말라고 했지."

나오코 혼자 중얼거렸다.

"이상한 얘기네."

"이상한 얘기지. 그래서 우리들은 그 이유를 집요하게 캐물었어. 그러나 그녀는 한마디도 하지 않았지. 그저 잠자코 웃기만 했어."

셰프는 거기서부터 부자연스러운 웃음을 지우고, 진지한 얼굴로 눈앞의 아가씨들을 바라보았다.

"그녀가 자살한 것은 그 직후였어."

나오코는 숨을 멈췄다. 마코토도 한동안 말을 꺼내지 못했다. 셰프는 감정을 억누르는 듯 억양 없는 목소리로 말했다.

"도쿄의 자택에서 약을 먹고 죽었어. 옆에는 우리들에게 남기는 유서가 있었지. 거기에는 이렇게 적혀 있었어. '별장에 대한 약속은 꼭 지켜주세요. 그것은 행복의 주문입니다'라고 말이야. 그리고 그녀가 애용하던 펜던트도 봉투에 들어 있었어. 작은 새 모양의 골동품이었는데."

아, 예, 하며 나오코는 고개를 끄덕였다.

"구루미 씨가 걸고 있는 거죠."

"역시 여자들 눈썰미는 날카롭군. 맞아. 녀석이 제대로 간수할 방법도 없고 해서 그 애한테 줬지. 약간 촌스럽긴 하지만 나름대로 괜찮은 물건이거든."

"행복의 주문이란 무슨 뜻이죠?"

마코토의 질문에 셰프는 힘없이 고개를 흔들었다.

"그녀는 아들을 잃은 충격으로 자살을 시도했으니, 정신상태가 정상이 아니었을지 모르지. 솔직히 말하면 머더구스 노래도 주문도 모두 환상의 산물이 아닐까 해. 그저 약속이었고, 유언이었으니까, 나도 마스터도 무시하고 싶지 않았지. 게다가 그 벽걸이, 분위기가 꽤 괜찮지 않아? 그래서 지금까지 걸려 있는 거고. 그러니 마스터가 대단한 의미는 없다고 한 거지."

"그런 일이 있었군요……."

나오코는 고개를 숙인 채 마코토를 바라보았다.

"그렇다면 마스터가 얘기하고 싶지 않았던 것도 무리가 아니네요."

"그것만이 아니야."

셰프는 목소리를 더 낮췄다.

"마스터는 그 영국 여자에게 푹 빠져 있었지. 이건 극비 중에서도 극비야."

다시 윙크하는 그의 얼굴에 가식 없는 편안한 웃음이 번졌다.

4

'8시쯤, 온다. 침실 문이 잠겨 있다. 창문 쪽으로 돌아간다. 창문도 잠겨 있다. 8시 30분, 다시 온다. 바깥문이 잠겨 있다. 9시, 다시 온다. 바깥문이 잠겨 있다. 열고 들어온다. 침실 문도 잠겨 있다. 열고 들어간다. 오빠가 죽어 있다. 창문도 단단히 잠겨 있다⋯⋯.'

나오코는 다카세에게 들은 이야기를 적은 메모를 들고 방 안을 서성이고 있었다. 오빠를 발견했을 때의 상황을 재현하려는 것이었다. 그렇게 함으로써 현장이 정말로 밀실이었는지 확인하려고 했다. 하지만 그 결론은 몇 번이나 되풀이해도 바뀌지 않았다.

"틀렸어, 역시. 아무리 생각해도 아무도 출입할 수 없어."

나오코는 오빠가 죽었다는 침대에 몸을 던졌다. 옆 침대에는 방으로 돌아온 후 줄곧 누워 천장을 응시하고 있는 마코토가 있었다.

"그러니까 쓸데없는 일이라고 했잖아. 만약 오빠가 자살한 게 아니라 누군가에게 살해됐다면 그 당시 다른 손님들의 행동을 파악하고 분석해야만 이 밀실트릭을 풀 수 있어. 나오코가 여기서 이리저리 생각해서 풀 수 있는 거라면, 사건이 일어났을 때 경찰이 했을 거야."

"그야…… 그렇지만."

그러나 나오코는 아무것도 안 하고 있을 수는 없었다. 이 숙소에서 느껴지는 정체 모를 분위기가 그녀를 초조하게 만들었다. 셰프의 말도 조금 으스스했다.

"초조한 거야 어쩔 수 없지. 그보다 지금은 데이터 수집 단계야."

복근운동이라도 하는 것처럼 마코토가 몸을 일으켰다.

"제일 걸리는 점은 2년 전 사고야. 그 사건과 나오코의 오빠가 죽은 사건이 전혀 관계가 없는지……. 그리고 오빠의 엽서 말이야."

"이거?"

나오코는 고이치의 그림엽서를 재킷 주머니에서 꺼냈다.

"여기 와서 느낀 거지만 그 알 수 없는 문장도, 왠지 이 숙소와 어울리는 것 같아."

"어울린다고?"

"그러니까……."

마코토는 나오코로부터 엽서를 받아들고는 내용을 읽어 내려갔다.

"'마리아 님은 집에 언제 돌아왔지?'라는 문장은 도쿄에서는 이상하다고만 생각했는데 방마다 장식된 벽걸이의 글귀와 대조해 보면 왠지 분위기가 맞는 것 같아."

"이 '마리아 님이……'라는 게, 머더구스의 한 구절일 수도 있다는 거네."

"어쩌면."

"만약 그렇다면 오빠는 머더구스에 대해 조사했다는 말인데. 그게 뭐지?"

"단순하게 생각하면……."

두 사람은 동시에 주문이라는 말을 꺼냈다. 나오코는 고개를 크게 끄덕였다.

"오빠가 아까 셰프의 얘기를 들었다면 틀림없이 흥미를 느꼈을 거야."

거기까지 말했을 때 누군가가 입구 문을 노크했다. 나오코가 침실에서 나가 대답하자, 식사가 준비됐다는 대답이 돌아왔다. 다카세의 목소리였다.

"예. 곧 가겠……."

마코토가 대답하려는 나오코의 말을 막고, 뒤에서 "다카세 씨!" 하고 그를 불렀다. 그리고 나오코를 앞질러 문을 열었다.

"잠깐만 시간을 내주세요. 여쭤보고 싶은 게 있어서요."

마코토의 기세에 다카세는 몸을 움츠렸다.

"뭘 말입니까?"

"일단 들어오세요."

마코토는 다카세를 들어오게 한 후 거칠게 문을 닫고, 지금까지 들고 있던 그림엽서를 그의 코앞에 내밀었다.

"이걸 읽어보세요."

놀란 다카세는 눈을 심하게 깜빡거리며 "뭡니까, 갑자기"라면서 그 엽서를 들었다. 갈색 눈동자가 글귀를 읽어 내려갔다. 잠시 후 그는 눈을 들어 두 사람을 바라보았다.

"이게 뭐죠?"

"오빠가 보낸 엽서예요."

나오코가 말했다.

"오빠가 죽은 뒤에 도착했어요."

"……그래요?"

1년 전 손님이었지만 역시 생각나는 게 많은지, 다카세는 굳게 입을 다문 채 몇 번씩 글귀를 훑었다.

"그런데 물어보고 싶은 게……?"

"거기 쓰인 문장 말입니다."

마코토는 다카세가 가지고 있는 엽서의 내용을 집게손가락으로 눌렀다.

"'마리아 님이'라는 문장이 있죠. 이게 아무래도 이상해요. 그래서 혹시 머더구스의 한 구절이 아닐까 하고 나오코와 얘기했는데."

"그렇군요."

다카세는 다시 엽서로 눈길을 보냈다. 머더구스라는 말에 흥미가 생긴 모양이었다.

"분명히 그렇게 보이긴 하는데 저는 모릅니다. 아니면 마스터에게라도 물어보시죠."

"오빠가 뭔가 조사하진 않았나요?"

조사한 건 확실했다. 그리고 나오코에게 협조해 달라고 부탁했다. 다카세는 "글쎄요, 어땠나" 하며 기억을 더듬더니, 이윽고 뭔가를 떠올린 듯 시선을 허공에 두었다.

"맞다, 딱 한 번 그림을 그려달라고 부탁했어요."

"무슨 그림이요?"

오빠가 그림에 관심이 없다는 것은 여동생인 나오코가 누구보다 잘 알고 있었다. 관심 있는 그림을 굳이 꼽자면 만화 정도였다.

"이 숙소의 그림입니다. 평면도든 입체도든 좋으니까 그려달라고 하더군요."

"숙소 그림을……."

생각에 잠긴 것은 불과 2, 3초였다. 나오코는 마코토와 얼굴을 맞댔다. 그리고 행동을 개시한 것은 역시 마코토가 먼저였다. 그녀는 다카세의 손을 억지로 끌어 테이블 옆 의자에 앉히고, 자신도 그 건너편에 앉았다.

"나오코, 종이와 연필 있어? 되도록 큰 종이."

"편지지가 있어."

나오코는 침실로 들어가 백에서 편지지와 만년필을 꺼냈다. 오른쪽 위에 딱따구리 일러스트가 그려진 편지지였다.

그것을 테이블 위에 놓자, 마코토는 편지지를 떼어내 다카세에게 내밀었다. 그리고 만년필 뚜껑을 벗기고 그 옆에 놓았다.

"뭡니까, 도대체? 서약서라도 쓰라는 겁니까?"

다카세의 농담에 마코토는 웃지 않았다.

"그림을 그려주세요. 나오코의 오빠에게 그려줬던 것과 똑같은 그림이요."

"똑같은 그림이라니요? 그저 단순한 숙소의 약도입니다. 그게 무슨 소용이 있겠어요?"

그러고는 다카세는 한동안 두 사람의 얼굴을 응시한 후, 뭐야, 그건가, 하고 말하듯 표정을 누그러뜨렸다.

"그 주문 얘기를 들으셨군요. 정보원은 마스터인가요, 아니면 셰프인가요?"

마코토는 고개를 끄덕거렸다.

"그리고 가미조 씨에게도 들었죠."

다카세는 훅 긴 숨을 내쉬었다.

"가미조 씨와 얘기하셨어요? 역시 그 사람 때문이군요. 사실 누구도 신경 쓰지 않았던 주문 얘기를 유행시킨 것도 그 사람이죠. 두 분도 들으셨겠지만 주문이라는 게 별로 대단한 것도 아닙니다. 전 주인의 단순한 공상이었지요."

"됐습니다."

마코토는 편지지를 다카세에게 밀었다.

"어쨌든 그려주세요. 중요한 것은 고이치 씨도 그 주문에 관심을 가졌다는 겁니다."

입가는 웃고 있지만 눈빛만은 날카로웠다. 다카세는 곤란하다는 표정으로 나오코 쪽을 바라봤다. 하지만 나오코의 눈빛도 마코토만큼 진지했다.

"부탁해요."

나오코가 말했다. 감정을 최대한 자제할 생각이었는데 쥐어짜낸 것 같은 목소리가 되고 말았다. 그래서 다카세도 체념한 듯 "오빠분 사건과는 관계가 없을 겁니다"라면서 펜을 움직이기 시작했다.

첫걸음.

나오코는 다카세의 손놀림을 보면서 그런 말을 떠올렸다.

3장

뿔 달린 마리아

1

저녁식사 후의 라운지.

이때쯤이면 이 숙소의 손님은 모두 여기로 모였다. 방으로 돌아가야 할 일도 없겠지만 단골들이 오랜만에 모여 대화를 나누는 게 그들의 큰 즐거움인 듯했다. 나오코와 마코토도 자신들의 자리를 찾았다.

마스터, 구루미, 의사 부인, 다카세와 저녁때 나오코 일행이 처음 본 오오키라는 남자까지 합세해 다섯 명이 포커를 치고 있었다. 모두 꽤 익숙한 듯 카드 다루는 솜씨가 보통이 아니었다. 특히 마스터의 손놀림은 아마추어 같지 않았다. 칩도 꽤 모은 듯했다.

나오코를 본 오오키가 가볍게 손을 흔들었지만 그녀는 못 본 척했다. 저녁식사 때 받은 첫 인상이 아주 나빴기 때문이었다.

"나도 대학은 도쿄에서 나왔어. 자네들 선배로서 친하게 지내지."

식사 도중 나오코의 정면에 앉은 그는 스스럼없는 말투로 이렇게 말을 걸어왔다. 서른 초반으로 보이는 이 남자는 이어서 이름을 밝혔다. 큰 키와 햇볕에 그을린 외모, 적당히 웨이브를 준 머리를 아무렇게나 뒤로 넘긴 스포츠맨 타입이었고, 연예인이라고 해도 믿을 만큼 잘생긴 얼굴이었다. 그런 장점을 자랑스럽게 여긴다는 게 티가 난다는 사실이 결점이었는데 본인은 전혀 모르고 있는 것 같았다.

"대학교 때 테니스를 했는데 지금도 가끔 합니다. 변변치는 않지만 웬만한 강사 못지않죠. 테니스, 치죠?"

젊은 아가씨라면 테니스 정도는 치리라 믿는 말투였다. 사실 이제까지는 이런 방법으로 전부 성공했을지 모른다. 하지만 나오코는 한숨을 내쉬었다. 그렇게 쉽게 보이고 싶지 않다. 내쉰 한숨을 "테니스를 싫어해요"라는 말로 바꾸었다. 말투는 딱딱하게, 그러나 표정은 부드럽게 할 생각이었다. 오오키는 이런 한심한 여자애는 처음 본다는 표정을 지어 보였다.

"싫어? 그럴 리가 없지. 시도해 보지도 않고 싫어하는 게 아닌가? 우선 해봐요. 요즘에는 테니스를 치지 않으면 젊은이라고 할 수 없지."

자신만만해 보였다. 나오코는 시작부터 다른 사람의 취향에 대해 그럴 리 없다는 투로 얘기하는 그의 태도에 분개했다. 이럴 때 마코토가 있었으면 강렬한 눈초리로 상대를 물러나게 했을 텐데, 마침 그녀가 자리를 비운 사이에 오오키가 왔던 것이다.

"오오키 씨도 매년 이곳에 오시나요?"

화제를 바꿀 목적으로 나오코가 물었다.

"그야, 이 시기는 어디나 붐비고, 혼자 여행하기에는 이런 데가 더 분위기 나니까."

"그럼, 행복의 주문에 대해서도 알고 계시나요?"

아까 셰프에게 들은 얘기를 꺼내자, 오오키는 약간 허를 찔린 표정으로 "주문?" 하고 되물었다.

"머더구스의……."

그제야 오오키는 수긍이 가는 듯 고개를 끄덕였다. 그의 어색한 표정이 나오코의 마음에 걸렸다.

"그 동화 말이군. 뭐야, 도대체 뭐가 뭔지…… 도통 흥미가 없어서. 대놓고 얘기하진 않지만, 나는 말이야, 그 얘기는 이 숙소를 알리기 위한 마케팅 수단이라고 생각해. 진지하게 생각하면 큰코다칠 거야."

"하지만 그럴 듯하던데요."

"거짓말일수록 정교한 법이지. 하지만 꿈을 버리고 싶지 않다면 이런 식으로 생각하면 돼. 행복은 이미 다른 사람에게 넘어갔고, 주문의 효과는 없어졌다고 말이야."

"다른 사람에게?"

"그저 내 생각이야."

그때 마코토가 돌아오는 모습이 보였다. 오오키는 슬쩍 그녀 쪽을 보고는 또 보자는 말을 남기고 떠났다. 그리고 마코토와 스칠 때 마치 그런 훈련을 받은 게 아닌가 싶을 정도로 나오코를 대할 때와 똑같은 미소를 지어 보였다. 나오코는 그를 만만하게 봐선 안 될 인물이라고 생각했다.

"그런데 오늘 재미있는 광경을 봤어요."

오오키가 카드를 한 손에 들고 얘기했다. 유달리 큰 소리를 내고 있는 것은 나오코를 의식해서일까?

"뭘 봤어?"

의사 부인이 상대해 주었다.

"저녁때였는데요, 건너편 계곡 쪽을 산책하고 있는데 까마귀 한 마리가 날아와 흙을 쪼고 있었어요. 도대체 거기에 뭐가 있었을까요?"

"까마귀가? 쥐라도 잡아먹고 있었던 게 아닐까. 그런 건 에나미 씨에게 물어봐야지. 에나미 씨, 어때?"

부인이 곤충이나 새 박사라고 칭찬했던 에나미는 카운터 의자에 앉아 셰프를 상대하면서 버드와이저를 마시고 있었다. 가끔 땅콩을 집어 먹으며 셰프가 던지는 농담에 웃어주고 있는 듯했다. 조금 전 의사 부인이 포커를 치자고 제안하자 일단 게임에 끼었다 나온 모양이었다.

에나미는 갑자기 질문을 받아서인지 놀라 돌아보더니 말을 더듬으면서 "아니요, 잘 모르겠습니다"라고 대답했다.

　나오코는 식사 때 자리가 가까웠기 때문에 에나미와도 약간 대화를 나눴다. 저음으로 나직이 얘기하는 타입이지만 말이 서툰 건 아닌 듯했다. 질문에 대한 답변은 정확했고, 버릴 말이 없었다. 직업을 물으니 건축회사에서 일한다고 했을 뿐 더 이상 말을 하지 않았는데, 곧 서른이 된다는 걸 보니 중견 사원이겠다 싶었다. 선이 가늘고, 담백한 인상에 얼굴 윤곽과 잘 어울리는 쌍꺼풀을 보며 옛날에는 미소년이었을 거라고 생각했다.

　"낮에는 뭘 하셨어요?"

　나오코는 숙소 뒤편을 산책하다 그를 봤다고 말했다. 에나미는 잠시 침묵을 지킨 다음 대답했다.

　"아니, 그저 새라도 있지 않을까 해서."

　그 순간 그는 시선을 피했다.

　의사는 난로 앞 특등석에서 체스판을 노려보고 있었다. 상대는 가미조였다. 이 두 사람은 날이 훤할 때부터 이렇게 얼굴을 마주하고 있었다. 나오코와 마코토는 서로만 알 수 있는 눈짓을 나누고, 두 사람 곁으로 다가갔다.

　"좀 봐도 될까요?"

　나오코의 말에 가미조는 감격스럽다는 듯이 콧구멍을 벌렁댔다.

"그러세요. 미인이 응원해 주면 머리회전이 빨라지지. 마실 거라도……."

"됐습니다."

마코토가 무뚝뚝하게 대답했다. 하지만 가미조는 전혀 개의치 않고 마코토의 얼굴을 보았다.

"체스는 좀 둘 줄 아십니까?"

"조금은."

"그러면 됐지."

의사가 말을 움직였기 때문에 그의 말이 끊어졌다. 가미조는 체스판을 슬쩍 보고 1, 2초 뒤에 다시 손을 움직였다. 그리고 다시 마코토를 보았다.

"언제 한번 상대해 주시지요."

"조만간 그러죠."

마코토는 마음에 없는 대답을 했다.

그 후 한동안 나오코 일행도, 말을 쥔 두 사람도 거의 말을 하지 않고 조용히 게임을 했다. 대부분은 의사가 심각한 얼굴로 고민한 게 다였다. 가미조가 담배 피우는 사이사이 말을 조금씩 이동할 때마다 의사의 미간에 잔뜩 주름이 잡혔다.

"자네는 체스를 진짜 이상하게 둔다니까."

의사가 팔짱을 끼면서 말했다. 말을 하는 것은 대체로 의사였는데, 아까부터 몇 번이나 똑같은 말을 했다. 나오코에게는 감탄이라기보다 비꼬는 것처럼 들렸다.

"그런가요?"

가미조가 느릿느릿 대답했다. 자신의 체스판보다 옆에서 벌어지고 있는 게임의 상황이 더 궁금한지 의사가 생각에 빠질 때마다 그쪽을 쳐다보았다.

"정석을 무시하고 두는 게 아닌가?"

"그렇지 않습니다."

"하지만 일반적인 사람은 그런 곳에 나이트를 놓지 않네."

"그런가요? 하지만 좋은 수라고 생각하는데요."

그런가, 하고 읊조리며 의사는 또 생각에 빠졌다. 잠시 틈이 생긴 가미조는 나오코와 눈이 마주치자 이를 내보이며 씩 웃었다. 기분 나쁠 정도로 가지런해서 다른 사람보다 치아 개수가 많은 게 아닐까 하는 착각이 들 정도였다. 나오코는 그의 입에서 피아노 건반을 연상했다.

"방 이름의 유래에 대해 들었습니다."

마코토가 체스판 위의 움직임이 멈추기를 기다렸다 말을 꺼냈다. 이런 식으로 가미조에게 말을 거는 게 이 자리에 앉은 이유였다.

가미조는 오호, 하며 입을 동그랗게 모았다.

"마스터한테?"

"아니요."

마코토가 말했다.

"셰프에게 들었습니다."

가미조는 포커 테이블 쪽을 신경 쓰며 킥킥 웃음을 참았다.

"그럼, 마스터의 기분이 나빴었나 보군. 그는 그 화제에 대해선 기분파니까."

"무슨 얘긴데?"

의사가 비숍을 든 채 물었다. 자신이 중요한 수를 두고 있는데 가미조가 쓸데없는 얘기에 정신을 팔고 있는 게 탐탁지 않은 모양이었다.

"주문에 대한 얘깁니다. 이쪽 아가씨들에게 알려줬답니다."

의사는 지긋지긋하다는 표정을 지었다.

"뭐야, 또 그 얘기야. 곰팡이라도 피었을 화제군. 관심을 보이는 건 자네들뿐일 걸세."

"의문을 품는 순수한 마음만은 잃지 말라는 얘기를 듣고 싶을 뿐이죠. 그런데 그 비숍을 여기에 두실 겁니까? 아아, 거기요? 그러면…… 이렇게 하죠."

가미조는 곧바로 자기 말을 움직였다.

"셰프도 주문에 대단한 의미가 없다고 말씀하셨어요. 그런데 가미조 씨는 왜 거기에 매달리시는 거죠?"

이것이 이 자리에서 나오코와 마코토가 가장 풀고 싶은 의문이었다. 가미조는 오랜만에 진지하게 말했다.

"의미가 없을 리 없기 때문이죠. 게다가 영국인에게 머더구스는 생활의 일부분 같은 거니까요. 나는 분명히 숨겨진 게 있다고 생각해요. 하지만 다른 사람은 좀처럼 관심이 없네요. 무관심, 이것도 현대병이지요."

"작년에 돌아가신 분은 어떠셨어요?"

나오코가 말했다. 별거 아닌 듯 물을 생각이었는데 귓불이 조금 뜨거워졌다.

"그런 화제로 자주 얘기하셨다고 가미조 씨가 말씀하셨죠?"

가미조보다 의사가 더 빨리 이 말에 반응했다.

"그러고 보니 그 청년도 주문에 매달린 것 같았네. 그것도 역시 자네 영향이었지?"

"그런 점도 있지만 그 사람은 벽걸이 노래에서 주문 이상의 것을 찾은 듯합니다."

"주문 이상의 것?"

마코토가 되물었다.

"예. 그는 주문을 암호로 해석한 것 같아요. 머더구스 노래는 실은 어떤 장소를 나타내는 암호이고, 거기에는 보물 같은 게 숨겨져 있지 않을까, 뭐 그런 얘기였죠. 그래서 행복의 주문이 되는 거랍니다."

나오코는 자신들의 예상이 적중한 데 대해 작은 감동을 맛

봤다. 고이치가 주문에 대해 조사했다는 게 조금 전 마코토와 둘이 이끌어 낸 결론이었다. 다카세에게 숙소 약도를 그리게 한 것, 의미불명의 그림엽서가 그 근거였다. 게다가 가미조가 말했듯 영문학을 전공한 고이치가 머더구스에 무관심했을 리 없다.

게다가 가미조는 '암호'라는 표현을 썼다.

나오코는 고이치가 그 말을 들었다면 머더구스가 아니더라도 펄쩍 뛰었을 거라고 짐작했다. 그는 추리소설 광이었던 것이다.

"그런데 그 사람은 결국 주문의 뜻을 밝혀냈나요?"

마코토의 질문에 두 사람 모두 고개를 저었다. 밝혀내지 못했다는 게 아니라 모르겠다는 뜻인 듯했다.

"그러고 보니 몇 번씩이나 우리 방에 와서 벽걸이를 노려보긴 했네. 그때 이상한 얘기를 했지."

의사는 뭔가를 떠올릴 때의 버릇인지 집게손가락을 세우고 입을 우물거렸다.

"맞아. 검은 씨앗인가 뭐라고 했는데. 검은 벌레였나. 아니, 분명히 씨앗이었어."

"검은 씨앗이요? 그것 말고는 또 없었나요?"

나오코는 이번에도 무심히 물어보려 했지만 아무래도 목소리가 커지고 말았다.

"글쎄, 벌써 1년 전 일이라."

"1년 전 정도는 기억해 두세요. 그리고 여기 체크!"

가미조가 킹을 들어 올리는 바람에 의사의 말은 거기서 끝났다. 하지만 수확이 많았다는 느낌이 들었다. 적어도 자신들의 방향이 틀린 건 아니었다.

"갈까?"

마코토의 재촉에 나오코도 일어섰다.

2

둘은 11시 넘어 나란히 놓인 각자의 침대로 들어갔다. 불을 끄고 얼마 지나니 마코토의 고른 숨소리가 들렸다. 하지만 나오코는 꽤 오랫동안 이불 속에서 몸을 뒤척였다. 피곤하지 않은 건 아니었다. 오늘 아침 도쿄를 출발해 정말 많이 움직였다. 하지만 페퍼민트 향기를 맡은 것처럼 머리는 맑았다. 수많은 생각이 뒤죽박죽 뇌리를 스치다 사라졌다. 험프티 덤프티, 2년 전의 사고, 돌다리, 런던 브리지……

돌다리? 런던 브리지?

나오코는 그 말들이 일으키는 연상에 잠깐 마음을 빼앗겼다. 부인은 말했다. 런던 브리지는 여러 번 지어졌으나 매번 무너져버려 결국 돌로 만들었다…… 그런 얘기였지. 우연이 겠지. 무엇보다 그게 어떻다는 거지?

「양을 잃어버린 메리」라는 노래도 떠올렸다.

이상한 손님들뿐이다. 가미조, 오오키, 에나미, 의사, 다카세, 아니, 그 사람은 손님이 아니지. 그리고 포커, 체스…….

페퍼민트 효과가 이제야 사라지는 모양이다…….

눈이 떠졌는데 아침은 아니었다. 잠들기 전과 마찬가지로 마코토의 규칙적인 숨소리가 어둠을 뚫고 전해졌다. 나오코는 뜨거운 숨을 내뱉었다. 혀가 스펀지로 변한 것처럼 목이 말랐다. 그래서 눈이 떠진 모양이었다. 이런 밤에 목이 마를까? 요컨대 1년 전에 오빠가 죽은 침대에서 자는 첫날밤에 말이다.

살그머니 침대를 빠져나왔다. 맨발에 스니커즈를 신고, 아주 고생스럽게 문까지 도착했다. 새까만 어둠 속이었기 때문이다. 거실로 들어가 불을 켜고 탁상시계를 봤다. 아주 오래된 스피커 같은 시계가 2시 정각을 가리키고 있었다.

잠옷 위에 스키복을 입은 나오코는 조용히 방을 나섰다. 밤에만 불을 밝히는 조명등이 군데군데 켜져 있었지만 복도는 어두침침했다. 누군가 뒤에서 어깨를 잡을 것만 같은 공포감에 그녀는 재빨리 라운지로 나갔다.

라운지의 공기는 그대로였다. 저기서 체스와 포커, 여기서 백개먼(Backgammon, 15개의 말을 주사위로 진행시켜 먼저 전부 자기 쪽 진지에 모으는 쪽이 이기는 반상盤上놀이-역주)을 했던 독특한 냄새가 그대로 배어 있었다. 나오코는 백개먼 냄새를 가르며 카운터로 다가갔다.

그녀가 컵에 물을 받고 수도꼭지를 잠갔을 때, 어디선가 문 열리는 소리가 들렸다. 소리는 주방 안에서 들렸다. 나오코는 거기에 뒷문이 있다는 걸 알고 있었다. 이런 시간에 도대체 누가? 그렇게 생각하며 카운터 안으로 몸을 숨겼다. 왜 그런 행동을 했는지는 그녀 자신도 대답할 수 없었다.

주방 출구는 카운터 옆과 복도 쪽 두 군데로 나 있었다. 소리를 내지 않으려고 조심스럽게 걷는 소리가 드문드문 들렸다. 나오코는 만약 카운터 옆으로 오면 어떡하나 싶었다. 들키면 뭐라고 둘러대지?

하지만 그녀의 걱정과 달리 뒷문으로 들어온 사람은 복도 쪽으로 나갔다. 복도를 걷는 기척이 났다. 발소리라고 분명히 얘기할 수 없는 어렴풋한 기척이었다. 그리고 그 기척이 멀어지고 한참이 지난 뒤에야 나오코는 자리에서 일어섰다.

주위는 조금 전 그녀가 왔을 때와 다름없었다. 공기가 조금 흐트러졌다고 느낄 뿐이었다. 포커와 체스, 백개먼의 공기가 뒤섞였다. 그녀는 컵에 든 물을 다 마시고 서둘러 돌아왔다.

컵을 오랫동안 쥐고 있었던 탓인지 물이 미지근했다.

방에 돌아오자마자 침대로 들어갔다. 이유는 모르지만 이상하게도 가슴이 두근거렸다. 그 원인은 모르겠으나 그녀를 점점 더 불안하게 만들었다.

그때 바로 옆에서 소리가 났다.

옆방이었다. 문을 닫는 소리와 돌아다니는 소리. 나오코는 자기도 모르게 숨을 죽였다.

"'세인트폴'이군."

나오코는 순간 입을 다물었다. 어둠 속에서 갑자기 마코토가 말을 했기 때문이다.

"왼쪽 옆방이니까 분명히 세인트폴이지?"

약도를 떠올리면서 나오코는 고개를 끄덕였다. 그렇다고 그 몸짓이 마코토에게 보였을 리 없었겠지만.

"누가 들어왔어?"

그러나 마코토는 그런 것 정도는 이미 조사를 마쳤다는 듯 하품을 크게 했다.

"오오키야. 이런 밤중에 누구와 데이트라도 했나 보군."

다음 날 아침, 나오코는 악몽을 꾸고 잠에서 깼다. 온몸에 식은땀을 흘릴 정도로 기분 나쁜 꿈이었는데 몸을 일으켰을 때는 전혀 생각이 나지 않았다. 왠지 억울해진 그녀는 한동안 침대 안에서 기억을 되짚어 봤지만 마치 바람에 쓸려 간 것처럼 아무것도 떠오르지 않았다.

마코토의 침대는 비어 있었다. 그녀의 가방은 열린 채였고, 파란색 비닐주머니가 비죽 고개를 내밀고 있었다. 본 적이 있는 것이었다. 마코토의 세면도구를 담는 주머니였다. 대학교 생활협동조합에서 350엔에 샀다. 그것을 보고 나오코도 서둘러 침대에서 뛰어내렸다.

마코토는 마침 세수를 끝낸 뒤였다. 그녀는 흰 수건으로 얼굴을 닦고 있었는데 나오코를 보고는 가볍게 손을 들어 올렸다. 앞머리에 붙은 물방울이 아침햇살을 받아 반짝였다.

"안녕."

나오코가 인사를 건네자 마코토는 고개만 까딱거리고는 턱으로 안쪽을 가리켰다. 그곳에 오오키가 서 있었다.

오오키는 수도꼭지를 틀어 세면기에 물을 받으면서 멍하니 창밖을 보고 있었다. 어떤 생각에 깊이 빠졌는지 세면기에 물이 넘치는 것도 몰랐다.

나오코는 천천히 다가가 오오키의 옆얼굴에 대고 "안녕하세요" 하고 말을 걸었다. 그는 딸꾹질이라도 하듯 깜짝 놀라 서둘러 수도꼭지를 잠갔다.

"아아…… 안녕."

"무슨 일이라도 있으세요?"

나오코가 고개를 들이밀자 그는 웃으며 고개를 흔들었다.

"별거 아닙니다. 잠깐 서서 존 모양입니다."

"어제 늦으셔서 그런가요?"

"그게⋯⋯."

"외출하셨던 것 같던데요."

나오코는 무덤덤하게 물었는데 오오키는 "엣!" 하며 놀란 듯 눈을 크게 떴다. 그리고 눈동자를 불안하게 굴리며 낭패라는 표정을 고스란히 드러냈다.

"봤소?"

"아니요. 그게⋯⋯."

이번에는 나오코가 당황했다. 자신이 허둥댈 필요는 없었는데 오오키의 진지한 얼굴을 보자 어젯밤의 원인 모를 두근거림이 되살아났다.

"밤에 돌아오시는 소리를 들어서요."

결국 그녀는 그렇게만 말했다. 오오키는 "그래요⋯⋯." 하고 대답했지만 긴장한 표정만은 바꾸지 않았다. 기세에 눌린 나오코는 고개를 숙였다.

"잠이 안 와서요. 밤중에 잠깐 산책을 했죠."

이윽고 오오키는 조금 딱딱하게 말했다.

"그랬군요"라고 말하는 나오코. 어색한 분위기가 흘렀다.

오오키는 자신의 세면도구를 들고 "그럼" 하고는 복도를 걸어갔다. 마치 도망치는 것 같은 발걸음이었다.

오오키의 모습이 사라진 뒤 마코토가 나오코의 옆으로 왔다.

"이상하네."

"그러게."

"뭔가 있는 것 같지?"

"응……."

나오코도 고개를 끄덕이고, 그가 남긴 세면대에 가득한 물을 바라봤다.

스크램블드에그, 베이컨, 그린 샐러드, 호박 수프, 크루아상, 오렌지주스, 커피. 이상이 이날 아침 메뉴였다. 의사 부부와 가미조가 그녀들과 함께 식사했다. 에나미와 오오키는 이미 식사를 마치고 밖으로 나간 모양이었다. 다카세가 잠깐 나타나 크루아상과 커피를 채우고 갔다.

"어제는 잘 잤어요?"

옆 테이블에 앉은 의사 부인이 말을 걸어왔다. 화장하지 않은 그녀의 얼굴은 마치 촌동네 부녀회 아줌마 같은 분위기를 풍겼다.

"잘 잤습니다."

마코토가 대답하고, 나오코는 침묵했다.

"그 방에서 잤다는 것 자체가 대단하지. 역시 젊네."

의사는 손가락으로 집어든 크루아상을 입으로 가져가면서

이상한 감탄의 말을 남겼다.

나오코는 마침 얘기하기에 안성맞춤이라고 생각했다. 단골들에게 오빠에 대해 이런저런 질문을 던지고 싶었지만 당돌하게 말을 꺼내는 것도 이상할 것 같았기 때문이다.

"의사선생님은 지난해 자살소동이 일어났을 때 어디에 계셨어요?"

그저 지나가는 얘기로 물으려 했는데 목소리가 조금 높아졌다. 하지만 부자연스러울 정도는 아니었던 모양이다. 의사는 입을 우물거리며 고개를 끄덕이고, 가는 목으로 크루아상을 넘기며 말했다.

"뭐 특별할 건 없고 검시에 입회한 정도지. 이런 곳이라 그런지, 형사들은 손님 중에 마침 의사가 있어서 다행이라는 표정을 짓더군."

"멋지네요."

가미조가 옆에서 빈정댔다.

"꼭 형사 드라마 같네요."

의사 부인이 "맞아요. 형사에게 지시를 내리기도 했지"라고 말했다.

"지시 같은 건 안 했어. 진찰한 결과를 말했을 뿐이지."

"자살은 의사선생님의 판단이었나요?"

나오코는 좋은 질문이라고 생각하며 마코토를 봤다. 의사는 쓴 약을 머금은 것 같은 얼굴로 고개를 두세 번 가로저었다.

"모르겠다는 게 솔직하고 객관적인 의견이었네. 사체 옆에 독극물이 놓여 있었으니, 그걸 마시고 죽은 것은 명확했지. 그러나 그것뿐이었어. 스스로 마셨는지, 누군가가 마시게 한 것인지, 아니면 다른 약으로 잘못 알고 마신 것인지조차 판정할 증거가 전혀 없었어. 움직이지도 말하지도 못하는 사체만 존재했을 뿐이지."

"시적인 말이네요."

가미조가 커피 잔을 들었다. 나오코는 그를 슬쩍 본 다음 무시하듯 다시 의사에게 시선을 돌렸다.

"그럼, 자살은 경찰의 판단인가요?"

"물론이지. 그저 개인적으로 사고나 타살일 가능성은 희박할 거라고 했지만 말이야. 다른 약으로 잘못 알고 독약을 마셨다고는 생각하기 어려웠고, 우리들 중에 초면인 사람을 죽일 미친 사람이 있을 리 없었으니까."

"의견이라기보다 희망으로 들리네요."

가미조의 이런 대꾸에 익숙한지, 의사는 불쾌해하지 않고 그에게 말했다.

"희망이지. 믿음이라고 해도 좋고. 하지만 자네가 말한 것처럼 경찰이 우리들의 희망을 수사 노트에 그대로 옮겨 적을 만큼 만만하진 않아. 결정적인 단서가 된 것은 현장 상황과

고인에 대한 여러 정보였지. 상황이라는 것은 방⋯⋯."

"안쪽에서 잠겨 있었지."

남편만 계속 얘기하는 게 마음에 안 들었는지 부인이 얘기를 낚아채며 끼어들었다.

"게다가 마스터키는 그리 간단하게 손에 넣을 수 없었어. 만약 타살이라면 밀실살인이 되는 셈이지."

부인은 그 사실이 마치 자랑거리라도 되는 듯 눈을 빛냈다. 그녀의 입이 닫히기를 기다렸다가 의사가 이야기를 계속했다.

"경찰은 관계자들의 이야기를 듣고 다녔는데 결국 방을 잠근 것은 피해자 본인이라는 결론을 내린 모양이야. 그리고 그가 노이로제 상태였다는 거지. 그걸로 자살 동기가 밝혀져, 경찰에서도 결론을 낸 거지."

"의사선생님이 보시기에는 어땠나요?"

역시 나오코의 목소리가 커졌다. 그것을 깨닫고 이번에는 의식적으로 나지막하게 이야기를 계속했다.

"그러니까 그 사람이 노이로제 상태처럼 보였나요?"

의사는 나오코의 질문이 흥미로웠는지 다시 평소의 온화한 표정을 드러냈다.

"의사의 눈으로는 정상이었던 것으로 기억하네. 경찰 얘기를 듣고 의외라고 생각했을 정도였지. 적어도 내가 보기엔 노이로제는 아니었네."

"나도 그렇게 생각했어. 좋은 청년이었어. 나와 트럼프도 같이 쳐줬지. 그다지 잘하진 못했지만."

부인이 말했다.

"노이로제 이론에 동의한 것은 오오키 군 하나였지요. 나도 좋은 청년이었다는 부인의 의견에 찬성합니다."

별것 아니라는 듯이 던진 가미조의 말이 나오코의 마음에 걸렸다.

"오오키 씨는 그 사람이 노이로제였다고 주장했나요?"

"주장이라고도 할 수 없죠. 그 사람은 아주 명석하고 박식해서 사람들의 감탄을 자아냈으니, 육체파 오오키 군 입장에서는 그다지 유쾌하지 않았겠죠. 그는 상당히 자기과시욕이 강한 성격이라, 노이로제라는 말에 동의해 그 사람의 이미지를 떨어뜨릴 심산이었겠죠."

"......"

나오코는 과연 그것뿐이었을까 생각했다. 오오키가 그렇게 말한 데는 다른 목적이 있었던 게 아닐까?

나오코가 입을 다물어버렸기 때문에 마코토가 자리를 마무리하기 위해 입을 열었다.

"여행지에서는 참 많은 일이 일어나네요. 재미있는 일만 있으면 좋겠는데요."

"정말 그래요."

의사 부인은 이렇게 말하며 남은 수프를 먹었다. 나오코는 부인의 수프가 너무 식어버린 게 아닐까 걱정했지만 부인은 수프를 맛있게 다 먹고 나서 물었다.

"그런데 오늘은 어디로 갈 작정이죠? 좀 더 나가면 스케이트 정도는 탈 수 있는데."

마코토가 아직 정하지 않았다고 하자, 잠자코 커피를 마시던 가미조가 금방 뭔가를 떠올린 표정으로 말했다.

"그러고 보니 어젯밤에 오오키 군이 잔뜩 신이 나 있던데. 오늘 두 사람을 안내할 계획이라고 했지. 그는 보는 대로 적극적인 사람이라."

마코토가 나오코의 옆에서 어깨를 으쓱해 보였다.

"정말 적극적이네."

"여러분은 어쩔 셈이세요?"

나오코는 의사 부부에게 물은 것인데 대답은 가미조가 했다.

"우선은 체스의 끝을 봐야겠죠."

"체스?"

"의사선생님하고 승부가 아직 나지 않아서."

놀란 나오코는 의사의 얼굴을 봤다.

"어젯밤 승부는 어떻게 됐는데요?"

의사는 처진 눈 한쪽을 찡긋했다.

"그거야 그저 게임 한 판이었지."

"승부가 한 번으로 끝날 리 없지. 앞으로 열아홉 번쯤은 더 둬야 할 걸요."

가미조는 지긋지긋하다는 듯 말했다.

아침식사 후, 두 사람은 숙소 주변을 산책했다. 숙소 앞에서 숲을 향해 구불구불 산책로가 이어졌다. 어젯밤에 다시 눈이 내렸는지, 산책로에 눈이 10센티미터 정도 쌓여 있었다. 스노 부츠를 신고 눈을 밟자 뽀드득뽀드득 가벼운 소리가 났다. 앞쪽에 난 발자국이 없는 걸 보니 에나미와 오오키를 만날 일은 없을 듯했다.

"어떻게 생각해?"

발부리로 눈을 차며 마코토가 물었다.

"어떻게 생각하느냐니?"

나오코가 되묻자, 마코토는 조금 얘기하기 힘든 듯 손을 머리에 댔다.

"오빠 말이야. 의사 일행 말로는 노이로제처럼 보이지 않았다고 했는데."

"맞아."

나오코는 재킷 주머니에 손을 넣은 채 한동안 잠자코 걷기만 했다. 이따금 발바닥에 밟히는 눈뭉치가 생각을 방해했다.

"그 느낌을 믿고 싶어. 오빠가 자살한 게 아니라는 내 생각을 뒷받침하는 거니까. 게다가 죽을 때까지 노이로제였다면 너무 불쌍하잖아."

마코토는 말이 없었다. 꽤 시간이 흐른 뒤, "인정!"이라는 말을 혼잣말처럼 흘렸을 뿐이다.

"다만 오오키 씨가 맘에 걸려. 그 사람만 오빠가 노이로제였다고 얘기했다는 게 말이야. 그렇게 말해서 확실하게 자살로 몰고 가려 했는지 모르지."

"그가 고이치 씨를 죽였다고?"

"단언할 수는 없지만……. 그 사람은 뭐랄까 묘한 구석이 있어. 어젯밤도 그래. 그런 밤중에 산책한다는 게 이상하지 않아? 그리고 아까부터 생각한 건데, 오오키 씨가 방에 돌아온 것은 내가 침대에 들어온 뒤였잖아? 그렇다면 내가 카운터에 숨어 있었을 때 뒷문으로 들어온 건 다른 사람이라는 거잖아. 그렇다면……."

"오오키 씨는 혼자가 아니었다는 게 되지."

"태평스럽게 말하지 좀 마."

나오코는 약간 짜증을 냈다.

산책로는 숙소 앞으로 연결된 찻길과 나란히 뻗어 있었다. 2백 미터 정도 걸으면 큰길로 나갈 수 있었다. 큰길이라고 해도 그리 대단한 건 아니었다. 위로는 점점 좁아지는 등산로와 연결됐고, 아래로는 그 마구간 같은 역으로 이어졌다.

큰길로 나오기 직전에 두 사람은 돌아섰다. 아무리 걸어도 똑같은 풍경이었다. 눈, 자작나무, 나무들 사이로 스며드는 아침햇살. 그리고 휘파람소리 같은 작은 새의 울음소리가 일정하게 들려왔다.

반쯤 돌아왔을 때 다카세가 운전하는 원 박스 왜건과 만났다. 그는 조심스럽게 차를 세운 다음 유리창을 내렸다.

"손님을 모시러 갑니다. 네 명입니다. 이걸로 모든 방이 찼습니다."

그가 말했다.

"어떤 분이 오나요?"

마코토가 물었다.

"부부가 묵습니다. '거위와 키다리 할아버지'라는 방이에요. 그리고 다른 두 분은 남성입니다. 스키를 즐기러 온 거죠."

"방은?"

"'여행'이라는 방입니다."

그렇게 말하고 다카세는 다시 액셀러레이터를 밟았다. 자동차는 신중하지만 확실히 길을 다지며 앞으로 나아갔다.

나오코와 마코토는 산책길에서 벗어나 어제와 마찬가지로 숙소 뒤편으로 돌아갔다. 이쪽은 몇 사람의 발자국이 남아 있었다. 하지만 둘 다 그에 대한 감상을 입 밖으로 내지는 않았다.

돌다리는 변함없이 무너진 채 그 자리를 지키고 있었다. 가운데가 무너져 내린 돌다리는 거대한 용 부자(父子)가 얼굴을 맞대고 있는 것처럼 보였다. 머리를 맞대고 비밀 이야기를 나누고 있는 듯했다.

"전혀 몰랐네."

마코토가 동쪽을 보며 말했다. 나오코도 따라 고개를 돌렸다.

"저렇게 가까이에 산이 있었네."

"그러네."

그리 높은 산은 아니었다. 비슷한 모양의 두 산이 동쪽에 나란히 늘어서 있고 태양이 그 가운데 걸려 있었다.

"낙타 등 같네."

마코토가 감상을 말했다. 나오코도 동의했다.

나오코는 조심조심 절벽 끝에 서서 계곡 바닥을 내려다봤다. 아침햇살을 받은 돌다리의 그림자가 계곡 바닥에 드리워져 있다. 아버지와 아들 용의 그림자는 실물보다 더 가깝게 마주하고 있다.

한발 더 내딛으려고 했지만 몸이 떨리는 바람에 포기하고 돌아왔다. 높은 곳에도 약했지만 높고 추운 곳에는 더 약했다.

마코토는 돌다리가 시작되는 부근에 쪼그리고 앉아 다리 밑을 들여다보고 있었다. 나오코가 다가가자 그녀는 돌다리 안쪽을 가리켰다.

"저건 뭐지?"

나오코도 마코토의 어깨 너머로 들여다보았다. 다리 밑에 마치 숨겨놓은 것처럼 굵은 목재가 놓여 있었다. 마코토는 발밑을 조심하면서 몸을 내밀어 그 목재를 빼내기 시작했다. 그녀가 용을 쓰는 걸 보니 무게가 꽤 나가는 모양이었다.

길이가 2미터쯤 되는 각목이 나왔다. 각목이라고 해도 두께가 약 5센티미터, 폭이 40센티미터라 널빤지에 가까웠다. 나무의 재질까지는 판별할 수 없었지만 아주 새것이라는 사실만큼은 알 수 있었다.

"어디에 사용하는 거지?"

마코토는 오른쪽 주먹으로 그 널빤지를 가볍게 두드렸다. 딱딱한 소리가 났다.

"가구나 생활용품을 만드는 재료 아닐까. 이 숙소에는 직접 만든 게 많던데."

나오코의 말에 마코토는 고개를 갸웃하며 그럴지도 모르겠다고 읊조리고는 널빤지를 다시 원래 자리에 꽂아놓았다.

숙소로 돌아오니 라운지에서는 여전히 의사가 가미조를 체스 상대로 삼고 있었다. 의사 부인의 모습은 보이지 않았다. 난로 앞에서 신문을 읽던 마스터가 "돌아왔어요?" 하며 둘에게 말을 건넸다.

싸늘한 복도를 걸어 방으로 향했다. 문 앞에 섰을 때 마코토는 입술을 쭉 내밀어 안쪽을 가리켰다.

"저쪽으로 가볼까? 아직 한 번도 못 가봤잖아."

두 사람은 런던 브리지와 올드 머더구스에만 가봤다. 다른 방들은 약도로 위치만 알고 있을 뿐이었다. 나오코도 찬성했다.

복도 제일 앞에는 여행이라는 방이 있었다. 그 옆이 세인트 폴, 여기에는 오오키가 묵고 있었다. 다음이 나오코 일행의 험프티 덤프티. 그리고 이어서 그다음이 거위와 키다리 할아버지라는 방이었다.

문에 붙은 푯말에는 'Goosey and old father Long Legs'라고 적혀 있었다. 여기가 런던 브리지와 올드 머더구스와 같이 복층구조라는 것은 나오코 일행도 알고 있었다.

거위와 키다리 할아버지 방 옆이 밀이었다. 풍차라는 의미다. 가미조가 여기에 묵고 있었다.

"바람이 불면 풍차가 돌고, 바람이 멈추면 풍차는 멈춘다고 가미조 씨가 말했지."

기억을 떠올리며 나오코가 말했다. 정말로 외우기 쉬운 구절이다.

"지극히 당연한 얘기를 노래로 만들었어."

"그것도 분명 머더구스의 특징일 거야."

두 사람은 밀을 지나쳤다.

거기서 복도가 왼쪽으로 꺾이는데 바로 거기에, 그러니까 밀 옆에 사방 4미터 정도의 공간이 있었다. 거기에는 손때가 묻어 아주 오래되어 보이는 둥근 테이블이 놓여 있고, 벽에는 유화 물감을 덕지덕지 칠한 추상화가 걸려 있었다.

"나오코, 이것 좀 봐."

벽 쪽에 놓인 선반을 둘러보던 마코토의 부름에 나오코가 다가갔다. 마코토는 볼링 핀 같은 걸 들고 있다. 자세히 보니 그것은 목각인형 같은 것이었는데, 크기는 딱 1리터짜리 콜라 병 정도였다.

"마리아야."

"응?"

그게 뭘 의미하는지 바로 나오코의 머리에 떠오르지 않았다. 마리아…… 언제 돌아왔나? ……오빠의 엽서…….

"잠깐만 보여줘."

나오코는 그것을 잡았다. 지내온 세월을 품고 있는 것처럼 꽤 무거웠다. 천을 머리부터 덮어쓴 모양의 인형은 두 손으로 아기를 안고 있었다.

"틀림없이 마리아야."

"고이치 씨의 엽서에 나오는 마리아가 이건가?"

"글쎄……."

나오코는 다시 한번 그 마리아 상을 물끄러미 쳐다봤다. 온

화한 표정을 짓고 있다. 아마추어의 솜씨라면 대단하다고 생각했다. 하지만 곧 이 마리아에 딱 한 가지 이상한 점이 있다는 것을 깨달았다. 그것은 세상 어떤 마리아와 비교해도 이상했다.

나오코가 말했다.

"이 마리아…… 뿔이 있네."

"뭐? 설마!"

마코토는 마리아와 뿔이라는 조합이 너무 엉뚱해 발견하지 못한 모양이었다. 나오코는 마리아 상을 그녀에게 내밀었다.

"여기 이마에 작은 돌기가 있잖아? 이거 뿔 아니야?"

"이럴 수가…… 뿔 달린 마리아가 있다는 얘기는 한 번도 못 들어봤어."

마코토의 얘기가 여기서 끊어진 것은 스스로도 그 돌기에 대해 분명하게 설명할 수 없었기 때문일 것이다. 손끝으로 그 부분을 문지르면서 고개를 갸웃했다.

"잘 모르겠지만 장식 같은 게 아닐까. 아무리 그래도 뿔은 이상하다."

"그야 그렇지."

나오코는 다시 마리아 상을 자기 쪽으로 돌렸다. 이마 위에 쌀 한 톨만 한 돌기가 있었다. 이런 장식이 있을 수 있을까? 하지만 더 이상 얘기해 봤자 납득할 만한 답이 나올 것 같지 않았다. 나오코는 "신경 쓰이네"라고 중얼대면서 그것을 선반에 돌려놨다.

복도를 왼쪽으로 돌면 마지막 방이 나왔다. 차분한 갈색 나무문에는 'Jack and Jill'이라고 쓰인 팻말이 걸려 있었다.

"'잭과 질'이라……."

"여기는 에나미 씨의 방이야."

마코토는 어느새 이런 것까지 다 조사해 놓은 상태였다.

다카세가 새로운 손님을 데리고 돌아온 것은 나오코와 마코토가 방으로 돌아와 약도를 들여다보고 있을 때였다. 그가 그려준 그림이 매우 정확하다는 것을 확인하고, 다시 한번 감탄하고 있을 무렵 라운지 쪽에서 시끌벅적한 소리가 들렸던 것이다. 그로부터 10분쯤 뒤에 "실례합니다"라는 다카세의 목소리와 함께 노크소리가 났다. 마코토가 일어나 문을 열었다.

"오늘 밤에는 작은 파티를 열 계획이니까 괜찮으시면 꼭 참석해 주세요."

다카세는 조금 눈이 부신 듯 두 사람의 얼굴을 보면서 말했다.

"늘 오시는 멤버가 다 모여서요. 매년 하는 일입니다. 게다가 오오키 씨가 내일 아침에 떠나셔서 오늘이 아니면 안 돼서요."

"오오키 씨요? 그런 말씀은 없으셨는데."

나오코가 되물었다.

"조금 더 계실 예정이었는데 갑자기 일이 생겼답니다."

다카세도 오오키의 스케줄 변경에 당황한 듯했다.

두 사람은 파티에 참가하겠다고 한 후 다카세에게 근처 스키장에 데려다 달라고 부탁했다. 도쿄에 계신 부모님께 슬로프에 서 있는 사진 한 장쯤은 보여드려야 했기 때문이다.

"수확은 있으셨나요?"

스키장으로 향하는 차 안에서 핸들을 쥔 다카세가 전방을 주시한 채 물었다. 고름이라도 만지는 것처럼 조심스러운 말투였다. 뒷좌석에 앉은 나오코에게는 그의 표정까지는 보이지 않았다.

"글쎄요. 이런저런 얘기를 들었지만 뭐가 수확인지 잘 모르겠습니다. 어쩌면 다 무의미한 일일지도 모르겠습니다."

마코토가 대답했다.

"머더구스의 주문에 대해 알아낸 게 있으세요?"

어젯밤 갑자기 약도를 그리게 해서인지, 그도 신경이 쓰이는 모양이었다.

"아니요, 아직까지는."

"그렇습니까."

그렇겠지, 하는 뜻이 그 말에 배어 있었다. 이 순박한 청년은 지나간 자살사건에 미련이 남아 냄새를 맡고 다니며 탐정 흉내나 내는 여대생을 어떻게 보고 있을까. 하지만 나오코는 그에 대해서는 더 이상 생각하지 않기로 했다.

"다카세 씨는 머더구스에서 일한 지 얼마나 되셨어요?"

갑자기 생각나 나오코가 물어봤다. 다카세는 잠깐 뜸을 들였다가, 2년이라고 대답했다. 몇 년인지 생각하느라 뜸을 들였으리라 해석했다.

"숙소에서 계속 생활하세요?"

"예. 거의 그렇습니다."

"거의라면?"

"가끔 시즈오카에 가기도 합니다. 어머니가 대학 기숙사에서 취사일을 하고 계시거든요. 하지만 거의 가지 않습니다."

"고향은 어디예요?"

"전에는 도쿄에 있었습니다. 하지만 어머니 외에는 일가친척이 없으니 고향이랄 것도 없죠."

다카세의 나이로 봐서, 고등학교를 졸업하고 2년쯤 뒤에 머더구스에 왔을 것이다. 그리고 여기 오기 전 2년간도 놀러 다니진 않았을 것이다. 나오코는 그래도 기죽지 않고 자신의 경력을 담담하게 얘기하는 그에게서 지금까지와는 다른 일면을 봤다.

"2년 전이라면 추락사고가 일어난 때네요."

마코토가 말하자 다카세는 또 뜸을 들였다가 조그맣게 그렇다고 대답했다.

"사고가 일어났을 때, 다카세 씨도 계셨나요?"

"아니요."

자동차가 크게 왼쪽으로 기울어져 나오코의 몸이 차체에 부딪혔다. 왼쪽에서 마코토의 몸이 눌러왔다. 다카세가 죄송하다고 사과했다.

"제가 일하기 시작한 것은 사고가 일어난 뒤 꽤 지난 시점이었습니다. 2개월 정도 지난 뒤가 아닐까 합니다."

"그렇군요."

나오코는 마코토를 바라보았다. 마코토는 뭔가를 생각할 때 늘 그러는 것처럼 아랫입술을 깨물고 있었다.

자동차가 완만한 경사면에 있는 리프트 출발점 부근에 도착했다. 도로 왼쪽에 있는 리프트 승강장에는 10여 명이 스키를 타려고 줄 서 있었다. 오른쪽에는 자동차 수십 대를 수용할 수 있는 주차장이 있었다.

"그럼, 5시쯤에 다시 모시러 오겠습니다."

다카세는 그렇게 말하고 자동차를 유턴시켰다. 사륜구동 자동차의 뒷모습을 지켜보던 마코토는 무슨 말을 하려다 말았다. 나오코가 물어봐도 별것 아니라고만 했다.

근처 매점에서 스키 장비를 빌린 두 사람은 리프트를 타고 슬로프에 올랐다. 집을 나올 때는 부모님의 눈이 있어서 자신의 스키를 짊어지고 나왔는데 짐이 된다는 이유로 이곳으로 오기 전에 마코토의 아파트에 두고 왔다.

나오코는 리프트 위에서 컬러풀한 스키복 차림의 사람들이 구슬처럼 흩어져 내려가는 모습을 봤다. 대학에 들어와 스키를 시작했는데 곧 스키에 푹 빠져 1년에 대여섯 번은 스키장을 찾았다. 평소 같으면 잔뜩 들뜬 마음으로 이런 경치를 바라보고 있었을 게 분명하다.

나오코가 가져온 카메라로 서로의 활주 모습을 세 장씩 찍은 다음, 가장 큰 슬로프 아래에 있는 산장 앞에서 대학생처럼 보이는 남자에게 부탁해 둘이 나란히 사진을 찍었다. 그 남자는 카메라를 돌려주면서 나오코에게 말을 건네려다, 마코토를 슬쩍 보더니 결국 아무 말도 하지 않았다. 그녀가 남자인지 여자인지, 즉 나오코의 애인인지 판단을 내리지 못했을 수 있다. 마코토는 선글라스를 끼고 있었던 데다 큰 체격 때문에 남자 스키복을 빌렸던 것이다.

산장 카페에서 맥주와 가벼운 식사를 하며 한 시간쯤 시간을 보낸 다음, 두 시간 정도 스키를 타고, 다시 다른 찻집에서 커피를 마셨다. 그리고 그로부터 두 시간 정도 다시 스키를 타고 나니, 약속시간이 되었다.

"실컷 타셨어요?"

두 사람이 차에 타자 다카세가 물었다. 마고토가 그럭저럭이라고 대답했다. 묻는 쪽도 대답한 쪽도 감정이 실리지 않은 대화였다.

3

파티는 6시부터 시작되었다. 셰프가 자신 있게 요리한 음식이 모든 테이블에 진열되었고, 의자는 벽에 붙여서 입식파티의 형태를 취했다. 샴페인을 잔에 따라 건배한 다음에는 잇따라 와인을 개봉했다.

나오코 일행이 오늘 도착한 시바우라 부부와 만난 것은 이때가 처음이었다. 남편인 시바우라 도키오는 30대 중반의 나이에 겸손한 말투의 선량해 보이는 남자였고, 동글동글한 얼굴에 조금 작은 안경을 콧등에 걸치고 있다. 아내인 사키코는 갸름한 얼굴의 미인인데 말이 없는 여자였다. 늘 도키오의 뒤에 숨어 직접 대화에 끼려 하지 않았다. 하지만 늘 미소를 잃지 않았기 때문에 어두운 인상은 아니었다. 나오코는 그들과의 대화에서 결혼한 지 5년째라는 사실을 알게 되었다.

직업은 안경 도매상인데, 공장에서 제조한 제품을 소매점에 가져다주는 일이라고 했다. 그는 수익이 적은 일이라고 말하며 안경 속의 작은 눈으로 눈웃음을 시었나.

시바우라 부부 말고 오늘 도착한 일행은 두 명의 젊은 샐러리맨이었다. 나오코는 두 사람이 아까부터 줄곧 그녀가 혼자 되길 기다렸다가 스스럼없이 굴 생각이었다는 걸 알아차렸다. 마코토는 조금 떨어진 곳에서 마스터와 얘기하고 있었다.

"도쿄에서 오셨어요?"

얼굴이 각진 한 남자가 흔해 빠진 화제로 말을 걸어왔다. 그 옆에서 품평하는 눈길로 나오코를 보고 있는 남자는 가늘고 긴 얼굴에 눈도 눈썹도 가늘고, 입술도 얇았다. 둘 다 나오코가 좋아하는 타입은 아니었다. 그녀가 한마디 대꾸하자, 두 사람은 앞다퉈 자기소개를 했다. 그에 따르면 각진 얼굴은 나카무라였고, 가늘고 긴 쪽은 후루카와였다.

둘 다 취업한 지 1, 2년 정도밖에 안 되었는지 사회인처럼 보이지 않았다. 그래도 성인남자라는 점을 강조하고 싶었는지, 나오코에게 회사 이야기를 늘어놓았다. 어떤 회사인지, 무슨 일을 하는지도 잘 기억나지 않을 만큼 재미없는 얘기였다.

"학창시절에는 산악스키를 했습니다."

후루카와가 드디어 화제를 바꿨다.

"슬로프가 아니라 자연경사면을 찾아 매년 스키를 탔어요.

요즘 슬로프는 신주쿠의 연장 같아서요."

이야기는 특별할 것도 없는 자기자랑으로 바뀌었다. 이런 남자일수록 변변치 못하다는 사실은 고등학교 때부터 알고 있었다. 교사인 주제에 학생에게 손을 대 임신시키는 남자가 이런 종류의 남자다. 그러고 보니 그 교사는 어떻게 됐을까?

"나카무라 씨도 후루카와 씨도 틀렸어."

아까부터 요리를 나르느라 바쁘게 움직이던 구루미가 이제 야 앞치마를 벗고 사람들 사이에 끼었다.

"이 사람은 애인이 있어요."

"응? 하지만 여자잖아요."

나카무라가 입을 내밀며 마코토를 바라보았다. 나오코는 '여자'라고 말할 때의 말투로 보아 이 남자도 대단하지 않다 는 것을 간파했다. 업신여기는 태도였던 것이다.

"문제는 매력이지."

그렇게 말하고 구루미는 나오코의 어깨를 감싼 채 카운터 쪽으로 데리고 갔다. 뒤에서 나카무라 일행이 어떤 얼굴을 하고 있는지는 모르겠으나 상상만으로도 즐거웠다. 구루미 는 나오코의 귀에 대고 속삭였다.

"저 두 사람은 조심하는 게 좋을 거야. 저 사람들 나한테도 엄청 들이댔거든."

그녀는 의자에 앉아 나오코의 술을 만들면서 킥킥 웃어댔다.

"구루미 씨, 애인 없으세요?"

구루미는 익살스럽게 어깨를 으쓱해 보였다.

"마코토 씨 같은 사람이 있으면 좋겠는데, 가능하면 남자로."

나오코도 웃었다.

나오코와 구루미가 카운터 자리에 앉아 있는 것을 발견하고, 이번에는 오오키가 다가왔다.

"젊은 것들은 넉살이 너무 좋아 탈이라니까."

오오키가 내뱉은 첫 마디였다. 나카무라와 후루카와를 두고 하는 말인 듯했다. 그렇게 말해놓고 자기는 당연하다는 듯 나오코 옆에 앉았다.

"내일 아침에 돌아가게 됐습니다. 만나서 반가웠는데 일이라 어쩔 수 없군요. 이래서 월급쟁이는 힘들다니까."

"잘 가세요."

구루미가 술잔을 들어 올렸다. 그는 나오코의 어깨 너머로 고맙다고 인사했다.

나오코는 내심 초조했다. 오오키는 현재 가장 의심스러운 남자다. 이대로 사라져버리면 애써 여기까지 온 의미가 없어진다. 하지만 붙잡을 이유도 없고, 당장 혐의가 있는지 없는지 판정할 묘안도 없었다.

그녀가 그런 생각을 하고 있을 때 오오키가 귓가에 속삭였다.

"나중에 연락처를 가르쳐주지 않겠나. 도쿄에서 다시 만나지 않겠어?"

나오코는 그의 얼굴을 다시 봤다. 평소라면 무시했을 것이다. 하지만 그와의 관계를 끊어버리지 않기 위해서는 받아들이는 수밖에 없었다. 오오키는 만족스러워하면서 입가를 누그러뜨렸다.

"자, 그럼 나는 혼자 술 좀 깨고 올까."

오오키는 의자에서 일어서 약간 비틀대며 출입구 쪽으로 걸어갔다. 옆에서 구루미가 중얼거렸다.

"저 사람도 틀렸어."

9시가 넘어서면서 파티는 게임대회로 변했다. 의사와 가미조는 당연히 몇 번째 체스시합에 몰두했고, 부인과 구루미는 백개먼을 하고 있다. 그리고 포커는 셰프와 마스터, 시바우라 부부, 다카세에 뜻밖에도 에나미가 끼었다.

나오코는 마코토의 맥주 상대를 하면서 백개먼을 관전했다. 나카무라와 후루카와는 내일을 준비하겠다며 일찌감치 방으로 돌아갔다.

"체크."

가미조가 헛기침이라도 하는 것처럼 가볍게 말했다. 포커 테이블에서 셰프가 웃음을 참고 있었다.

"의사선생님이 기분 좋게 체크를 외치는 소리를 한번 들어

보고 싶네요."

의사가 화난 얼굴을 돌렸다.

"승부수를 던졌다 해서 이긴 건 아니야. 나는 나중에 즐거움을 얻는 사람이지."

"하지만 체크를 못 외치면 체크메이트도 불가능해요."

"그러니까 승부수는 한 번으로 족해. 그 한 번을 어디에 쓸 것인지 생각하고 있어. 무엇보다 자네는 다른 사람에게 마음 쓸 여유가 있기는 한가? 쭉 보니까 칩이 더 는 것 같은데."

"늘지도 줄지도 않았습니다. 그런데 의사선생님의 말은 아주 쓸쓸해 보이네요."

"그러니까 앞으로가 중요해. 가미조 군이 정석을 무시하는 탓에 조금 당황했을 뿐이야. 오오키 군 정도의 정통파라면 훨씬 쉬웠을 텐데."

"그는 초보자예요."

그렇게 말하며 셰프는 카드를 던졌다.

"그만두겠네."

백개먼을 하던 부인은 아까부터 오가는 대화를 즐겁게 듣고 있었다. 분명히 이런 심술궂은 얘기를 퍼붓는 것조차도 의사의 흥밋거리 중 하나라는 사실을 알고 있을 것이라고 나오코는 생각했다.

"그런데 오오키 씨는 어떻게 된 거지? 아까 밖으로 나가는 것 같던데 아직 돌아오지 않았나?"

마스터는 카드 든 손을 멈추고, 모두에게 의견을 묻는 것처럼 고개를 돌렸다.

"그러고 보니 너무 늦네."

다카세도 걱정스럽게 뻐꾸기시계를 쳐다봤다.

"아직 안 돌아온 게 분명해요. 제가 아까부터 줄곧 이 자리에 있었어요."

다카세의 자리가 출입구에서 가장 가까웠다. 밖에서 돌아왔다면 반드시 이 라운지 옆, 그러니까 다카세의 바로 옆을 지나쳐야만 자기 방으로 돌아갈 수 있다.

"큰일이군."

마스터는 카드를 내려놓았다.

"어딘가 취해서 쓰러져 있는 거 아닌가."

"그는 주당이야."

셰프의 말에도 마스터의 불안한 표정은 변하지 않았다.

"그래서 문제라는 거야. 술은 방심해선 안 돼. 다카세 군, 잠깐 찾아보지."

다카세도 카드를 놓고 일어섰다. 멤버가 둘이나 빠지자 셰프도 당황한 것처럼 보였다.

"괜찮을 거야. 곧 돌아오지 않을까."

"괜찮지 않으면 큰일이야."

마스터와 다카세는 방한복을 입고 나갔다.

둘이 나간 후, 시바우라가 조심스럽게 입을 열었다.

"저기…… 오오키 씨는 왜 밖에 나가셨나요?"

"술을 깨겠다고 했어요."

구루미가 돌아보며 말했다.

"그래요……. 걱정이네요."

"마지막 밤이라, 지나치게 들뜬 게 아닐까요."

에나미가 담담하게 말했다. 평소 거의 말이 없던 사람의 한마디는 왠지 묘한 설득력을 발휘해 몇 사람이 덩달아 고개를 끄덕였다.

마스터 일행이 나가고 30분 정도 지나자 사람들은 모두 침묵을 지켰다. 카드 섞는 소리도, 가미조의 체크 소리도 사라졌다. 사람들은 뻐꾸기시계를 노려보며 그저 조용히 앉아 있을 뿐이었다.

문 열리는 소리에 누가 제일 먼저 반응했는지는 모르지만 마스터가 온몸에 눈을 뒤집어쓰고 들어왔을 때에는 모두 의자에서 일어나 있었다.

"찾았나?"

의사가 제일 먼저 입을 열었다. 마스터는 상대가 의사라 무시할 수 없었는지 고개를 들고 입만 우물우물했다. 하지만 결국 소리가 되어 나오진 못했다. 어쩌면 말할 수 없었는지도 모른다. 창백한 얼굴에 충혈된 눈으로 모두를 둘러봤을 뿐이었다. 그리고 다시 시선을 피한 채 똑바로 카운터로 향했다. 그러고는 카운터에 다가가 수화기를 들고 버튼을 세 번 눌렀다. 모두 그 모습에 더욱 긴장했다.

마스터가 이야기를 시작한 것과 다카세가 들어온 것은 거의 동시였다. 어떤 사람은 다카세를 보고, 또 어떤 사람은 마스터의 목소리에 신경을 집중했다.

마스터가 말을 하기 시작했다. 땀이 나는 것도 아닌데 수건으로 이마를 닦았다. 어떻게든 냉정하게 사실을 전하려는 노력이 모두의 눈에 그대로 보였고, 그 말에서도 전해졌다.

"아! 여보세요, 경찰이죠? 여기는 머더구스라는 펜션입니다. 예. 그 길로 들어오는데……. 사고입니다. 사고가 일어났어요. 추락사입니다. 피해자는 한 명입니다. ……예, …… 예. 그렇습니다. 사망한 것 같습니다."

4장

무너진 돌다리

1

컴컴한 데다 눈까지 내린 밤이었는데도, 마스터가 연락한 지 20여 분 만에 첫 번째 경찰차가 도착했다. 그 직후 구급차 사이렌소리가 들렸고, 다시 몇 분 후에 경찰차 여러 대가 숙소 주차장을 가득 메웠다.

나오코를 비롯한 손님들은 무언가로부터 버려진 듯 라운지에서 대기했다. 손님들은 창문을 통해 들어오는 깜빡이는 불빛과 엄청난 수의 무뚝뚝한 남자들이 숙소 주변을 열심히 돌아다니는 모습을 보긴 했지만 구체적으로 밖에서 무슨 일이 벌어지고, 어떤 상황이 전개되고 있는지는 전혀 알 수 없었다. 사고 개요에 대해서도 거의 아는 게 없었다. 가장 잘 알고 있는 마스터와 다카세가 밖에 나가 경찰을 돕고 있었기 때문이다.

마침내 나카무라와 후루카와도 시끄러운 소리에 잠이 깼는지 밖으로 나왔다. 둘 다 잠옷 위에 스포츠웨어를 입고 있었다.

"무슨 일이 있습니까?"

나카무라가 머리를 긁으면서 속삭이듯 시바우라에게 물었

다. 많은 사람들 중에서 시바우라를 선택한 것은 아마도 그가 제일 질문하기 좋은 분위기를 풍겼기 때문이라고 나오코는 추측했다. 그만큼 모두 긴장으로 얼굴이 경직되어 있었다.

시바우라는 한두 번 주위를 둘러본 다음, 동그란 안경을 손가락으로 밀어 올리고는 낮은 목소리로 말했다.

"사고가 났어요."

"사고? 교통사고입니까?"

나카무라도 목소리를 낮췄다. 사고라는 말에 교통사고를 떠올린 것은 도시생활의 영향일 것이다. 시바우라는 고개를 저었다.

"추락사고입니다. 오오키 씨가 뒤쪽 절벽에서 떨어진 것 같아요."

"오오키 씨가?"

나카무라와 후루카와는 얼굴을 마주 보았다. 이럴 때 어떤 표정을 지어야 하는지 몰라 당황한 것처럼 보였다. 후루카와가 시바우라에게 질문을 던졌다.

"그래서 지금 뭘 하고 있는 겁니까?"

"글쎄요."

그것은 여기에 있는 누구도 알지 못했다. 무거운 분위기를 느낀 두 사람은 더 이상 묻지 않고 구석에 놓인 긴 의자에 나란히 앉았다. 자신들도 이 무거운 분위기에 한시라도 빨리 녹아들길 바라는 자세였다.

한 시간 정도 지난 뒤에 입구 문이 열리고 마스터가 돌아왔
다. 그 뒤를 따라 남자 몇 명이 들어왔는데 그중 몇몇은 다카
세를 따라 방으로 향했고, 두 명이 마스터와 함께 라운지에
남았다. 한쪽은 작고 뚱뚱한 중년 남자였는데 술에라도 취한
것처럼 얼굴이 붉었다. 또 다른 사람은 머리를 짧게 깎은 체
격 좋은 젊은 남자였다. 나오코의 눈에는 둘 다 좋은 인상으
로는 보이지 않았다.

"여기서 파티를 하고 있었군요."

작은 체구의 남자가 오른손을 바지주머니에 꽂은 채 확인
했다. 나오코가 예상했던 것보다 높은 음역의 목소리였다.
팔짱을 낀 마스터가 고개를 끄덕였다.

"그렇습니다."

"파티는 몇 시부터 시작했습니까?"

"6시 무렵에 시작했습니다."

"참가자는?"

"여기 있는 전원입니다."

그러자 작은 체구의 남자는 아랫입술을 내밀고 집게손가락
을 작게 흔들었다. 그리고 이번에는 엄지손가락을 세워 현관
밖을 가리켰다.

"여기 있는 전원과 오오키 씨……겠죠."

마스터는 눈을 껌뻑거리며 고개를 두세 번 끄덕였다.

"맞습니다. 오오키 씨도 함께였습니다."

"정확하게 말씀해 주십시오."

"죄송합니다."

마스터는 지긋지긋하다는 표정을 지었다. 아까부터 이런 형사의 말투에 질려버린 모양이었다.

"오오키 씨는 몇 시쯤 여기에서 나갔습니까?"

마스터는 대답 대신 사람들의 얼굴을 둘러봤다. 이윽고 구루미와 눈이 마주쳤다.

"7시 30분쯤이었습니다."

구루미가 대답했다. 그러고는 확인하듯 나오코 쪽으로 고개를 기울였다. 대충 그 정도 시간으로 기억하고 있었다. 나오코도 고개를 살짝 끄덕였다.

"어떤 말을 하고 나갔습니까?"

작은 체구의 남자는 구루미와 나오코의 얼굴을 번갈아 봤다.

"술을 깨고 오겠다고 했습니다."

구루미가 대답했다.

"흐음. 많이 취한 것 같았습니까?"

"글쎄요."

구루미는 나오코를 바라보았다.

"어땠어?"

"저는 그렇지는 않았다고 생각합니다."

나오코가 똑 부러지게 말했다. 그때 오오키는 취한 얼굴이 아니었다. 오히려 눈빛은 냉정했다.

"그렇다면 거나한 기분에 잠깐 머리를 식히러 나갔다는 겁니까?"

"그렇습니다."

그렇게밖에 말할 수 없었다.

"오오키 씨는 혼자 나갔습니까?"

이 질문에는 마스터가 대답했다.

"그건 분명합니다."

"오오키 씨와 함께는 아니더라도 나중에 나가신 분은 없습니까?"

이 질문은 라운지에 모인 모든 손님에게 던진 것이었다. 손님들은 고개를 움직이지 않고, 눈으로만 서로의 모습을 찾았다. 하지만 이름을 대는 사람은 아무도 없었다.

이 침묵을 마스터가 수습하고 나섰다.

"8시부터 게임이 시작됐습니다. 포커나 체스 같은……. 그래서 밖에 나간 사람은 없었습니다."

그리고 마스터는 누가 어떤 게임에 참가했는지 자세히 설명했다. 8시 30분쯤에 나카무라와 후루카와가 방으로 돌아갔다는 얘기와 나오코와 마코토는 부인과 구루미의 백개먼을 보고 있었다는 설명도 정확했다.

"그렇군요."

체구가 작은 형사는 마스터의 말에 거의 흥미가 없다는 태도로 둥근 턱을 문지르고 있었다. 그리고 젊은 형사에게 뭐라고 귓속말을 한 뒤 마스터에게 가볍게 손을 들어 올린 다음 숙소를 떠났다.

"어디에서 떨어졌습니까?"

마코토가 형사의 모습이 사라지길 기다렸다가 운을 뗐다. 모두의 시선이 마스터에게 모아졌다.

"돌다리 위에서인 것 같습니다."

그는 피곤한 눈으로 마코토를 봤다.

"왜 그런 데 갔는지……."

"역시 그 돌다리는 위험해요."

조심스럽게 에나미가 말했다.

"거기서 사람이 떨어진 게 두 번째죠? 철거하는 게 낫겠어요."

"그래서 앞으로 어쩔 셈이오, 마스터? 우리들은 언제까지 여기에 갇혀 있어야 하나?"

셰프가 물었는데 자신을 위해서라기보다 손님들의 마음을 대변하는 느낌이 강했다. 그래서인지 마스터도 셰프가 아니라 라운지 전체를 둘러보며 말했다.

"여러분께는 더 이상 폐를 끼치지 않겠습니다. 부디 지금까지와 마찬가지로 각자 여행을 즐기십시오. 부탁드립니다!"

셰프는 고개를 숙인 채 움직이지 않았다. 그가 머릴 숙일 이유는 하나도 없는데도 말이다.

나오코와 마코토가 방으로 돌아왔을 때에는 탁상시계가 12시를 가리키고 있었다. 숙소 바깥은 일단 정적을 되찾았고, 경찰차도 대부분 돌아간 듯했다. 손님들도 각자의 방으로 돌아가 한숨 돌리고 있을 것이다.

두 사람은 침실로 들어가자마자 각자의 침대에 몸을 던졌다. 한동안 말없이 상대방의 숨소리를 듣고 있을 뿐이었다.

"어떻게 생각해?"

마코토가 처음 내뱉은 말이었다.

"어떻게라니?"

나오코가 되물었다.

"그러니까……"

마코토는 호흡을 잠시 가다듬은 후 말했다.

"사고일까."

나오코는 고개를 돌려 마코토를 봤다. 마코토는 팔베개를 하고 천장을 똑바로 쳐다보고 있었다. 숨소리가 조금 거칠었다.

"사고가 아니라고?"

"몰라. 뭘 생각할 수 있지?"

"예컨대 자살."

나오코는 일부러 마음과는 반대로 말했다. 마코토는 그런 마음을 간파했는지, 아니면 처음부터 그런 생각은 무시했는지 침묵을 지켰다.

"그럼…… 타살?"

마코토의 안색을 살폈다. 하지만 그녀는 두세 번 눈을 깜빡일 뿐이었다.

"숙소 사람들은 전부 라운지에 있었잖아."

"그렇지."

나오코는 머리만이 아니라 몸 전체를 마코토 쪽으로 돌렸다.

"그러니까 타살일 리 없어."

"아니, 모두는 아니야. 나카무라와 후루카와는 먼저 방으로 돌아갔어. 그렇다면 뒷문 같은 데로 나갔다고 생각할 수 있지 않을까."

"그 두 사람이 오오키 씨를 죽였다는 거야?"

"고려해 볼 수 있다고 얘기하는 것뿐이야. 아직 아무것도 몰라."

"그럼, 역시 사고겠지."

"물론 그렇지. 그건 그렇지만 오오키 씨를 생각하면, 사고

158

나 자살이라는 이미지는 맞지 않아."

그건 나오코도 동감이었다. 인상으로만 판단하면 오오키는 운동신경이 뛰어나 보였다. 그런 그가 좀 취했다고 해서 발이 미끄러져 떨어졌다는 것은 전혀 어울리지 않았다. 또 그 직전까지 그가 보인 행동을 생각하면 자살이라는 생각도 터무니없었다.

"생각이 지나친가."

마코토가 말했다. 나오코도 그럴지도 모른다고 생각했다. 하지만 고이치가 죽은 사건과 도대체 뭐가 다르지.

"자자."

그만 생각하자는 표시로 마코토가 몸을 일으켰다.

"내일부터 모든 게 시작되겠지."

2

다음 날 아침, 두 사람은 식사시간을 알리러 온 다카세를 기다렸다가 방으로 불러들여, 어젯밤 사건에 대해 질문했다. 그것은 질문이라기보다 취조에 가까웠다.

"마스터가 발견했어요."

그는 사체를 발견한 시점부터 말하기 시작했다.

"아무리 찾아도 없어서 혹시 하고 계곡 밑을 바라봤습니다. 떨어졌다면 거기밖에 없다고 생각해 대충 짐작으로 걸어갔는데 먼저 마스터가 소리를 냈습니다. 저도 곧 보고 말았습니다."

보고 말았다는 그의 표현에서 사체 상태가 상당히 참혹했다는 것을 추측할 수 있었다. 다카세는 그때 본 장면이 망막에 떠올랐는지 말하면서 몇 번이나 얼굴을 문질렀다.

"옷차림은 어땠어요?"

마코토가 물었다.

"라운지에 왔을 때와 같은 복장이었나요?"

다카세는 미간에 주름을 세우고, 허공을 째려보면서, "그런 것 같은데……" 하고 입을 떼다, 이윽고 무언가를 깨달은 듯 얼굴을 들어 올렸다.

"아니, 조금 달랐나."

"달라요? 어디가 달랐어요?"

"윗도리요. 라운지에 있을 때는 바지에 스웨터를 입고 있었는데, 사체를 발견했을 때는 스웨터 위에 고어텍스 윗도리를 입고 있었어요. 순간적으로 보긴 했지만 틀림없습니다."

나오코는 오오키가 나갔을 때를 떠올렸다. 그때의 옷차림…… 맞아, 그는 옷을 덧입지 않고 현관으로 향했다.

나오코가 그 사실을 말하자 마코토는 신음소리를 내며 팔짱을 꼈다.

"그렇다면 오오키 씨는 어디서 그 윗도리를 입었을까요? 나오코와 다카세 씨의 기억이 틀림없다면 숙소 밖에 옷을 숨겨놓았다가 입었다는 말이 되는데."

"왜 그런 행동을 했을까?"

"어딘가 가려고 했던 게 아닐까요?"

다카세가 자기도 모르게 끼어들었다가 머리를 쓰다듬었다.

"아니, 왠지 그런 느낌이 들어서, 잠깐 스친 생각입니다."

"천만에요."

마코토가 손을 저었다.

"아주 괜찮은 생각이에요. 문제는 어디로 갈 작정이었냐는 거죠."

그에 대해 나오코는 별다른 생각이 나지 않았기 때문에 다른 질문을 던졌다.

"경찰은 어떤 판단을 내렸나요?"

다카세는 테이블 위에 올려놓은 깍지 낀 손을 내려다보며 대답했다.

"어떤 생각을 하는지는 말해주지 않았습니다만, 하는 말로 미루어 짐작해 보건대 취해서 벌어진 추락사고로 정리하는 분위기였습니다. 뭐, 어젯밤은 너무 어두워서 충분히 조사하지 못했기 때문에 오늘 다시 조사하고 결론을 내릴 것이라 생각됩니다만."

"사고라……."

나오코가 다카세의 말에 실망한 듯 한숨을 내쉬자, 마코토
는 나오코의 의사를 묻는 시선을 던졌다. 하지만 나오코는
이번 사건에 대해 자신이 어떤 생각을 하고 있는지조차 아직
판단할 수 없었다.

"두 분은 작년에 일어난 사건에 대해 의문을 품고 계시니
이번 사건도 관계가 있지 않을까 생각하시겠죠. 하지만 이번
사건에 타살 가능성은 없습니다."

마코토의 말에 신경이 쓰였는지, 다카세는 약간 화가 난 얼
굴이었다. 대조적으로 마코토는 차가운 표정을 지으며 "왜
요?"라고 말했을 뿐이었다.

"오오키 씨가 떨어졌다고 추정되는 시각에는 숙소 사람들
전부 라운지에 있었으니까요. 무리에서 떨어져 절벽에서 사
람을 밀어 떨어뜨릴 수는 없는 거 아닙니까?"

"시각? 사망 추정시각이 확실한가요?"

나오코는 거의 입에 담지 못했던 말인데 마코토는 마치 이
런 말이 일상회화라도 되는 것처럼 술술 얘기했다. 다카세는
고개를 끄덕였다.

"정확히 말하면 오오키 씨가 떨어졌다고 짐작되는 시각인
데, 듣기로는 거의 즉사했을 거라고 했으니 사망 추정시각이

162

라고 해도 상관없을 거랍니다. 오오키 씨는 손목시계를 차고 있었는데 추락할 때의 충격으로 깨져서 멈췄다고 합니다. 그게 7시 45분을 가리키고 있어서 떨어진 시각도 그때일 거라는 겁니다."

"7시 45분……."

마코토는 어젯밤의 정경을 떠올리기 위해서인지 살짝 눈을 감았다.

"그 시각이라면 모두 라운지에 있었다는 말인가."

나카무라와 후루카와는 도중에 다른 사람보다 먼저 방으로 돌아갔다. 하지만 그것은 8시 30분경이었다. 즉 그들에게도 알리바이가 있다는 말이다.

"아주 잠깐이라도 자리를 뜬 사람이 있나?"

"잠깐 화장실에 가겠다고 일어서는 것은 모르겠지만, 현관을 지나가는 건 무리야. 사람들 눈이 있으니까."

"방 창문이나 화장실 창문으로 나갔을 수도 있지."

"역시, 창문으로……."

"하지만 그런 일은 있을 수 없어요."

나오코의 생각에 마코토가 수긍하려는 찰나, 다카세가 조심스럽게 끼어들었다.

"그건 길어야 대체로 몇 분이죠. 그런 짧은 시간에 사람을 죽일 수 있을까요? 게다가 상대는 스포츠맨인 오오키 씨예요. 혹시 어떤 방법을 써서 그렇게 하는 게 가능하다고 해도, 범인은 곧 라운지로 돌아와 태연하게 게임이나 대화를 다시 시작해야만 합니다. 방금 사람을 죽인 사람이 곧장 아무렇지 않게 행동할 수 있을까요? 반드시 이상한 분위기를 풍겼을 겁니다. 그리고 주변 사람은 분명히 눈치챘을 겁니다."

그리고 그는 "비과학적인가요?" 하며 두 사람을 쳐다봤다.

"아니요."

마코토가 대답했다.

"충분히 설득력이 있는, 과학적 견해라고 생각합니다."

나오코도 같은 의견이었다.

두 사람이 입을 다물어버렸기 때문에 다카세는 "아, 그럼 다 된 건가요?" 하고 머뭇거리며 일어섰다.

"이제 아침식사 시간이라서."

"앗, 감사합니다."

나오코는 서둘러 고마움을 표시했다. 마코토도 가볍게 고개를 숙였다. 다카세는 지나친 생각은 좋지 않다며 긴장감 어린 미소를 짓고는 문을 열고 나갔다.

나오코와 마코토가 식사를 마치고 라운지에서 잡지를 읽고 있을 때, 경찰이 저벅저벅 발소리를 내며 들이닥쳤다. 어제 온 체구 작은 남자가 마스터를 불러 다시 꼬치꼬치 물어댔다. 카운터 쪽 대화 내용이 단편적으로 나오코의 귀에 들어왔다. 숙박명부라는 말이 대화 속에 끼어 있었다.

"큰일이네."

마코토가 나오코의 귓가에 대고 속삭였다.

"손님의 신원을 확인하려는 모양이야. 네 이름, 거짓말인 게 드러나겠지."

나오코의 성은 '하라'였지만 오빠 고이치와의 관계를 알리지 않기 위해 '하라다'라는 성으로 숙박했다.

"정말 들킬까?"

"당연하지. 형사는 오오키 씨와 다른 손님들의 이해관계나 원한 여부를 조사할 거야. 그런 게 없다는 걸 증명한 뒤 사고라는 결론을 내릴 작정이겠지. 나오코의 오빠 사건 때와 같은 수사 패턴이야."

확실히 오빠 때의 수사도 그렇게 이루어졌다는 말을 들었다.

"큰일이네. 어쩌지?"

"저항해 봤자 소용없어. 다 밝히는 수밖에. 하지만 먼저 다카세 씨와 상의해야지."

마코토는 읽고 있던 잡지를 서가에 꽂고, 형사 같은 건 신경 쓰지 않는다는 태도로 카운터에 있는 그들의 뒤를 지나 복도를 걸어갔다. 다카세는 이 시간이면 욕실이나 화장실 청소를 하고 있을 게 분명했다.

10분쯤 지나 마코토가 돌아왔다. 화장실에라도 갔다 온 표정으로 서가에서 다시 잡지를 뽑아 나오코의 옆에 앉았다. 잡지를 펼쳐 흑백 화보에 시선을 던지고는, 상의를 끝냈다며 나지막하게 말을 꺼냈다.

"일단 경찰에 신원을 밝히기로 했어. 숨겨봤자 금세 드러날 테니까. 우리가 여기에 온 이유는 나오코의 오빠가 죽은 곳을 봐두고 싶다는 순수한 마음 때문이고, 가명을 쓴 것은 다른 사람들에게 폐가 되지 않도록 하기 위해서야."

"여러 가지로 미안해."

나오코는 책을 보면서 무표정하게 얘기했지만 진심으로 마코토에게 미안하고 감사했다. 그녀가 없었다면 제대로 대처할 수 없었을 것이다.

"문제는 지금부터야."

마코토의 말은 엄격했다.

제복 경관이 그 작은 체구의 형사를 불러 사라진 뒤 30분쯤 지났을 때였다. 다시 돌아온 형사는 어젯밤처럼 라운지 입구 근처에 서서, "여러분, 잠깐 실례하겠습니다" 하고 큰 소리를 냈다. 역시 높은 목소리여서 나오코는 왠지 머리가 근질대는 것만 같았다.

"조금만 협력해 주십시오."

라운지 전체는커녕 숙소 안까지 들릴 것처럼 목소리를 높였다. 나오코는 어쩌면 각 방에 있는 사람까지 불러낼 작정인가 보다고 생각했다. 나오코와 마코토 말고 라운지에 있었던 것은 시바우라 부부와 에나미뿐이었기 때문이다. 의사 부부는 아침 산책을 나갔고, 나카무라와 후루카와는 사고 자체에 전혀 개의치 않고 산악스키를 타러 갔다. 그리고 가미조는 이상하게도 행방불명이다.

작은 체구의 괴성은 다소 효과를 드러냈다. 셰프와 구루미가 부엌에서 나타났고, 다카세가 복도를 달려왔다.

형사는 전원이 자신에게 주목했다는 것을 확인하자 만족스럽게 고개를 끄덕이고, 등 뒤에 서 있는 제복 경관에게 눈짓했다. 제복 경관은 자신보다 훨씬 작은 남자가 온갖 폼은 다 잡고 있던 터라 유일하게 자신이 눈에 띌 수 있는 기회라고 생각했는지 과장된 동작으로 움직였다.

"곧 끝납니다."

형사는 짐짓 점잖은 체 말하며 두 손을 비볐다. 나오코는 푸아로라는 유서 깊은 탐정을 떠올렸지만 이 형사와는 이미지가 맞지 않았다. 그저 이런 비슷한 장면을 영화에서 본 것 같은 느낌이 들었다.

제복 경관이 얼마 후 더러운 널빤지 조각 같은 걸 들고 왔다. 길이는 약 1미터 정도였는데 한쪽 끝은 마치 프로레슬러의 일격을 받은 것처럼 갈라져 있었다. 작은 체구의 형사는 그것을 받아들고, 갈라진 쪽을 위로 해 자기 옆에 세웠다. 그리고 잠자코 다른 사람들의 반응을 살폈다. 그는 불안하지만 흥미롭게 그 널빤지 조각을 응시하는 관객의 모습에 만족한 것 같았다. 주먹을 입 앞에 대고 가볍게 한 번 헛기침을 했다.

"이걸 본 적 있으십니까?"

덜커덩 하고 의자 밀리는 소리가 났다. 몸을 내밀던 시바우라가 찬 모양이었다. 그는 모두의 시선이 순간적으로 집중되자 사과하듯 여러 번 고개를 숙였다.

"그게 뭡니까?"

에나미가 물었다.

"파편 같아 보이는데."

형사는 그를 보고 슬쩍 웃고는 대답했다.

"모르겠습니다. 몰라서 여러분께 묻는 겁니다."

"어디에 있었나요?"

이번에는 시바우라가 약간 더듬으면서 물었다. 하지만 형사는 이에 대해서도 말투는 차분했지만 무뚝뚝하게 반응했다.

"우선 제 질문에 대답해 주십시오."

"가까이 가서 봐도 되나요?"

마코토의 말이었다. 형사는 그녀를 보더니 1, 2초 동안 진지한 표정을 지었다. 그리고 곧 대답하게 미소를 지었다.

"그 질문에는 대답해야만 하겠군요. 부디 가까이 와서 천천히 살펴보시기 바랍니다."

마코토는 일어나면서 나오코의 등을 살짝 두드렸다. 함께 가자는 의미인 듯했다. 두 사람은 조금 어색한 분위기 속을 헤쳐 나왔다.

나오코는 제복 경관이 널빤지 조각을 들고 나타났을 때부터 충격을 받았다. 그것은 어제 아침 마코토가 돌다리 근처에서 발견한 것과 흡사했기 때문이다. 얼핏 보기에 길이만 달랐는데—어제 본 물건은 약 2미터였다—, 가운데가 쪼개진 것 같으니 문제가 되진 않았다.

하지만…….

앞으로 나간 나오코는 그것이 어제 봤던 것과 전혀 다른 물건이라는 것을 금방 알아차렸다. 그만큼 잘 기억하고 있었던 게 아니라 어제 본 것은 비교적 새 목재였다는 인상이 남아 있었다. 그러나 지금 눈앞에 있는 것은 오랫동안 방치해 두었다는 사실이 분명히 드러날 만큼 썩어 있었다. 나오코는 이 정도라면 쉽게 부러지리라 생각했다.

마코토 역시 자신의 기억과 다르다는 것을 확인한 듯 잠자코 형사를 보며 고개를 저었다.

"모르시겠습니까?"

"유감이지만."

형사가 나오코에게 시선을 옮겼기 때문에 그녀도 마코토를 따랐다. 그러나 형사는 실망한 것 같지 않았다. 다시 다른 사람을 돌아보며 같은 질문을 또 던졌다.

"다른 분은 어떠십니까?"

시바우라 부부도, 에나미도 아무 말이 없었다. 곤란한 표정으로 형사의 얼굴과 널빤지 조각을 번갈아 보고 있을 뿐이었다. 마침내 형사는 포기한 듯 마스터의 이름을 불렀다.

"역시 당신이 말한 대로인 것 같군요."

"저는 거짓말은 안 합니다."

마스터는 조금 초조한 모습이었다.

형사는 제복 경관에게 눈짓을 하고, 널빤지 조각을 들고 같이 나갔다. 수확이 없을 경우에는 인사 같은 건 할 필요도 없다는 듯한 모습이었다.

그들이 사라지기를 기다렸다는 듯 에나미가 마스터가 있는 카운터로 다가갔다.

"뭡니까? 저 조각은?"

마스터는 순간 불쾌한 듯 미간을 좁혔지만, 에나미뿐만 아니라 다른 손님의 시선도 자신에게 집중되어 있다는 것을 깨닫고는 말할 수밖에 없다고 생각한 모양이었다.

"오오키 씨의 사인과 관계가 있나요?"

마코토도 일어나 가세했다.

"그 널빤지는 쪼개져 버렸는데 그 조각으로 여겨지는 것도 함께 발견됐습니다. 실은 그쪽에 발자국이 찍혀 있었고, 조사 결과 오오키 씨가 신고 있던 스니커즈 자국과 일치했답니다."

"그렇다면……."

"예."

마스터는 씁쓸한 표정으로 고개를 끄덕였다.

"오오키 씨는 돌다리가 끊어진 부분에 널빤지를 놓고 건너려 했던 것 같습니다. 그런데 아까 보신 대로 썩은 거라 몸무게를 이기지 못하고 부러져 버렸습니다."

"어째서 그런 위험한 일을……."

시바우라 사키코가 중얼거리듯 말했지만 모두의 시선이 자신에게 집중되자 나쁜 일이라도 한 것처럼 고개를 숙이고 말았다.

"위험한 일이죠."

마스터의 낮지만 무거운 목소리가 라운지를 채웠다.

"그러니까 왜 그런 위험한 일을 했는지 알 수가 없어서……. 경찰은 이 숙소 사람이 종종 그런 방법으로 돌다리를 건넌 게 아닌가 하고 추측했습니다. 그래서 그 널빤지를 본 적이 있느냐고 여러분에게 확인한 겁니다. 저는 그런 일은 절대 없다고 말했지만."

나오코는 형사와 마스터가 실랑이하는 장면을 상상하며 상황을 이해했다.

"그 널빤지 말이야."

마스터의 뒤에 서 있던 셰프가 머리를 기울였다.

"그거, 혹시 전에 버린 목재 중 하나 아니야?"

"그런 것 같아."

인정하는 말투였다. 그리고 지금의 대화를 이상하게 여기는 손님들에게 설명했다.

"여기는 직접 물건을 만드는 경우가 많기 때문에 늘 목재를 창고에 쌓아놓고 있습니다만 벌레가 생기면 일부는 계곡에 버립니다. 1년쯤 전이었지요. 그러니까 오오키 씨는 그중 하나를 주워 다리를 건너는 데 사용한 것 같습니다."

"경찰에게도 이 말을 하셨나요?"

마코토의 질문에 했다는 답이 돌아왔다.

질문이 끊어지자 손님들은 시간이라도 때우는 것처럼 우두커니 서 있었다. 어색한 분위기가 흐르기 시작했다. 모두가 이럴 때 어떤 행동을 취하면 좋을지 몰라 당황하고 있었다.

"어쨌든……."

마스터가 목소리를 조금 높였다. 무거운 분위기를 떨쳐내겠다는 의지가 담겨 있었겠지만 나오코와 사람들에게는 이상하게 들렸다.

"여러분께 불편을 드리는 것도 이번이 마지막입니다. 어제도 사과드렸지만 여러분의 여행을 가장 우선시하시기 바랍니다. 다시 한번 말씀드리지만 여러분에게 더 이상 폐를 끼치지 않겠습니다."

마코토가 바깥으로 나가기에 산책이라도 가나 했는데 그녀는 당연하다는 듯 숙소 뒤로 갔다. 여기저기 삼엄하게 로프가 쳐져 있고 아직 경찰 몇 명이 남아 지키고 있었지만, 두 사람이 다가가도 슬쩍 쳐다봤을 뿐 주의를 줄 기미는 보이지 않았다. 그들의 머릿속에서 이 사건은 이미 사고로 처리되었을지 모른다.

마코토는 돌다리에 볼일이 있는 듯했다. 로프가 있어서 아주 가깝게는 갈 수 없었지만 몸을 내밀어 찬찬히 다리 밑을 보고 있다. 그리고 손등으로 입가를 스윽 문지른 뒤, 나오코만 들을 수 있게 말했다.

"역시 없어."

"없어? 뭐가?"

"어제 봤던 목재."

"아!"

나오코는 무심코 소리를 질렀다. 경관 한 명이 힐끔 그녀들을 봤다.

"방으로 돌아가자."

마코토는 나오코의 팔을 강하게 잡아당겼다.

마코토는 방으로 들어가자마자 복도에 사람이 없는 걸 확인하고 문을 닫았다. 나오코는 무엇이 이렇게 마코토를 신중하게 만들었는지 그 이유를 몰라 긴장할 수밖에 없었다.

"역시 오오키 씨는 살해됐어."

의자에 앉은 마코토는 나오코와 마주 앉아 선고하듯 말했다.

"어제 다리 밑에서 발견했던 목재가 없어졌어. 대신 오오키 씨의 사체 옆에서는 비슷하긴 하지만 썩은 널빤지 조각이 발견됐지. 이게 뭘 의미하는 것 같아?"

나오코는 머리를 흔들었다. 모른다는 의미였다. 마코토는 질문을 바꿔보자면서 테이블 위에서 깍지를 꼈다.

"오오키 씨는 썩은 널빤지를 이용해 돌다리를 건너려고 했다는 이야기였지. 여기서 두 가지 의문이 생겨. 하나는 왜 돌다리를 건너려고 했을까. 또 하나는 왜 썩은 널빤지를 사용했냐는 거야. 지금 여기서 문제로 삼으려는 건 두 번째 의문이야. 왜 썩은 나무를 사용했을까?"

"그거야…… 썩었다는 걸 몰랐던 게 아닐까. 잘 모르겠지만 외관만으로 판단하긴 힘들었을 거야."

나오코는 게다가 밤이라 어두웠다는 말도 덧붙였다. 외관만으로 판단하기 어렵고, 어두워서 썩은 것을 눈치채지 못했다. 나오코는 순식간에 떠오른 자신의 생각에 만족했다. 그래. 그런 게 틀림없어.

하지만 마코토의 대사는 의미심장했다.

"결과만 보면 그렇지."

"결과만?"

"썩은 나무를 사용해 건너려는 사람은 없을 테니까 그것을 깨닫지 못했다고 생각하는 게 타당하지. 하지만 그 높은 곳을 건너려면 평소보다 더 신중하지 않겠어? 혹시 이 나무가 썩지는 않았는지, 충분히 체중을 지탱할 수 있을지 여러 번 확인해 보지 않겠냐고."

"그야……."

나오코는 자신이라면 그랬을 거라고, 아니 더 신중을 기했을 거라고 생각했다.

"그게 당연하지. 하지만 오오키 씨는 그러지 않았어. 왜지? 그건 튼튼하다는 확신이 있었기 때문이야."

"왜 그렇게 확신했을까?"

"그래서 생각한 게 어제 다리 밑에 숨겨져 있던 목재야. 새 것이었고 두께나 폭도 적당해서 사람 하나쯤은 지탱할 수 있었어."

나오코도 마코토의 의도를 조금씩 이해했다. 동시에 온몸이 근질거려 가만히 있을 수 없었다.

"오오키 씨가 새로운 목재를 다리 밑에 숨겨놓았는데, 그것과 썩은 나무를 헷갈렸다는 말이야?"

마코토가 크게 고개를 끄덕였다.

"하지만 여기서 또 하나, 왜 그런 중요한 점을 착각했을까 생각해야 해. 그리고 해답은 간단해. 자신이 제대로 된 나무를 숨겨둔 곳에 다른 나무가 있었기 때문이야."

"누군가 바꿔치기했다는 거야?"

"그렇게 생각할 수밖에 없어."

감정을 억누르느라 그랬는지 목소리에서 중량감이 느껴졌다.

"타살……."

나오코는 그 의미를 생각했다. 그 단어 속에는 마음을 강하게 잡아끄는 게 있었다.

"그러나 미스터리는 그것만이 아니야. 오오키 씨는 왜 돌다리를 건너야 했을까, 그게 왜 하필 파티 도중이었을까 그리고 범인은 어떻게 그의 행동을 예측했을까, 같은 문제가 남아 있어."

"돌다리 건너편에 갈 일이 있었겠지."

"그것도 다른 사람 모르게 말이지."

갑자기 나오코의 뇌리에 며칠 전 밤이 떠올랐다. 잠이 오지 않아 라운지에서 물을 마시려다 누군가 밖에서 돌아오는 소리를 들었다. 게다가 방으로 돌아온 직후에 오오키가 옆방으로 돌아오는 소리도 들었다.

"오오키 씨는 그날 밤에도 돌다리를 건넜던 게 아닐까?"

"그랬을 거야."

마코토는 갑자기 떠오른 생각을 입 밖에 내는 나오코의 마음을 읽은 듯 동의했다.

"그 튼튼한 널빤지를 이용해서 말이야."

"돌다리 건너편이라……."

노크소리가 난 것은 아직 나오코의 마음이 충분히 가라앉지 않았을 때였다. 격앙된 감정이 얼굴에 그대로 드러났는지, 문 앞에 서 있던 다카세가 무슨 일이냐고 물었다.

나오코는 두 손을 뺨에 댔다.

"아니요. 별일 아닙니다. 무슨 일이시죠?"

"예, 실은 그다지 즐거운 얘기가 아니라……. 마스터는 숙박객들에게 더 이상 불편을 끼치지 않겠다고 약속했다면서 경찰에 불평하고 분개하고 있지만……."

장난을 친 아이가 변명하듯 그의 목소리는 점점 작아졌다.

"무슨 일이죠?"

그러자 다카세가 침을 꿀걱 삼켰다.

"무라마사 경부가 숙박자 전원으로부터 일단 사정청취를 들어두겠다고 해서요. 금방 끝난다고는 했는데……. 지금막 시바우라 씨가 끝났습니다."

무라마사 경부라면 그 작은 체구의 남자일 것이다.

"그다음이 저희들 차례라는 건가요?"

"상관없잖아요?"

등 뒤에서 마코토가 얘기했다.

"한번 만나보자. 정보를 수집할 수 있을지도 모르고."

"그것도 그러네. 장소는 어디죠?"

"라운지 가장 안쪽 테이블입니다."

"곧 가겠습니다."

"아아, 그리고" 하며 다카세는 오른손을 가볍게 들었다.

"고이치 씨와 나오코 씨의 관계에 대해서도 미리 말해두었습니다. 그렇게 해달라고 말씀하셔서."

"그랬군요."

경찰은 1년 전 사건을 얼마나 기억하고 있을까? 사람이 많지 않은 곳이니 설마 잊어버리진 않았겠지. 죽은 남자의 여동생이 추모차 방문한 사실을 알면 어떤 반응을 보일까? 흥미 위주로 보는 것도 싫지만 너무 무관심해도 억울할 것 같았다.

"알겠습니다. 감사합니다."

그에게 인사하고 나오코는 문을 닫았다.

"목재에 대해 경찰에 말할 것인가가 문제야."

마코토가 테이블에 턱을 괴고 말했다. 나오코도 그 건너편에 앉았다.

"경찰도 프로니까, 어차피 타살인지 알아차릴 거야. 하지만 그때까지는 시간이 더 걸릴 테니까 그 사이에 우리들끼리 독자적으로 조사하는 방법도 있어."

"그렇지. 경찰이 본격적으로 움직이면 우리도 자유롭게 움직일 수 없을 테니까."

마코토는 이 문제에 대해 결론을 내린 듯 테이블을 탁 쳤다.

"좋아. 한동안 입을 다물자. 하지만 실마리를 잡지 못하면 경찰에게 말한다. 그걸로 오케이!"

나오코도 자신의 마음을 다시 확인하듯 고개를 끄덕였다.

3

작은 체구에 술을 마신 듯 붉은 얼굴을 한 무라마사 경부는 다카세가 말한 것처럼 라운지 가장 안쪽 테이블에 젊고 체격 좋은 남자와 나란히 앉아 있었다. 다른 테이블에는 아무도 없었다. 카운터 안쪽에서는 마스터가 수염 아래로 불쾌한 표정을 드러낸 채 평소처럼 컵을 닦고 있었다. 컵을 다루는 조심스러운 손길에서 형사들에 대한 마스터의 의지가 보이는 것만 같았다.

형사 둘은 나오코 일행을 보자 황급히 일어나 호들갑스럽게 인사를 건넸다.

"애써 여행을 오셨는데 방해해서 죄송합니다."

나오코는 지나치게 높은 목소리에 고막이 윙윙 울리는 통에 노골적으로 싫은 표정을 지었지만 이 조그만 남자는 전혀 눈치채지 못한 모양이었다.

마코토가 무라마사 앞에 앉고, 나오코가 그 옆에 앉았다. 이 자리배치는 누가 중심이 되어 대답할지 협의한 결과였다. 테이블 위에는 두 형사 앞에 각각 물이 담긴 컵이 놓여 있다. 젊은 형사 것은 거의 줄지 않았는데 무라마사의 것은 3분의 1 정도밖에 남지 않았다.

"사와무라 마코토 씨와 하라다 나오코 씨……. 아니, 아니지. 하라 나오코 씨죠."

무라마사는 일부러 말을 고쳤다. 가명을 사용한 것을 비꼬는 거겠지. 이 정도의 빈정거림은 각오했다.

"작년에 돌아가신 하라 고이치 씨의 여동생이라고 하던데."

무라마사는 조금 등을 구부리고 나오코의 얼굴을 들여다봤다. 나오코는 조금 턱을 잡아당겼다.

"흐음, 이곳에 오신 것은 역시 그 때문인가요?"

다카세에게 다 들어놓고 새삼 다시 묻고 있었다. 나오코는 가볍게 호흡을 가다듬은 다음, 마코토와 상의한 대로 대답했다. 즉 오빠가 죽은 숙소를 보고 싶다는 극히 단순한 이유에서 여기로 왔고, 가명을 사용한 것은 다른 손님에게 폐를 끼치고 싶지 않은 배려심에서였다고. 그녀의 입가에 시선을 집중하고 듣고 있던 형사는 특별히 의문을 느낀 것 같진 않았다.

"그래요, 어쨌든 그 심정은 이해할 수 있을 것 같습니다"라며 동정 어린 말을 건넸을 뿐이었다.

"오오키 씨도 당신이 고이치 씨의 여동생이라는 것을 모르셨겠지요?"

"그럴 겁니다."

나오코는 작년 사건에 대해 오오키와는 한 번도 얘기하지 않았다는 사실을 떠올렸다. 그가 죽기 전에 조금이라도 얘기를 들어뒀으면 좋았겠다고 새삼 후회했다.

"오오키 씨와 마지막으로 말한 사람이 당신이라던데 무슨 말을 나눴습니까?"

"마지막으로요?"

나오코는 되묻고 나서야 깨달았다. 파티 때를 말하는 것이다.

"도쿄에서 또 만나자는 제안을 받았습니다. 그리고 나중에 연락처를 가르쳐달라고 했습니다."

형사는 그가 나오코에게 그런 제안을 한 데에 관심을 보이며 몸을 앞으로 내밀었다.

"아, 그래서요?"

"일단 승낙했습니다."

"그렇군요. 그러고 죽어버렸으니 오오키 씨는 아깝게 됐네요."

무라마사는 유쾌한 듯 얼굴 표정을 풀었다. 젊은 형사도 이를 드러냈다. 이럴 때 웃다니. 나오코는 웃을 마음이 없었다.

"그 전에 대화를 나눈 적은 없나요?"

"그저께 밤에 식사 때 약간 이야기했습니다. 얘기를 나눈 것은 그때가 처음이었습니다."

"어느 쪽이 말을 걸었죠?"

"그 사람이 먼저 말을 걸었습니다."

내가 말을 걸었을 리 있겠냐는 뉘앙스를 담으려 했으나 이 형사는 그런 데 무척 둔감했다.

"어떤 말이었나요?"

"사소한 얘기였어요."

오오키가 나오코에게 테니스를 하지 않느냐고 물었다고 얘기했다. 순간 지나친 자신감에 빛나던 그의 눈빛이 되살아났다.

"오오키 씨는 처음 만났을 때부터 당신한테 관심이 있었나 보군요. 하긴 이 정도 미인이라면 당연하지만."

형사는 흐뭇한 표정이었다.

"글쎄요."

나오코는 일부러 불쾌하게 대답했다.

"그런데 그 말로만 따지면 오오키 씨는 도쿄로 돌아갈 계획이었던 것 같네요."

무라마사는 아무렇지도 않게 말했다. 하지만 이 말은 나오코에게 오오키의 자살 가능성이 줄어들었다고 암시하는 것처럼 들렸다.

이후 형사의 질문은 마코토에게 넘어갔다. 형사는 나오코에게 했던 것과 비슷한 질문을 되풀이했다. 하지만 마코토는 오오키와 거의 얘기를 나누지 않았기 때문에 특별히 신경 쓰지 않는 것처럼 보였다.

"오오키 씨를 어떤 사람이라고 생각하셨나요?"

무라마사는 마지막으로 이런 질문을 던졌다. 마코토는 즉시 대답했다.

"수명이 짧은 사람이라고 생각했습니다."

형사들은 그 대답이 마음에 든 모양이었다.

"죄송합니다. 다 끝났습니다."

무라마사는 잔에 든 물을 한 모금 마신 다음 이렇게 말하면서 둥근 머리를 숙였다. 마코토가 자리를 뜨려고 하는데, 나오코는 왠지 석연치 않아서 자기도 모르게 이런 질문을 던졌다.

"저기, 오빠 사건과는 관계가 없나요?"

옆에 있던 마코토는 조금 놀란 듯 나오코의 얼굴을 봤다.

그보다 더 놀란 듯 보인 것은 눈앞의 두 형사였다. 무라마사는 잔을 든 채, 그리고 옆의 젊은 형사는 펜을 든 채 나오코의 얼굴을 멀거니 쳐다봤다. 이윽고 무라마사의 얼굴이 천천히 원래 표정으로 돌아왔다.

"무슨 의미죠?"

"그러니까…… 작년에 일어난 사건과 관련성이 있는지는 조사하지 않나요?"

솔직히 나오코는 그런 질문이 나오기를 기다렸다. 오빠를 완벽하게 잊어버린 것 같은 형사들의 태도도 불만이었다. 그러자 무라마사는 드디어 이해가 됐다는 듯 여러 번 고개를 끄덕였다.

"관련이 있다고 생각하는 근거가 있나요?"

"아니요. 그건……."

그런 건 없었다. 지금 그녀가 들고 있는 카드는 고이치가 자살했을 리 없다는 믿음과 오오키가 살해됐다는 확신뿐이었다. 게다가 오오키 사건은 아직 경찰에게 알리지 않기로 했다.

나오코의 말문이 막힌 탓에 안심한 무라마사는 다 안다는 얼굴로 말했다.

"당신에게는 2년 연속 큰 충격이었겠죠. 관계가 있지 않을까 하는 마음은 잘 알겠습니다. 그러나 이런 우연은 종종 있습니다. 곧 있으면 이곳에 사신(死神)이 산다는 소문이 퍼질지도 모릅니다."

형사는 자신의 농담이 마음에 들었는지 무신경하게 껄껄 웃어댔다. 젊은 형사도 예의상 따라 웃었다. 나오코의 마음 속에서 뭔가가 치밀어 올라왔다. 그걸 깨달은 순간 그 뜨거운 무언가가 입 밖으로 튀어나왔다.

"경찰이 그런 식으로 하니까 사람들이 차례로 죽어 나가지요!"

나오코의 입이 자신의 의지와는 상관없이 멋대로 움직였다. 맹렬한 속도로 피가 거꾸로 솟았고 스스로를 억제할 수 없는 상태가 되어버렸다.

조금 전보다 더 놀란 무라마사는 눈 한 번 깜빡이지 않고 나오코의 얼굴을 응시했다. 그 눈은 매우 진지했고 빨갛게 충혈되어 있었다. 나오코도 형사들에게서 눈을 떼지 않았다. 긴장된 공기 속에 젊은 아가씨와 조그만 남자가 서로를 노려 보고 있는 상태였다.

형사는 마음을 가라앉히려는 듯 숨을 깊이 내쉬었다.

"그저 흘려버릴 수는 없군요."

형사는 전보다 훨씬 낮은 목소리로 말했다.

"오오키 씨가 살해됐다고 하시는 겁니까? 덧붙여 당신 말로는 오빠도 자살한 게 아니고……."

아련한 후회와 이렇게 되면 끝까지 가는 수밖에 없다는 결심 같은 게 나오코의 마음을 지배했다. 경찰에게 정보를 흘리는 것은 한동안 상황을 지켜본 다음에 하자고 조금 전 마코토와 약속했는데 지키지 못했다는 자기혐오도 그녀를 엄습했다.

"나오코가 그런 마음이라면 어쩔 수 없네."

그때 마코토가 포기했다는 듯 다시 의자에 앉았다. 그리고 형사를 똑바로 응시했다.

"오오키 씨는 사고사한 게 아니고, 살해됐습니다."

"마코토……."

나오코가 미안한 마음에 올려다보자 그녀는 윙크를 던지며 말했다.

"이리저리 돌리는 것보다 모조리 털어놓는 게 빠르겠어."

무라마사는 할 말을 찾지 못했다. 두 사람을 바라보는 눈이 불안하게 움직였다.

"당신들은…… 뭔가 알고 있군."

"알고 있습니다."

마코토가 계속했다.

"오오키 씨가 살해됐다는 것은……."

"어젯밤에는 오오키 씨 외에는 아무도 숙소 밖을 나가지 않았다는 게 다 거짓말이라는 건가?"

조금 전까지 쓰고 있던 경어가 사라진 것에서 그가 낭패스러워하고 있다는 게 여실히 드러났다. 마코토는 고개를 흔들었다.

"아니요. 그런 게 아닙니다. 범인은 교묘한 트릭을 사용했습니다."

마코토는 조금 전 방에서 나오코에게 들려줬던 이야기를 다시 한번 되풀이했다. 형사들은 이치에 맞고 조리 있는 설명에 잠자코 귀를 기울였다.

"이상이 오오키 씨가 살해됐다는 근거와 수단입니다. 의문점이라도 있나요?"

무라마사는 감았던 눈을 살며시 뜨고, 배에서 쥐어짜낸 소리를 냈다.

"그랬군. 피해자는 돌다리를 건널 수 있는 널빤지를 준비해 숨겨뒀는데 범인이 그것을 낡고 썩은 것으로 바꿔치기했다는 건가. 흐음. 확실히 그 방법이라면……."

그는 옆에 있는 부하에게 고개를 돌리고 몇 사람의 이름을 댔다. 그리고 그 사람들을 곧장 이쪽으로 오게 하라고 명령했다. 젊은 형사는 달라진 상황에 당황하면서 서둘러 라운지를 나섰다. 그의 뒷모습을 바라보다 나오코 일행에게 고개를 돌린 무라마사의 표정은 조금 전까지의 약삭빠른 중년 남자의 얼굴로 돌아와 있었다.

"좀 더 빨리 얘기해 줬으면 좋았겠지만 그건 그만 얘기하죠. 당신들한테도 사정이 있었을 테니까요. 그런데 이번 사

건이 타살이라면 작년 사건도 교묘하게 자살로 위장된 타살
이라는 겁니까?"

"가능성이 높다고 생각합니다."

나오코는 다소 감정을 누르고 말했다.

"하지만 그런 주장을 하려면 당신 오빠와 오오키 씨가 같은
사람에게 살해됐다고 주장하는 게 됩니다. 두 사람에게 공통
점이 있었나요?"

"그건……."

나오코가 말끝을 흐렸는데도 무라마사는 더 이상 파고들지
않고 덧붙였다.

"뭐, 그거야 저희가 조사하겠지만……."

"2년 전에도 여기서 사람이 죽었습니다."

마코토가 갑자기 말을 꺼냈다. 무라마사는 잠깐 숨을 멈추
고, 한참 뒤에 "예" 하고 대답했다. 그 호흡이 나오코의 마음
에 걸렸다.

"3년 연속 사람이 죽었어요. 게다가 똑같은 시기에."

"우연이라면 무서운 일이죠."

"아니요."

마코토가 형사를 똑바로 응시하며 말했다.

"우연이 아닌 경우가 무서운 일입니다."

5장

거위와 키다리 할아버지 방

1

나오코와 마코토의 증언으로 경찰의 수사방향은 급변했다. 현경 본부에서 기동수사대, 감식반 등이 도착했고, 돌다리 부근의 현장검증이 처음부터 다시 철저히 이루어졌다. 특히 그들은 나오코 일행이 전날 봤다는 비교적 새것인 목재를 눈에 불을 켜고 찾았다. 그것을 발견하면 수사에 큰 진전이 있을 것이라는 게 그들의 계산인 듯했다.

하지만 타살 의혹이 짙어진—무라마사는 이런 표현을 썼다—것에 대해 다른 숙박객들에게는 알리지 않는다는 방침을 세웠다. 범인이 조금 더 자유롭게 활동하게 두었다가 적절한 기회에 꼬리를 잡자는 생각일 것이다. 무라마사는 나오코 일행에게 그 점에 대해 협력을 구한다며 고개를 숙였다.

숙소 사람들은 경찰의 움직임이 갑자기 활발해진 것을 이상하게 여기긴 했지만, 특별히 자신들에게 설명해 주지도 않고, 스키를 타러 가거나 산책 나가는 것을 막지도 않았기 때문에 모른 체하는 게 현명하다고 판단한 모양이었다. 점심식사에는 나오코 일행 외에 네 명의 손님—시바우라 부부와 의사 부부—이 남아 있었는데 아무도 바깥 상황을 입에 올리지 않았다. 말을 꺼내는 것 자체가 두려웠는지도 모른다. 어쨌든 사건보다 나오코가 고이치의 여동생이라는 사실이 화제에 올랐다.

"아니, 그 사건에 대해서는 우리들에게도 책임이 있다고 생각합니다. 하라 씨의 정신상태가 약간 불안정하다는 걸 알아차렸다면 그런 일은 없었을 테니까요. 정말 무슨 말을 해야 할지 모르겠습니다."

이렇게 말하며 시바우라는 몇 번씩이나 고개를 숙였고, 사키코도 옆에서 미안하다는 듯 시선을 떨어뜨렸다.

"아닙니다. 그러지 마세요. 오빠도 죽기 전에 여러분과 즐겁게 지내서 다행이었다고 생각했을 거예요."

나오코가 말했다. 반은 진심이고 나머지 반은 거짓이었다. 그 '여러분' 속에 오빠를 죽인 범인이 있을지도 모르기 때문이다.

"하지만 좀 더 빨리 말해줬으면 좋았을 텐데."

커피를 가져온 구루미가 불만을 터뜨렸다. 그녀로서는 같은 입장인 다카세만 알고 있었던 사실에 기분이 조금 상한 듯했다.

"맞아. 우리들에게 숨길 일은 아니었지."

의사 부인도 거들었다. 하지만 의사가 아내를 타일렀다.

"그녀는 우리들이 신경 쓰게 하지 않으려고 입을 다문 거요. 그걸 알아야지."

"하지만 그렇긴 해도 하라 씨가 노이로제였다는 말을 들었을 때는 정말 놀랐어요. 전혀 그렇게 보이지 않았거든요. 그렇죠, 의사선생님."

동의를 구하는 시바우라의 말에 의사도 고개를 끄덕였다.

"그거야 전에도 말했어."

"정말, 진짜로 건강했어요. 저도 자주 이야기를 했습니다. 하라 씨도 늘 우리들 방에 놀러 왔고요."

"어머, 우리들 방에도 자주 왔는데. 같이 차도 마시고."

의사 부인이 말했다. 이런 상황에서는 도저히 입을 다물고 있지 못하는 성격인 것 같았다.

"그쪽에도 갔었군요. 저희한테도 자주 왔는데요."

시바우라가 말했다.

"그랬군요."

"그럼요."

"당신, 그만해요."

선량한 얼굴을 하고 있는 시바우라는 가끔 흥분하는 버릇이 있는 모양이었다. 사키코에게 주의를 받자 순간 제정신을 차린 듯 나오코를 보고는 얼굴을 붉혔다.

"정말 죄송합니다. 못 볼 꼴을 보여드렸네요."

나오코는 괜찮다고 웃으며 말하면서 생각했다. 고이치는

그렇게 사교적인 편이 아니었다. 그러니 다른 사람의 방을 적극적으로 방문한 데에는 다른 이유가 있지 않을까. 그리고 지금으로서 그 이유는 벽걸이밖에는 없다.

"시바우라 씨는 거위와 키다리 할아버지 방에 계시죠?"

나오코의 물음에 부부가 나란히 고개를 끄덕였다.

"한번 놀러 가도 될까요? 오빠가 자주 갔다는 곳을 보고 싶어서요."

시바우라는 잠깐 틈을 뒀다가, "그러세요. 그러세요"라며 말에 힘을 실었다.

"꼭 오세요. 아주 좋은 방입니다. 우리 집은 아니지만."

"우리들 방하고 똑같아."

의사 부인이 끼어들었지만 의사에게 옆구리를 찔렸는지 더이상은 말하지 않았다.

"그럼, 나중에 뵐게요."

의사 부인을 살짝 째려보고 있던 시바우라는 나오코의 말에 부드러운 눈빛으로 답했다.

자리에서 일어섰을 때 마코토가 재빨리 윙크하는 모습이 보였다. 얘기가 잘됐다는 신호일 것이다.

거위와 키다리 할아버지 방은 나오코 일행이 묵고 있는 험프티 덤프티 바로 옆 방이었다. 나오코는 문 앞에 서서 마코토와 얼굴을 마주 본 다음 가볍게 노크했다. "예! 예!" 하는 소리와 서두르는 발소리가 가까워지더니 문이 열렸다.

"아니, 이렇게 빨리 와주시다니……."

시바우라는 호텔 종업원처럼 문의 손잡이를 잡은 채 호들갑스럽게 인사를 건넸다. 지금까지 소파에 앉아 있었을 사키코도 일어났다.

나오코가 실내로 들어가자, 나무 향과 뒤섞인 깨끗한 시트 냄새가 코로 들어왔다. 마코토가 나오코 뒤에서 나지막하게 읊조렸다.

"의사 부부의 방과 구조가 같은 것 같네."

나오코도 실내를 돌아보며 끄덕였다. 소파, 홈 바, 책장, 모두 런던 브리지와 올드 머더구스와 같았다.

"의사 사모님이 말씀하신 대롭니다. 다른 게 있다면 창밖으로 보이는 경치와 벽걸이에 적힌 글귀 정도죠. 자, 편안히 보세요."

두 사람은 시바우라가 권하는 대로 소파에 앉았다. 정면에 벽걸이가 보인다.

"「거위」라는 노래인가요?"

마코토가 물었다. 그녀들 건너편에 앉은 시바우라는 몸을 돌려 뒤쪽 벽걸이를 봤다.

"대충 그런 것 같아요. 그러고 보니 하라 씨도 이 노래를 자주 보셨는데요."

Goosey, goosey gander,

Whither shall I wander?

Upstairs and downstairs

And in my lady's chamber.

"잠깐 실례하겠습니다."

마코토가 일어서서 벽걸이 뒤쪽에 쓰인 글을 읽었다.

"거위야, 거위야, 어디에 가니? 위로, 아래로 다니다 마님
방에 갔지……. 도통 이해가 안 되는 노래네."

"실은 진짜 노래는 더 이해하기가 힘들어요."

시바우라가 말했다.

"진짜 노래요? 어떤 겁니까?"

나오코의 질문을 받은 시바우라는 다과를 준비하고 있는
사키코를 불렀다. 그녀는 익숙한 손놀림으로 홍차와 과자를
가져온 후 설명했다.

"머더구스에 「거위」라는 제목으로 실려 있는 노래는 조금
더 길어요."

"두 번째, 세 번째 가사가 있다는 말씀인가요?"

나오코는 「런던 브리지」와 「올드 머더구스」 노래는 이야기

가 계속 이어진다는 의사 부인의 말을 떠올렸다. 하지만 사키코는 "아니요, 그런 게 아니고"라며 조심스럽게 부정했다.

"이 노래 뒤에 전혀 다른 노래가 붙어 있는데, 그것까지 포함한 노래가 머더구스에 실려 있어요."

"다른 노래가 붙어 있어요? 그런 게 있어요?"

마코토가 물었다.

"그렇습니다. 머더구스에는 그런 식으로 되어 있는 노래가 많다고 하네요. 이 「거위」에 이어지는 나머지 반이 어디 있냐면."

시바우라는 익살스럽게 천장을 가리켰다.

"아무래도 2층 벽걸이 「키다리 할아버지」가 그것인 듯합니다."

"2층이요?"

마코토가 말했다.

"보시겠어요?"

사키코의 물음에 둘은 꼭 보고 싶다고 대답했다.

2층도 의사 부인이 보여줬던 방과 거의 같은 구조였다. 다른 점이 있다면 조금 전 시바우라가 말했듯 창문을 열었을 때 보이는 경치일 것이다. 의사 부부의 방은 창문이 남쪽에 있었는데, 이 방의 창문은 서쪽에 있었다.

"벽걸이는 저기 있어요."

먼저 올라간 사키코는 방 가운데 서서 계단과 반대쪽 벽을 가리켰다. 거기에 너무나 낯익은 차분한 갈색 벽걸이가 당연하다는 듯 걸려 있었다.

"키다리 할아버지……라."

나오코와 마코토는 그녀 옆에 나란히 서서 그것을 읽었다.

Sing a song of old father Long Legs,

Old father Long Legs

Can't say his prayers:

Take him by the left legs,

And throw him down stairs.

"키다리 할아버지의 노래를 부르자, 키다리 할아버지, 기도도 못 외우지, 왼쪽 다리를 가지고, 아래로 던져버렸지……."

나오코는 벽걸이 뒤에 새겨진 문장을 다 읽고 다시 마코토와 나란히 영문을 봤다.

"이 노래가 「거위」 뒤에 이어지나요?"

나오코가 사키코에게 묻자 "예" 하고 작지만 또렷하게 대답했다.

"조금 전 설명했듯이 현재 머더구스에 수록되어 있는 「거위」 노래는 1층 벽걸이에 적혀 있는 노래와 이 노래를 합친 겁니다. 하지만 처음 세상에 나왔을 때에는 1층 벽걸이에 적힌 전반부만 「거위」 노래였습니다. 이 얘기는 나중에 마스터인 기리하라 씨에게 들은 얘긴데요, 이 두 노래를 번역하는 데 애를 먹었다고 합니다. 책에 실려 있지 않아서요."

"붙어 있다는 게, 그저 단순히 나열된 건가요?"

마코토가 물었다.

"기본적으로는 그런데…… 잠깐만 기다려 보세요."

사키코는 1층으로 가서 메모장 같은 것을 들고 와, 나오코 일행이 보는 앞에서 다음과 같은 노랫말을 줄줄 써 내려갔다.

Goosey, goosey gander,

Whither shall I wander?

Upstairs and downstairs

And in my lady's chamber.

Old father Long Legs

Can't say his prayers:

Take him by the left legs,

And throw him down stairs.

"우선 이 노래는 이렇게 붙어 있어요."

"흐음, 「키다리 할아버지」 노래 중에서 'Sing a song of old

father Long Legs'라는 줄만 빼고 그 뒤를 「거위」 노래에 붙인 거네요."

마코토가 메모장과 벽걸이를 비교하면서 말했다.

"뭐, 이 벽걸이를 보면 그렇지만, 「키다리 할아버지」에는 원래 'Sing a song of old father Long Legs'라는 문장이 없으니까, 그저 단순히 붙인 거라 생각하는 게 낫겠죠."

"역시 그렇군요."

마코토는 이해했다는 듯 여러 번 고개를 끄덕였다.

"그럼, 지금 여기에 적힌 노래가 머더구스에 수록되어 있는 건가요?"

메모장을 가리키면서 나오코가 묻자, "아니요, 여기서 조금 변화됩니다"라며 사키코는 다시 글을 쓰기 시작했다.

Goosey, goosey gander,

Whither shall I wander?

Upstairs and downstairs

And in my lady's chamber.

There I met an old man

Who would not say his prayers.

I took him by the left leg

And threw him down the stairs.

"이게 바로 머더구스에 실려 있는 노래입니다."

사키코는 별것 아니라는 듯 말했지만 나오코의 입장에서는 이 노래보다 그녀가 줄줄 문장을 적어내는 게 경이로웠다. 마코토 역시 같은 생각으로 아무 말 없이 단정한 사키코의 얼굴을 바라보았다. 시바우라만 이런 두 사람의 반응이 유쾌한지 웃었다.

"제 아내는 여대 영문과를 나와서 이런 데 좀 정통한 편입니다."

그에게는 자랑거리 중 하나인지 조그만 눈이 동그란 안경 속에서 빛났다.

"아니, 그래도 대단하세요. 모두 이렇게 쓸 수 있는 건 아니죠."

마코토는 경이로움과 감탄에 고개를 절레절레 흔들었다.

"무슨 소리세요, 부끄럽게. 그런 말 마세요."

사키코는 뺨을 붉히며 손을 살짝 흔들었다.

"대학 다닐 때 머더구스를 조금 배웠는데 그때 이 노래도 나왔어요. 그래서 처음 이곳에 왔을 때 벽걸이를 보고, 약간 다르다는 생각에 집에 가서 찾아봤기 때문에 인상에 남은 것뿐입니다. 다른 노래는 전혀 몰라요."

"게다가 작년 하라 고이치 씨도 이 노래에 흥미를 가졌고, 그때도 사키코가 이렇게 가르쳐 준 모양이에요. 그 탓에 이렇게 잘 쓸 수 있게 된 거죠."

시바우라의 말에 사키코도 긍정했다.

"그러면, 이 노래는 어떻게 번역되나요?"

나오코가 물었다. 이 정도 영어는 자신도 번역할 수 있었지만 단어 사용 같은 것에 머더구스만의 독특함이 있는 듯했기 때문이다. 사키코는 천천히 낭독하면서 영문 밑에 적었다. 오른쪽으로 약간 올라가는 예쁜 글씨였다.

거위, 거위 행차하신다.

훌쩍 어디로 가나?

계단을 오르락내리락

마님 방에

거기서 한 할아버지를 만났지.

기도도 못하기에

왼쪽 다리를 뜯어서

계단 아래로 던져버렸네.

"역시 조금 전 말씀하신 대로 더 알 수 없는 노래가 됐네요."

나오코의 옆으로 돌아온 마코토가 사키코의 손을 들여다보면서 말했다. 사키코가 대답했다.

"이 뒷부분의 「키다리 할아버지」는 대부분의 영국 전승동요집에 실려 있지 않아요. 원래는 영국 아이들이 꾸정모기라는 곤충의 긴 다리를 잡아떼면서 부르던 노래라고 합니다. 왜 이 노래가 「거위」노래와 합쳐졌는지는 알려져 있지 않아요."

나오코는 의미가 명확하지 않은 게 머더구스의 특징이라던 의사의 말을 떠올렸다. 내용보다 멜로디나 박자를 우선시했다는 것이다. 두 노래가 합쳐진 이유도 그 때문일지 모른다. 그리고 아이들은 그것을 저항 없이 받아들일 만한 유연성이 있다.

어쨌든 평범하게만 보였던 사키코의 박식함에 나오코는 혀를 내둘렀다. 그런 말을 하자 그녀는 부끄럽다며 볼을 감쌌다.

"그러지 마세요. 이 「키다리 할아버지」에 대한 이야기는 전부 나오코 씨의 오빠분한테 들은 거니까요."

"오빠에게서?"

"예. 하라 씨는 각 방의 벽걸이에 상당한 관심을 가지셨던 것 같아요. 얼마 후 마을에 나가 머더구스 책을 사 왔거든요. 그 책으로 이런저런 공부를 하셨던 것 같아요."

"오빠가 머더구스 책을……."

이것으로 고이치가 머더구스의 암호를 해독하려고 했던 게 더욱 분명해졌다. 하지만 나오코의 마음을 더 끈 것은 오빠가 머더구스 책을 샀다는 점이었다. 그의 유품 중에 그런 것은 없었다.

"하라 씨는 그 주문의 의미를 조사하려고 했던 것 같아요."

시바우라가 안경 위치를 고치면서 이야기에 끼어들었다.

"잘은 모르겠지만 가미조 씨의 영향을 받았겠죠. 처음에는 모두 주문 얘기에 관심을 가졌다가 금방 잊어버리고 말았지만."

"하라 고이치 씨는 의사선생님 방과 이 방을 자주 찾았다고 했는데 그 밖에는 어떤 방에 갔나요?"

마코토가 물었다.

"대체로 모든 방에 한 번씩은 갔을 거예요. 순서대로 노래를 읽는 게 주문의 의미를 아는 데 핵심이 된다고 했으니까요."

"방의 노래를 순서대로……."

나오코는 생각에 빠졌다. 순서란 뭘까? 끝에서부터라는 의미일까?

"아아, 하지만."

시바우라가 뭔가 생각난 듯 오른손 주먹으로 왼쪽 손바닥을 쳤다.

"고이치 씨는 분명히 이렇게 말했어요. 하지만 이 방부터 순서대로 읽기만 해선 소용없다고."

"이 방부터 순서대로는 소용없다?"

두 사람은 얼굴을 마주 보았다.

2

두 사람은 방으로 돌아와 작전을 세우다 무라마사 경부에게 불려갔다. 둘은 시바우라 부부와 나눈 대화를 통해 암호를 푸는 것 외에는 진상을 파헤칠 길이 없다는 결론을 내렸다.

둘은 제복 경관의 뒤를 따라 돌다리 근처까지 갔다. 슬슬 해가 저물고 있었다. 돌다리의 그림자가 계곡 바닥에 길게 늘어져 있었다.

"수고를 끼쳐드렸네요."

무라마사가 나오코 일행의 얼굴을 보고 말을 건넸으나 미안한 기색은 전혀 없었다.

"실은 드디어 널빤지 조각을 발견했습니다."

그는 옆에 있던 경관에게 눈짓을 보냈다. 그 경관은 요란하게 격식을 차리며 겨드랑이에 끼고 있던 목재를 무라마사 앞에 내밀었다.

"어제 아침에 두 분이 봤던 목재가 이것 아닙니까?"

나오코는 가까이 들여다보며 자세히 살폈다. 약간 더러워지긴 했지만 두께와 길이로 봐선 틀림없었다. 마코토는 볼 것도 없다는 태도로 팔짱을 끼고 있었다.

"틀림없어요."

나오코가 마코토와 눈빛을 교환한 뒤 말했다. 무라마사는 만족스러운 표정으로 여러 번 고개를 끄덕이고 널빤지를 경관에게 건넸다.

"건너편 숲속에서 발견했습니다. 나무는 숲에 숨겨뒀다는 이론이 맞았지만 범인으로서는 지나치게 꼼꼼했네요."

무라마사는 돌다리 건너편 산을 가리키며 웃었다. 중요한 증거를 발견해 기분이 좋은 모양이었다.

"이걸로 타살이 확실해졌겠네요."

마코토가 말하자, 작은 체구의 남자는 콧등을 문지르며 대답했다.

"뭐, 이대로 가면 그렇게 될 것 같군요."

신중하다기보다 단정적인 의견을 말하지 않는 게 그들의 습성인 듯했다.

"나오코 오빠 사건과의 관련성은 어떤가요? 다시 검토하시는 건가요?"

그 말에 형사는 갑자기 진지한 얼굴이 되어 나오코를 보고 말했다.

"현재 이번 사건은 독립적으로 수사할 방침입니다. 그 과정에서 작년에 일어난 사건과의 연관성이 밝혀지면 당연히 그쪽도 뒤질 겁니다만."

"2년 전 사건도 포함되겠죠?"

나오코가 못을 박듯 묻자 무라마사는 심각한 표정을 지었다.

"예, 2년 전 사건도 마찬가집니다."

"그 2년 전 사건에 대해 무라마사 씨는 어느 정도 알고 계신가요? 가능하면 자세히 듣고 싶은데요."

완벽한 아마추어에게 이런 말을 듣게 되리라곤 생각하지 못했을 것이다. 무라마사는 한동안 마코토의 얼굴을 응시하다 이윽고 "원 참!" 하며 머리를 긁었다.

"수사는 저희들 일입니다. 두 분은 아시는 걸 전부 말씀해주시면 됩니다. 그게 두 분이 수사에 협력하는 방법이죠."

형사는 빙그레 웃고 몸을 휙 돌려 걷기 시작했다. 나오코는 그 등에 대고 무심코 "재수 없어!"라고 했지만 그는 멈추지 않고 계속 걸어갔다.

"재수 없지."

나오코가 이번에는 동의를 구하기 위해 마코토에게 얘기했다. 마코토는 어깨를 살짝 으쓱거렸을 뿐이다.

"뭐, 어쩔 수 없지. 2년 전 사건은 셰프나 다른 사람한테 물어봐도 되고, 가미조 씨도 얘기한 적 있으니까 그쪽을 캐보자."

나오코 일행은 숙소로 돌아오는 도중에 나카무라와 후루카와를 만났다. 둘은 아침부터 시작한 산악스키로 체력을 상당히 소모했는지 스키용 지팡이와 스키를 질질 끌며 걷고 있었다. 하지만 그녀들을 발견하자마자 있는 힘껏 상냥한 미소를 지었다.

"산책하세요?"

나카무라가 나오코에게 건네는 말에는 힘이 실려 있었다.

"사고 소동도 일단락됐나 보네요."

아침부터 내가 돌아다니니 이런 태평한 소리나 늘어놓겠지. 나오코는 의미심장하게 미소를 지었지만 그쪽은 그것을 호의로 받아들였는지 갑자기 발걸음이 가벼워진 것처럼 보였다.

라운지에서는 의사와 가미조가 일찌감치 체스판을 마주하고 있었다. 부인은 지겨운 표정으로 남편 옆에서 턱을 괴고 있었다. 가미조는 나오코 일행이 들어서자 피아노 건반을 연상시키는 이를 드러내며 웃었다.

두 사람은 책장에서 잡지를 꺼내 무라마사 경부가 오늘 아침에 이용한 테이블 근처에 앉았다. 작전회의를 하기 위해서였다. 하지만 그녀들이 자리에 앉자마자 그때까지 의사 일행 옆에 놓인 긴 의자에 앉아 있던 에나미가 주저하며 다가왔다.

"저기, 잠깐 시간 되세요?"

"그러세요."

나오코는 서슴없이 의자를 권했다.

"하라 고이치 씨의 여동생 되신다고요."

"예."

아마 에나미도 무라마사 경부에게 들은 모양이다.

"작년 일은 정말로 유감입니다. 일 때문에 장례식에도 못 가서 정말 죄송합니다."

"괜찮습니다."

"저도 하라 씨와는 친하게 지냈는데 노이로제라니, 지금도 믿기지 않습니다. 그보다 정말 자살인지 의심스럽습니다."

나오코는 그의 얼굴을 물끄러미 응시했다. 지금까지 이런 식으로 말한 사람은 한 명도 없었기 때문이다.

"무슨 말씀이시지요?"

최대한 냉정을 유지하며 다시 물었다.

"방이 밀실이었다는 건 아시죠?"

의사 일행을 살피면서 에나미가 물었다.

"알고 있습니다."

"자살설의 큰 근거 중 하나가 그 밀실이었습니다만 그 밀실은 지금 생각해 보면 조금 이상한 것 같습니다."

"그게 무슨……?"

"실은 그날 밤, 제일 먼저 고이치 씨를 부르러 간 것은 저와 다카세 군이었습니다만 그때 입구는 잠겨 있지 않고, 침실만 자동잠금이 되어 있었습니다."

나오코는 고개를 끄덕였다. 다카세로부터 들은 얘기와 일치했다. 그는 손님 한 분과 같이 갔다고 했는네 그세 에나미였던 것이다.

"그런데 나중에 다카세 군이 다시 갔을 때 이번에는 입구도 잠겨 있었어요. 그 후 소동이 일어날 때까지 잠겨 있었기 때문에 결국 입구를 잠근 건 고이치 씨 본인이라고 생각할 수밖에 없었습니다. 그 문은 자동으로 잠기는 게 아니기 때문에 열쇠가 없으면 안쪽에서만 잠글 수 있고, 열쇠는 고이치 씨 바지주머니에 들어 있었습니다. 또 마스터키는 가지고 나올 수 없었으니까요. 그리고 그게 자살설의 결정적인 단서가 됐습니다."

"거기까지는 저도 들었습니다."

"하지만 저는 이상하다고 생각합니다. 아무리 자살하기 전이라고 해도, 처음 침실을 방문했을 때 그렇게 불렀는데 전혀 반응이 없었다는 게 말입니다. 경찰은 노이로제로 치부해 버렸습니다만."

"그때 이미 오빠는 죽어 있었다는 말인가요?"

"그렇습니다."

에나미는 딱 잘라 말했다.

"하지만 그다음은 누가 어떻게 입구 문을 잠갔는지 하는 의문이 남습니다. 열쇠 없이 안쪽에서는 잠글 수 있지만 그러면 범인이 방에 갇히게 되니까요."

"묘안이라도 있으세요?"

마코토가 처음으로 입을 열었다.

"묘안이라고 할 것까진 없지만…… 저는 핵심은 침실 열쇠라고 생각합니다. 그곳이 잠겨 있으면 아무도 침실에 들어가지 못합니다. 방에서 나올 수 있는 곳은 입구밖에 없다. 그러나 열쇠가 없으면 입구는 안쪽에서만 잠글 수 있다. 그렇다면 한 가지 생각할 수 있는 게, 저와 다카세 군이 침실 문을 두드렸을 때 안에 누군가 숨어 있었다는 겁니다."

"그럼 범인은 에나미 씨와 다카세 씨가 간 다음에 침실에서 나와 입구를 잠갔다는 말입니까?"

마코토가 곧바로 되물었다. 확실히 머리회전이 빠르다.

"하지만 그 사람은 어떻게 방에서 나오지?"

"창문으로 나오는 수밖에 없겠죠."

마코토의 의견에 에나미도 고개를 끄덕였다.

"어떤 방법을 쓰면 밖에서 창문을 잠글 수 있지 않을까 생각했습니다. 혹시 그게 가능하면 그때 라운지에 없었던 사람이 의심스러운 거죠. 하지만 유감스럽게도 라운지의 상황이 전혀 기억에 없습니다. 포커에 열중했던 데다 중간에 구루미 씨와 백개먼을 시작했기 때문에……. 만약 밖에서 창문을 잠글 수 없다면 이런 얘기도 다 의미가 없겠죠."

나오코는 창문 구조를 떠올렸다. 바깥과 안으로 여는 문이

이승으로 되어 있고, 각각에 빗장을 걸어야만 한다.

"에나미 씨는 실험해 보셨나요?"

마코토가 물었다. 에나미는 씁쓸한 표정을 지었다.

"제 방에서 해봤습니다만 좋은 방법이 떠오르지 않았습니다. 하지만 이런 건 그 현장에서 하지 않으면 소용이 없다고 생각합니다."

나오코도 확실히 그럴 거라 생각했다. 방으로 돌아가면 빨리 확인해 봐야겠다…….

"하지만 만약 창문으로 드나들었다면 발자국이 남아 있었을 겁니다. 눈이 쌓여 있었잖아요?"

마코토는 자신의 등 뒤에 있는 창문을 엄지손가락으로 가리키며 말했다.

"분명히 그랬죠. 하지만 지금도 보면 아시겠지만 이 주변은 추리소설에 자주 등장하는 것처럼 눈만 깨끗하게 덮여 있는 상태로 있을 수 없습니다. 주방과 연결된 뒷문에서 창고로 가는 통로가 나 있어서, 다카세 군을 비롯해 종업원들이 쉴 새 없이 발자국을 남기니까요. 특히 그 사건이 있었던 밤은 그때까지 눈이 내리지 않았기 때문에 크고 작은 다양한 발자국이 남아 있었을 겁니다."

"요컨대 범인이 발자국을 남겼다고 해도 구별이 되지 않았을 거란 말씀인가요?"

마코토가 말하자 에나미가 "그렇습니다" 하고 대답했다.

"제 말은 여기까집니다. 줄곧 마음에 쓰였지만 이런 말은 다른 사람들에게 할 수 없어서요."

나오코는 그랬으리라 생각했다. 그가 이런 말을 한다는 것은 숙박객들 중에 살인범이 있다고 주장하는 것일 테니까.

에나미가 돌아간 뒤 나오코가 나지막하게 "어때?" 하고 묻자, 마코토는 전혀 흥미 없는 얼굴로 말했다.

"그럴듯한 논리이긴 한데 그 창문을 밖에서 잠그는 건 힘들다고 생각해."

그 후 옷을 갈아입은 나카무라가 두 사람에게 와서, 뭘 하고 있느냐며 허물없이 나오코의 옆자리에 앉았다. 나오코는 역한 남성용 향수 냄새에 저절로 고개를 돌렸다.

"한잔 안 하실래요? 괜찮죠?"

그는 엄지로 카운터 쪽을 가리키며 고개까지 기울였다. 나오코는 1학년 미팅 때 이런 식으로 접근했던 남학생을 떠올렸다.

"아니요, 됐습니다."

체스를 두고 있는 의사와 가미조 쪽을 보면서 대답했다. 이런 남자에게는 차갑게 대해도 된다는 게 그녀의 생각이었다. 그러나 나카무라는 예상대로 조금도 물러날 기미를 보이지 않았다.

"그럼 우리들 방에 오시지 않겠어요? 여기서는 느긋하게 얘기를 나눌 분위기도 아니고……. 후루카와도 곧 목욕을 끝낼 테니까요."

의사 일행에게 들리면 골치 아프겠다고 생각했는지 귓가에 대고 속삭이듯 말했다. 뜨뜻한 입김이 느껴져 불쾌했다. 이럴 때 늘 마코토의 날카로운 눈빛이 상황을 수습해 줬는데 지금은 그럴 생각이 없어 보였다. 게다가 마코토는 자리에서 일어나면서 나오코가 자신의 귀를 의심할 만한 소리를 던졌다.

"나오코, 가는 것도 괜찮지 않을까."

나오코는 놀라서 마코토를 올려다봤다. 마코토는 태연히 말했다.

"셰프에게 볼일이 있어서 부엌에 갈 거야. 나카무라 씨 방은 어디시죠?"

그는 뜻밖의 반응에 들뜬 목소리로 대답했다.

"여행입니다. 복도를 왼쪽으로 돌면 있습니다."

"아, 여행이군요."

마코토는 의미심장한 눈빛을 나오코에게 보냈다. 그제야 나오코도 마코토의 진의를 깨달았다. 암호를 풀 기회라고 여긴 것이다. 그리고 마코토는 필시 셰프로부터 2년 전 사건에 대한 정보를 들을 작정이었던 것이다.

"잠깐이면 괜찮잖아요?"

나카무라는 두 사람 사이에서 무언의 대화가 오가고 있다는 걸 전혀 모른 채 아양을 떨며 말했다. 미스터리를 풀기 위해선 어쩔 수 없었다. 그래서 "잠깐만요"라고 시무룩하게 대답했다.

"좋았어!"

나카무라는 힘차게 일어섰다. 나오코가 마코토를 보자, 그녀는 격려라도 하듯 윙크를 보냈다.

여행이라는 방도 특별히 다를 건 없었다. 나오코 일행의 방과 똑같은 구조였고, 방에 걸린 벽걸이에 적힌 내용만 달랐다.

The land was white,

The seed was black;

It will take a good scholar

To riddle me that.

"잠깐 실례하겠습니다."

나오코는 나카무라에게 인사하고 벽걸이 뒤를 봤다. 번역은 이렇게 되어 있었다.

하얀 지면에

검은 씨앗

이 비밀을 풀기 위해서는

공부를 해야만 해.

　제일 먼저 나오코의 관심을 사로잡은 것은 '검은 씨앗'이
라는 단어였다. 분명 의사의 얘기 속에 오빠 고이치가 「런던
브리지」 노래를 보면서 이런 말을 했다는 내용이 나온 적이
있다. 고이치가 말한 '검은 씨앗'이란 이 노래를 가리키는 것
일까.

　거기에 또 다른 의문이 있다. 방의 이름이다. 여행이라는
이름과 노래와는 전혀 관계가 없어 보였다.

　"이 노래의 제목이 왜 '여행'인가요?"

　나오코가 돌아보며 물었는데 나카무라는 벽걸이 쪽으로 슬
쩍 시선을 던졌을 뿐, "글쎄요, 왜 그럴까요"라며 전혀 흥미
없다는 표정을 지었다. 그는 배낭에서 브랜디 병을 꺼내고
있었다. 결국 술을 마시게 하려는 것이다.

　그는 선반 위에 놓인 브랜디 잔을 가지고 와서 잔에 3분의 1
정도만 따라 그녀에게 건넸다. 그리고 자신도 잔을 들었다.

　"우선 건배하죠."

　"나카무라 씨는 늘 이 방에 묵으세요?"

　나오코가 나카무라의 건배 제의를 뿌리치고 물었다.

"그렇습니다. 별로 원한 건 아니지만."

"그럼, 이 노래의 뜻도 아세요?"

"그런 건 모릅니다. 후루카와가 책방인가 어딘가에서 읽었다는 얘길 듣긴 했지만 말입니다. 저는 다른 사람과 달리 그런 데는 문외한입니다."

나카무라는 어쩔 수 없이 이 화제에 동참해야겠다고 생각했는지 마침내 벽걸이를 주의 깊게 봤다.

"대단한 뜻은 없습니다. 단순한 수수께끼에 불과합니다. 하얀 지면에, 검은 씨앗. 이게 도대체 뭐냐는 건데 대답은 문자를 인쇄한 종이입니다. 별것 아니죠. 옛날에 이런 단순한 퀴즈가 있었답니다."

이런 화제는 이쯤에서 접고 싶었는지 나카무라는 의자를 끌어 나오코에게 앉으라고 권했다. 어쩔 수 없이 그가 하라는 대로 했지만 나오코는 벽걸이에 용건이 있어 여기에 온 것이다.

"왜 이게 여행과 관련이 있나요?" 하고 다시 물었다. 옆에 앉으려고 의자를 움직이던 그는 잠깐 질렸다는 표정을 지었다.

"모릅니다."

"왠지 불가사의하네요."

"나오코 씨, 그런 건 마스터한테 물어보세요. 그가 방 이름을 붙였으니까요. 나하고 있을 때는 나하고만 할 수 있는 애기를 해야 하는 거 아닙니까?"

"아, 그렇군요. 미안합니다."

나카무라는 안심한 듯 표정을 누그러뜨렸지만 다음 순간
낭패한 눈빛으로 나오코를 올려다봤다. 그녀가 잔을 놓고 의
자에서 일어섰기 때문이다.

"나오코 씨, 왜 그러세요?"

"그러니까……."

나오코는 빙그레 웃었다.

"마스터에게 물어볼게요. 실례가 많았습니다."

나오코가 문을 닫을 때까지 나카무라는 여전히 멍하니 앉
아 있었다. 복도를 걷기 시작한 지 얼마 지나지 않아 문에 뭔
가가 부딪히는 소리가 났다. 잔을 던질 용기는 없었을 테니
베개라도 던졌겠지. 어쨌든 멍청한 남자에게는 볼일이 없다.

마스터는 그다지 안색이 좋아 보이진 않았지만, 카운터 안
에서 비교적 친절하게 나오코를 상대했다. 그녀의 질문에도
진지하게 대답해 줬다.

"여행이라는 방의 유래요? 그건 어려운 질문인데."

"모르세요?"

"솔직히 말하면 그렇습니다. 영국 친구가 여기를 빌려줬을
때부터 그 방에는 그런 이름이 붙어 있었거든요. 분명히 말

씀하신 대로 벽걸이에 새겨진 글귀와 '여행'이라는 단어에는 관계가 전혀 없어 보이죠."

"'여행'이라는 단어는 마스터가 번역한 단어죠. 원래 단어 는……."

"'start'입니다. 그러니까 '출발'이라고 해도 좋았겠지만 펜션이라는 걸 고려해 '여행'이 낫겠다 싶었습니다."

"start……. 그래요, start였군요."

아까는 나카무라가 재촉하는 바람에 문의 푯말을 제대로 보지 못했다.

나오코는 그 'start'라는 제목의 노래를 암송해 봤다. 짧아서 금방 외울 수 있었다.

하얀 지면에, 검은 씨앗, 이 비밀을 풀기 위해서는 공부를 해야만 해.

'비밀'이라는 단어가 나오코의 뇌를 가볍게 자극했다. 왜 이 노래가 「start」일까?

"혹시……."

무심코 소리가 새어 나왔다. 커피를 내리는 데 열중하던 마스터에게는 제대로 들리지 않았는지, "왜 그러세요?" 하고 다시 물었다. 나오코는 "아니요" 하고 서둘러 고개를 흔들었다.

혹시 이 노래가 암호해독의 첫걸음이 아닐까? 나오코가 금방 생각해 낸 것이었다.

'start'는 '여행'이나 '출발'이 아니라, '시작'이라고 번역해야
만 하는 게 아닐까. 게다가 '이 비밀을 풀기 위해서는 공부를
해야만 해'라는 한 소절은 왠지 암호해독의 서장 같은 분위기
가 났다.

"잘 마셨습니다."

나오코는 흥분해 자신이 뭘 마셨는지도 잊은 채 인사를 던
지고는 재빨리 방으로 돌아왔다. 온몸이 흥분으로 뜨끈했다.

방에 들어가 문을 잠그고 약도를 꺼냈다. 다시 방 배치를
살핀다. 생각했던 대로였다.

'시작'은—그녀는 이제 'start'의 올바른 번역은 이거라고
믿었다—런던 브리지와 올드 머더구스라는 방을 제외하면 이
숙소의 가장 끝에 있었다. 게다가 런던 브리지는 별채였다.

나오코는 고이치가 시바우라 부부에게 암호해독의 핵심은
각 방의 노래를 순서대로 읽는 것이라고 했다는 얘기를 떠올
렸다. 즉 시작이라는 방부터 순서대로 노래를 좇아야 한다는
말이 아닐까. 그렇다면 다음 노래는…….

나오코의 시선이 '세인트폴'이라는 글자에 멈췄을 때, 입구
에서 달그락달그락 소리가 났다. 마코토가 돌아온 모양이다.
문을 열자 마코토는 제일 먼저 손가락으로 오케이 사인을 보
였다.

"수확이 있는 얼굴이네."

"그쪽도 괜찮아 보이네."

마코토는 복도를 슬쩍 살핀 후 문을 닫았다.

"들려주고 싶은 얘기가 있어."

"그럼, 그쪽 얘기부터 들어보지."

두 사람은 테이블에 마주 앉았다.

나오코는 '여행'을 '시작'으로 번역해야 하고, 이 노래가 암호해독의 처음이라고 추측한 사실, 이 노래 속에 '검은 씨앗'이라는 단어가 들어 있다고 설명했다. 마코토는 나오코가 쓴 「시작」이라는 노래의 가사를 보면서 "괜찮은 추리네"라고 읊조렸다.

"문제는 검은 씨앗이 뭘 의미하냐는 거야. 다시 한번 의사 부부의 방을 찾아가 봐야 할 것 같아."

"나도 그렇게 생각해."

나오코도 동의했다.

"그건 그렇고 이번에는 마코토가 올린 수확을 얘기해 봐. 많은 걸 알아냈겠지?"

"그야 뭐."

마코토는 활짝 웃었다. 그리고 바지주머니에서 종잇조각을 꺼내 나오코 앞에 펼쳤다. 반듯한 글자들이 복잡하게 적혀 있었다. 마코토의 독특한 필체였다.

"2년 전에 추락사한 사람은 가와사키 가즈오라는 사람이고, 신주구에서 보석가게를 운영했어. 나이는 쉰 정도. 이곳에 온 것은 그때가 처음이 아니었고, 반년 전 여름에 한 번 왔었다고 해. 돌다리에서 떨어진 것은 이틀째 밤, 발이 미끄러지는 바람에 떨어진 게 아니겠느냐는 것이 당시의 견해였어."

"이번 같은 트릭은 없었나?"

"지금 와서 확인할 수 없지만 경찰이 설마 트릭의 흔적을 발견하지 못했다고는 생각할 수 없으니까."

"그렇지."

"셰프의 인상으로는 말이 없고 그늘이 많은 사람이었대. 다른 손님과도 거의 얘기를 나누지 않았다고 해. 당시 손님 중에서 지금까지 남아 있는 사람은 의사 부부와 시바우라 씨, 그리고 에나미 씨뿐이야. 그때는 동료의식 같은 것도 별로 없었고, 사건에 대해 관심도 없었대. 그런데 사실 그 사건에는 약간 뒷얘기가 있어. 셰프가 그걸 알게 된 것은 가와사키 씨의 장례식에 가서였지. 친척한테 들은 말이라는군."

"무슨 뒷얘기?"

나오코도 누군가에게 장례식에서는 고인의 생전 이야기들이 마구잡이로 쏟아진다는 말을 들은 적이 있었다.

"그 전에 중요한 얘기를 해둬야 해."

마코토는 대단한 체하려는 것은 아니었겠지만, 신중하게 말했다.

"셰프는 이 얘기를 다른 사람에게는 하지 않았어. 물론 물어보는 사람이 없어서였겠지만 되도록 언급하려고 하지 않았다고 해. 참고로 가장 최근에 셰프가 말한 상대가 누구라고 생각해?"

"글쎄……."

나오코는 생각했다. 마코토가 이렇게 말하는 걸 보면 이 또한 어떤 의미를 지니고 있을 것이다. 그녀는 고개를 들었다.

"혹시…… 오빠?"

"맞아."

마코토가 말했다.

"고이치 씨도 이 얘기를 알았다는 사실에 주목하고 싶어. 즉 우리들도 고이치 씨와 거의 같은 길을 걷고 있다는 말이지."

"오빠가 암호해독을 했다는 사실과 2년 전 사건이 무관하지 않다는 소리네."

"맞아. 그리고 문제의 뒷얘기인데."

그렇게 말하고 마코토는 손가락 세 개를 세워 나오코의 얼굴 앞에 내밀었다.

"세 가지야."

"세 가지?"

"응. 하지만 셰프는 평소에는 두 가지밖에 말하지 않았던 모양이야. 그 이유는 나중에 설명하고, 우선 그 두 가지부터 말할게. 첫 번째는 친척들 사이에는 사고가 아니라 자살이라는 소문이 퍼졌대. 소문이라기보다 모두들 그렇게 확신하고 있었다는군."

"자살? 근거라도 있어?"

그러자 마코토는 오른손 집게손가락으로 자기 배를 가리켰다.

"가와사키 씨는 위암이었대. 물론 의사는 본인에게 알리지 않았다고 주장했다는데 알았다는 증거가 있어."

"그래서 자살을?"

"그랬지 않을까 하는 소문이야. 위암이라고 해도 꼭 손을 쓸 수 없는 건 아니니까."

그러나 나오코는 자살 동기가 되지 않는 것도 아니라고 생각했다.

"두 번째는 대단한 화제는 아닌데 장례식에서는 꼭 이런 종류의 얘기들이 폭로되지. 바람을 피웠다는 거야. 가와사키 씨는 데릴사위인데 보석가게 주인이었다고는 해도 실권은 부인이 쥐고 있어서 명목상 사장이었던 것 같아. 보석감정도 제대로 할 수 없었던 모양이야. 그런 탓에 결혼하자마자 다른 여자를 만들어 아이까지 낳게 했다는 거야. 당시 선대 사장에게 걸려 크게 혼이 난 모양인데 결국 돈을 주고 관계를 끊었대. 하지만 좀처럼 바람기를 억누르지 못해 최근까지도 여자 문제가 많았어. 사람들 눈 때문에 부인도 참고 있었지만 진지하게 이혼을 고려 중이었다는군."

흔한 얘기군, 나오코는 한숨을 쉬었다. 도대체 남자는 왜 그 모양일까.

"그런 얘기에 오빠가 흥미를 가졌을 것 같진 않아."

초조한 마음을 담아 말했다.

"동감이야. 그래서 세 번째 뒷얘기가 등장하는데 우선 셰프에게 물어봤어. 이 얘기를 고이치 씨에게 얘기했냐고. 셰프는 말하기 어려워했지만 결국 고이치 씨에게 얘기했다고 털어놓았지. 술에 취해서 다 불어버렸다고. 그래서 우리한테도 하기로 마음먹은 거겠지만 말이야. 하지만 다른 사람한테는 하지 말라고 못을 박더라."

"정말 중요한 얘기인가 보네."

"뭐, 이거야말로 고이치 씨의 마음을 잡아끌었을 거라 생각해."

마코토의 말에 힘이 담겨 있었다. 그리고 흥분을 드러내듯 여러 번 입술을 핥았다.

"가와사키 씨는 이곳에 오기 전에 거의 가출에 가까운 형태로 집을 나왔어. 부인이나 친척도 그가 죽은 뒤에야 여기에 있었다는 것을 처음으로 알았다고 해. 실은 실종신고를 했대."

"흐음."

나오코는 쉰이나 된 남자의 가출 얘기를 듣고 있자니 왠지 기이한 감성에 사로잡혔다. 이런 경우는 '증발'이라는 표현이 적합할지 모르겠다.

"친척들은 위암으로 죽을 때가 가까워지니까 남은 날을 재미있게 보내고 싶었던 게 가출 동기라고 생각한 모양이야. 사실 그런 영화가 있긴 하잖아."

나오코는 그 영화가 구로사와 아키라 감독의 「이키루(生きる, '살다'라는 뜻-역자)」일 거라고 생각했다.

마코토가 계속했다.

"여생을 충실하게 보내기 위해서는 돈이 필요했겠지. 하지만 가와사키 씨는 개인적으로 가진 돈이 거의 없었어. 재산은 모두 부인 명의였고, 불륜을 막기 위해 용돈도 줄였다는 군. 곤란해진 그는 가게 물건에 손을 댔어."

"물건을 가지고 도망쳤다는 거야?"

"아니, 가게에서는 직원들이 눈을 번뜩이고 있으니까. 그가 가지고 나온 것은 반지나 목걸이를 만들기 전 상태의 원석이야. 보석 공방에 가져가기 전의 것들 말이야. 특히 다이아몬드와 비취였다고 해. 그래도 전부 합치면 수천만 엔은 될 거라고 하더군."

"수천만?"

나오코는 프로야구의 최고 선수가 그 정도 연봉을 받는다는 얘기를 들은 적이 있었다. 그런 식으로 생각하지 않으면 안 될 만큼 실감이 안 나는 액수였다.

"즉 가와사키 씨는 수천만 엔의 재산을 지닌 채 가출을 감행했어. 문제는 지금부터야. 그의 사체가 발견됐을 때 그 재산은 하나도 발견되지 않았어."

"누가 훔쳐 간 거야?"

"그럴지도 모르지. 하지만 경찰이 조사한 바로는 그런 흔적은 찾지 못했어. 어쩌면 이곳에 오기 전에 무슨 일이 있었을지도 모르지. 모든 게 의문으로 남았어."

"수천만 엔이 어둠 속에……."

나오코는 분실물의 규모에 어찌할 바를 몰랐다. 그만한 돈이 있으면 뭘 살 수 있을까?

"여기까지가 셰프에게 들은 말인데."

마코토는 긴 얘기를 일단락 지으려는 듯 머리를 쓸어 올리고 앉은 자세를 고쳤다.

"우리들 추리의 진행방향은 이 말이 어떤 것이냐가 아니고, 고이치 씨가 이 말을 들었는지 아닌지에 따라 달라질 수밖에 없어. 예컨대 어떤 식으로 느꼈는지, 무엇에 흥미를 느꼈는지 말이야. 여기서 힌트가 되는 것은 고이치 씨가 왜 그렇게 암호에 매달렸느냐는 거야."

말하는 투로 봐선, 마코토가 이미 깊이 생각해 둔 게 있다는 것을 알 수 있었다. 그리고 나오코도 그녀가 무슨 말을 하고 있는지 어렴풋이 이해가 갔다.

"고이치 씨는 수천만 엔어치의 보석이 이 숙소 어딘가에 숨겨져 있다고 생각한 게 아닐까?"

"암호가 그 장소를 가리키고 있다고?"

마코토는 크게 고개를 끄덕였다.

"하지만 암호를 만든 것은 가와사키 씨가 아니고, 이 숙소의 원래 주인이었던 영국 여성이었잖아? 왜 그 장소에 보석이 묻혀 있을까?"

"이건 어디까지나 추리인데."

마코토가 대답했다.

"가와사키 씨도 머더구스의 주문이 암호라는 것을 알았고, 또 암호해독에 성공한 게 아닐까? 쫓기던 그가 자살하기 전 지니고 있던 보석을 처리하기 위해 암호가 표시하는 곳에 숨기기로 했다면? 보석이 숨겨진 장소를 암호가 알려준다는 거, 왠지 로맨틱하지 않아?"

나오코는 조금 놀랐다. 마코토의 추리가 엉뚱한 데로 튀어서가 아니라 그녀가 '로맨틱'이라는 단어를 사용했기 때문이다. 지금까지 그런 것은 완벽하게 배제하는 성격이라고 생각했다. 마코토 자신도 조금 쑥스럽다는 표정을 지었다.

"반론 있어?"

나오코는 고개를 저었다.

"찬성이야. 하지만 어떻게 오빠가 암호 장소에 보석이 묻혀 있다는 것을 알았는지는 모르겠어."

"그야 그렇지."

마코토의 말투는 그 역시 생각을 끝냈다는 분위기였다.

"어쩌면 고이치 씨도 확신은 없었을지 몰라. 단순한 추리 단계였겠지. 하지만 지금 단계에서는 그것까지 생각할 필요는 없다고 생각해. 중요한 것은 무엇 때문에 고이치 씨가 암호를 풀려고 했냐는 거니까."

나오코는 잠자코 끄덕였다. 오빠가 죽기 직전까지 어떤 일에 열정을 쏟고 있었는지를 안 것만으로도 상당한 진전이었다.

"오빠가 만약 그런 꿈을 가지고 암호에 도전했다면 자살 가능성은 점점 더 낮아지지."

나오코는 냉정하게 말할 생각이었는데 말하는 중간에 가슴이 뜨거워졌다. 정말로 온몸이 후끈후끈했다.

"맞아."

그녀의 마음을 읽은 듯 마코토도 힘주어 말했다.

"고이치 씨는 자살한 게 아니야. 누군가에게 살해된 거지. 이제 단언할 수 있어."

살해됐다!

그 말이 새삼 나오코의 가슴을 조여왔다. 오빠는 살해됐다.

"왜 오빠를 살해해야만 했을까?"

나오코의 눈에서 한 줄기 눈물이 흘렀다. 마코토는 한숨을 쉬며 그 모습을 지켜보았다.

6장

마리아가 집에 돌아올 때

1

나오코는 노크소리에 당연히 다카세가 식사시간을 알리러 온 거라 생각했는데 에나미가 잔뜩 긴장한 얼굴로 문 앞에 서 있었다.

"신경 쓰이는 게 있어서요."

그가 말했다.

"그 후에 창문에 대해 조사해 보셨나요?"

에나미는 밀실에 상당히 집착하는 듯했다.

"예. 하지만 생각대로 되지 않았습니다."

"그랬군요."

그는 다소 실망한 듯 시선을 아래로 던졌다.

"저기, 들어오시죠."

나오코는 몸을 비키며 에나미를 초대했다. 그는 잠깐 주저한 뒤, "실례하겠습니다"라며 안으로 들어왔다.

거실에서는 마코토가 숙소 약도를 들여다보고 있었다. 에나미는 테이블 위에 흩어진 도면과 노랫말이 적힌 종이에 시선을 던지고는 감상에 젖어 말했다.

"하라 고이치 씨도 자주 이랬죠."

나오코가 침실로 안내하자마자, 그는 곧장 창가로 다가가 잠금장치를 살폈다. 그로서는 이게 가장 중요하다고 생각했을 것이다.

"역시 제 방과 같은 방식이네요."

잠금장치를 만지며 중얼거렸다.

"바늘이나 실을 사용해 밖에서 잠그는 것은 무리예요."

어느새 나오코의 옆으로 온 마코토가 말했다.

"한랭지라 바람이 못 들어오게 하기 위해 틈이 전혀 없습니다."

"그런 것 같습니다."

포기한 듯 그가 일어섰다.

"하지만 이런 방법도 있을 겁니다. 이건 어떤 책에서 읽은 방법인데 우선 빗장이 떨어지기 직전 상태에서 눈을 뭉치거나 다른 걸로 고정합니다. 그리고 범인이 나와 창문을 닫으면 눈이 녹으면서 빗장이 저절로 잠기는 거죠."

"종종 등장하는 방법이죠. 하지만 이 창문은 빈틈이 없고, 무게로 빗장이 떨어질 수 있는 종류의 것이 아닌 것 같은데요."

마코토의 말투는 이미 검토를 끝냈다는 투였다. 에나미는 멋쩍음을 숨기며 창문에서 떨어졌다.

"창문은 시종일관 잠겨 있었다는 말인가요? 그럼 어려운데. 두 분에게 다른 생각이라도 있으신가요?"

"범인은 문으로 나갔겠죠."

마코토의 말에 에나미의 눈이 휘둥그레졌다.

"문으로 나갈 방법이 있나요?"

"여벌 열쇠가 있다면."

"역시 그렇군요. 하지만 그 점에 대해서는 경찰이 조사했겠죠."

"가능성은 낮을 겁니다. 그 밖에 다른 기계적 장치를 할 수 없을까 알아보려고 합니다."

"그게 좋겠습니다."

에나미는 팔짱을 끼고, 찬성이라는 뜻으로 고개를 끄덕였다.

"저도 다시 생각해 보겠습니다. 뭔가 좋은 생각이 나면 곧 알려드리지요."

"부탁드릴게요."

그는 인사하는 나오코에게 차분하게 말했다.

"오빠 되시는 분은 정말 좋은 사람이었습니다. 저와 마찬가지로 추리 마니아였죠. 말이 잘 통했습니다. 걱정 마십시오. 반드시 좋은 아이디어가 떠오를 겁니다."

에나미가 방을 떠나자 닫힌 문을 보며 마코토는 우울한 목소리로 중얼거렸다.

"밀실이라."

나오코에게도 그 심경이 읽혀졌다. 암호에 마음을 빼앗기

고 있었는데 사실은 이 문제도 풀지 못했던 것이다. 그때 다
시 노크소리가 났다. 이번에는 다카세였다.

2

저녁식사 후의 라운지는 어색함과 긴장감이 뒤섞인 무거운
공기가 지배했다. 평소처럼 테이블에서 포커가 시작되고, 의
사와 가미조가 체스 말들을 늘어놓긴 했지만 아무도 집중하
지 못했다. 나카무라와 후루카와는 게임에 끼지 않은 탓에
제일 먼저 무거운 분위기로부터 도망치듯 방으로 돌아가 버
렸고, 구루미와 다카세는 일이 남았다며 어딘가로 가버렸다.

나오코와 마코토는 의사 부인에게 도미노 게임을 배웠다.
굳이 말하자면 이 부인의 생기발랄한 태도만큼은 평소와 다
름없어 보였다.

"어쩔 생각이야?"

카드 패를 보며 하는 말이라 그런지 셰프의 목소리는 컸다.
그의 시선은 제일 먼저 정면에 앉은 마스터로 향했다가, 그
뒤 곧바로 카운터 자리에 앉아 전원을 물끄러미 바라보고 있
는 두 남자에게로 이어졌다.

"어쩔 셈이라니?"

마스터가 차분한 목소리로 되물었다.

"그러니까……."

셰프는 한층 더 안달이 난 모양이다.

"어째서 저 사람들이 여기서 묵느냐고."

"몰라."

마스터는 담담하게 카드 게임을 진행했다.

"손님들을 모두 조사하는 거야? 왜 여기에 묵느냐고."

"괜찮을 것 같은데요."

에나미가 두 사람을 달래듯 끼어들면서 말했다.

"조사할 게 아직 남았나 보죠. 내일 아침 일찍 다시 오려면 큰일이니까요."

"그렇습니다. 그만 신경 쓰세요."

시바우라도 에나미에게 동조하자, 셰프도 더 이상 말이 없었다.

이 짧은 논의의 원인을 제공한 무라마사 경부와 젊은 나카바야시 형사는 이런 대화가 전혀 들리지 않는 것처럼 태평하게 담배를 피우고 있었다. 나오코는 얼굴빛 하나 바꾸지 않는 그들을 곁눈질로 보고 정말 대단하다고 감탄했다.

"어머, 이번에도 내가 이겼네!"

부인이 천진난만하게 좋아했다.

10시를 넘겨, 형사들이 방으로 돌아가는 것을 확인하고, 나오코와 마코토노 자리에서 일어섰다. 부인은 불만스러워했지만 내일 다시 방을 찾겠다는 나오코의 말에 마음을 돌렸다.

두 사람은 세인트폴이라는 방 앞까지 가서 서로의 얼굴을 봤다. 그리고 마지막 확인이라도 하듯 동시에 고개를 끄덕이고는, 나오코가 긴장된 표정으로 방문을 두드렸다. 옆방의 나카무라 일행이 모르게 하고 싶었는데 노크소리가 너무 크게 느껴져 나오코 본인이 더 놀랐다.

문을 연 것은 나카바야시 형사였다. 거친 수염이 입 주변에서 귓가까지 이어져 있어서 지금까지는 전혀 몰랐는데, 가까이에서 보니 의외로 동안이었다. 그는 눈을 크게 뜨고 한동안 두 사람을 쳐다보다, 마침내 기억난 듯 "아!" 하며 입을 열었다.

"무슨 용건이시죠?"

"부탁이 있습니다."

나오코는 안을 들여다보면서 말했다. 나카바야시의 등 뒤로 무라마사의 작은 체구가 다가오는 게 보였다.

"남자 방에 밀고 들어오다니 꽤 적극적이시네요."

작은 체구의 남자가 형편없는 농담을 던졌다.

"벽걸이를 보여주셨으면 해서요."

"벽걸이요?"

"어쨌든 좀 들어가면 안 될까요?"

마코토가 슬쩍 라운지 쪽을 본 다음, 비밀 이야기라도 있는 것처럼 조그맣게 말했다. 다른 사람들에게 들키고 싶지 않다는 것을 강조한 것뿐인데 금방 효과가 나타나 형사들은 주저하면서도 두 사람에게 길을 터줬다.

"벽걸이에 적힌 노랫말을 보고 싶습니다."

나오코는 벽걸이 앞으로 걸어가 가져온 노트에 노래 가사를 베껴 쓰기 시작했다. 형사들은 그저 멍하니 나오코의 뒤에 서서 펜의 움직임을 지켜보다 이윽고 마코토에게 질문을 던졌다.

"이 노래에 무슨 의미라도 있습니까?"

마코토는 곧바로 대답하지 않았다. 어떻게 설명해야 하나 심사숙고하는 듯했는데 잠시 뒤 마코토는 시원스레 대답했다.

"주문입니다."

"주문?"

경부는 의아한 표정을 지었다.

"그게 뭡니까?"

"그러니까…… 주문입니다."

마코토는 형사들에게 이 숙소의 각 방에 머더구스의 노래를 새긴 벽걸이가 있다는 것과, 그 유래에 대해 간략하게 설명했다. 형사들은 머더구스가 뭔지도 몰랐고, 하물며 행복의 주문이라는 말에는 어찌할 바를 몰라 했다. 나카바야시 형사는 참나못해 "요즘에는 별 이상한 게 다 유행인가 보군요"라며 한심한 감상을 늘어놓았다.

"오빠는 이 주문의 의미를 조사한 것 같습니다. 이유는 이 주문이 일종의 암호이기 때문입니다."

나오코는 노래를 다 적고는 형사들 쪽으로 몸을 돌렸다.

"암호?"

역시 이런 단어에는 반응하는지 두 형사들의 얼굴이 험악해졌다.

"암호라니, 어떤 의미입니까?"

나오코는 가와사키 가즈오의 보석과 암호의 관련성에 대해 형사들에게 설명했다. 마코토와 협의한 결과 역시 경찰에 말해두는 게 낫다는 결론을 내렸던 것이다.

하지만 형사는 2년 전 사건에 대해 나오코 일행이 무척 자세히 알고 있는 데 흥미를 나타냈을 뿐, 보석을 숨겼다는 말이 나오자 바보 취급을 하며 히죽댔다.

"그런 일은 있을 수 없다는 얼굴이네요."

화가 난 마코토가 강하게 말했다.

"마치 옛날얘기라도 하고 있다는……."

"그런 건 아닙니다."

무라마사는 짐짓 손과 머리까지 흔들며 호들갑을 떨었다.

"있을 수 있다고 생각하고, 독창적이라고 감탄도 했습니다.

보석은 아직도 발견되지 않았으니까요. 하지만 그 사건과 오빠 되시는 분의 죽음과는 관련이 없는 게 아닐까…… 물론 이건 제 개인적인 의견입니다."

"하지만 오빠가 암호를 조사한 것은 사실입니다."

나오코도 화가 나 말했다.

"그래서 우리들도 오빠와 마찬가지로 벽걸이의 노래를 조사하면 반드시 뭐가 나올 거라 믿고 있습니다."

"그거야 자유죠."

무라마사가 툭 내뱉었다. 그런 식으로 탐정 기분을 내려면 얼마든지 그렇게 하라는 맞장구였다.

"그러나 우리들이 자살했다는 결론을 냈을 때는 그만한 근거가 있었습니다. 현장 상황을 비롯해 동기, 인간관계 등 다양한 것들을 조사한 결과 내린 겁니다. 그러므로 여러분이 우리들의 결론을 뒤엎기 위해서는 우선 그런 데이터에 대해 납득할 만한 이견을 제시해야 한다고 생각하는데요."

"예컨대 그 밀실 말입니까?"

마코토의 질문에 무라마사는 감정이 실리지 않은 목소리로 대답했다.

"그렇습니다. 밀실도 그중 하나입니다."

"전원의 증언을 종합한 결과, 하라 고이치 씨의 방을 잠근 것은 하라 씨 본인이라는 게 밝혀졌습니다. 여러분이 반론을 세기하시려면 이 미스터리에 대해서도 타당성이 있는 해답을 준비해 둬야 합니다. 여기서 중요한 것은 타당성이 있느냐는 겁니다."

즉 억지 추리나 우연성이 요구되는 설명은 납득할 수 없다는 말일 것이다.

"손님 중 한 분이 재미있는 말을 해주셨습니다."

마코토가 낮에 에나미에게 들었던 말을 꺼내 형사들에게 전했다. 즉 범인은 침실에 숨어 있다가 창문으로 탈출한 뒤 어떤 방법으로 창문을 잠갔다는 추리였다. 무라마사는 처음에는 약간 심각한 표정을 지었지만, "그래서 바깥에서 창문을 잠글 방법은 알아냈습니까?"라는 질문에 마코토가 "아직 못했습니다"라고 대답하자 곧 여유를 되찾았다.

"그렇겠죠. 그런 거야 저희들도 당연히 조사했으니까요."

"하지만 한 가지 가능성은 있습니다."

"도전정신은 중요하죠. 그런데 여러분에게 그 말을 한 손님은 누구죠? 괜찮으시면 성함을……."

"에나미 씨입니다."

나오코가 대답했다. 무라마사는 이런, 하는 표정을 지었다.

"과학자라 그런가, 그 사람. 회사에서도 기발한 생각을 하는 걸로 유명하다더군요. 하지만 기발한 게 지나쳐 지지자가 거의 없다던데."

에나미는 2년 전 사건 때에도 이 숙소에 있었다. 그런 관계로 이미 신상조사가 이뤄진 모양이었다.

"뭐, 어쨌든 낮에도 말씀드렸다시피, 저희들은 일단 이번 사건의 범인을 체포하는 데 주력하고 있습니다. 그 과정이나 혹은 뒤에 이전 사건과의 관련성이 의심되면 물론 그쪽도 다룰 생각입니다. 아시겠습니까?"

나오코는 어쩔 수 없이 알겠다고 대답했다.

"그럼 편안히 주무십시오. 수면부족은 미용에도 안 좋으니까요."

마코토가 문을 열어주려는 그의 앞을 가로막으며 물었다.

"벌써 이번 사건의 범인에 대한 윤곽이 잡혔나요?"

"자네!"

무라마사는 거칠게 대꾸하는 나카바야시를 말리고 대답했다.

"자신 있게 말할 수 있는 것은 지금 이 숙소에 머물고 있는 사람이라는 겁니다. 그러니 단적으로 말하면 독 안에 든 쥐죠."

"그래서 마지막 단속으로 여기에 묵는 건가요?"

"단속할 정도로 단서가 많지 않습니다. 냄새가 나니까 따라가는 거죠. 자, 벌써 시간이 늦었네요."

무라마사는 마코토의 뒤로 돌아 재빨리 문을 열었다. 그리고 님은 손바닥으로 복도를 가리켰다.

"좀 더 얘기를 나누고 싶지만 유감스럽게도 저희도 일이 남아 있어서. 오늘은 여기까지만 하죠."

마코토와 나오코는 눈짓을 하고 가볍게 한숨을 내쉬었다.

"안녕히 주무세요."

나오코가 말했다. 경부는 고개만 까딱 하고는 문을 닫았다.

세인트폴의 노래

Upon Paul's steeple stands a tree

As full of apples as may be;

The little boys London Town

They run with hooks to pull them down:

And then they run from hedge to hedge

Until they comes to London Bridge.

세인트폴 첨탑 위 나무 한 그루

사과가 주렁주렁 달려 있네.

런던 마을의 꼬마들이

갈고리를 들고 뛰어와

사과를 따서는 울타리에서 울타리로 쏜살같이 내달려

244

드디어 런던 브리지에 도착했네.

이게 무라마사 경부의 방에서 적어 온 노래였다. 나오코와 마코토는 한참 동안 가사를 말없이 바라보다, 마코토가 먼저 입을 열었다.

"암호해독의 열쇠는 각 방의 노래를 순서대로 읽는 거라고 고이치 씨가 말했다는데 구체적으로 어떻게 처리해야 될까?"

"처리라니?"

"이 암호가 어떤 종류냐는 거지. 예컨대 암호에는 진짜 문자를 다른 문자나 기호로 치환하는 방법이 있어. 셜록 홈스의 《춤추는 인형》이나 에드거 앨런 포의 《황금벌레》에 나오는 거지. 하지만 이 경우는 머더구스라는, 이미 존재하는 노래를 나열한 거니까 그런 암호는 아닐 것 같고."

마코토도 미스터리를 좋아하는 편이었다. 하지만 마니아라고는 할 수 없었다. 코난 도일의 《춤추는 인형》을 셜록 홈스 작품이라고 말하는 수준이었다.

"그거 말고 다른 암호도 있어?"

"응. 문장을 구성하는 문자의 순서를 바꾸는 방법도 있어. 간단한 예를 들어보면, 문자를 그대로 거꾸로 쓰거나 가지런히 가로쓰기를 한 다음에 세로로 기록하거나 하지. 하지만 이것도 이번에는 적용할 수 없어."

"그 밖에는?"

"문장의 구성단어나 문자 사이에 여분의 단어를 넣어서 전체적으로 의미를 알 수 없게 만드는 경우도 있어."

"그럼 그것도 틀렸네. 의미를 모르는 건 아니니까."

"맞아. 지금까지 말한 세 가지 방법으로는 완성된 암호문이 뭐가 뭔지 알 수 없게 되거나, 단순히 기호를 나열한 것이 될 뿐이야. 그러니까 이번 것과는 다르지."

"의미가 명확한 문장이 되는 경우는 없어?"

"원래 목적이라면 암호문은 의미를 모르게 만드는 게 좋지. 하지만 그런 경우가 전혀 없는 것도 아니야. 얼핏 보면 평범한 문장인데 각 행의 머리글자나 끝 글자를 떼어내면 숨겨진 단어가 나오는 경우도 있어. 단어놀이 같은 건데 예를 들면 이런 거야."

그렇게 말하고 마코토는 노트에 이로하우타(いろは歌, 히라가나 47자를 한 자씩만 넣어서 읊은 7·5조 노래-역주)를 일곱씩 적고, 각각의 마지막 글자에 동그라미를 그렸다.

いろはにほへ(と)

이로하니호헤토

ちりぬるをわ(か)

치리누루오와카

よたれそつね(な)

요타레소쓰네나

らむうゐのお(く)

라무우루노오쿠

やまけふこえ(て)

야마케후고에테

おさきゆめみ(し)

오사키유메미시

えひも世(す)

에히모세스

(꽃의 색이 아름다워도 시들기 마련이지, 이 세상 누구도 영원한 것은 없으니, 그저 오늘 거기 있는 깊은 산을 넘네, 헛된 꿈은 꾸지도 취하지도 않는다네.-역주)

"마지막 글자들을 읽으면, '도카나쿠테시스'가 돼. 이 '도카'는 '도가'로 죄라는 뜻이야. 즉 이 노래는 '죄 없이 죽는다'는 문장이 숨겨져 있어. 그래서 이 노래를 지은 게 억울하게 사형당한 사람이라는 설이 있을 정도야."

"대단하다!"

나오코는 마코토의 해설을 듣고 탄성을 질렀다. 지금까지 별것 아니라고 생각했던 시에 이런 비밀이 숨어 있었다는 놀라움과 마코토의 박식함에 감탄하는 마음이 반반이었다.

　"이런 게 있다는 걸 전혀 몰랐네."

　"아주 유명한 얘기야. 숨은 문자를 설명할 때 반드시 나오는 거고, 추리소설을 읽는 사람이라면 누구나 알고 있어. 그러니까 그만해. 부끄러워."

　"뭐야, 재미없게."

　"다시 말해 이번 경우는 이런 숨은 문자 방식을 이용했을 가능성이 가장 높을 거야. 그래서 사실 나름대로 혼자 이리저리 나열해 보긴 했는데……."

　마코토는 주머니에서 메모장을 꺼냈다. 여기에 온 후로 각자 이런 필기도구를 지니고 다녔다. 무슨 일이 있을지 모르기 때문이다.

　그녀의 메모에는 머더구스에 있는 방들의 이름이 순서대로 적혀 있었다.

LONDON BRIDGE & OLD MOTHER GOOSE

(런던 브리지와 올드 머더구스-별채)

START(시작)

UPON PAUL'S STEEPLE(세인트폴)

HUMPTY DUMPTY(험프티 덤프티)

GOOSEY & OLD FATHER LONG-LEGS

(거위와 키다리 할아버지)

MILL(풍차)

JACK & JILL(잭과 질)

"방 이름의 머리글자와 끝 글자를 떼어내 봤어. 하지만 아무것도 없어. 게다가 순서대로 읽어야만 한다는 고이치 씨의 말과도 맞지 않아. 즉 처리방법을 도무지 모르겠어."

"흐음……."

"「세인트폴」이라는 노래를 보면, 혹시 힌트 같은 걸 얻을 수 있지 않을까 했는데 너무 안일했나 봐."

마코토답지 않게 목소리에 힘이 없었다. 한시라도 빨리 해독해야 하는데 단서를 잡지 못해 초조한 듯했다. 나오코는 그런 모습을 보는 게 힘들었다. 저렇게 마코토가 힘들어하는 원인이 바로 자신이었기 때문이다.

"오늘 밤은 일단 자자."

나오코는 자신이 마코토를 달래듯 말하는 게 이상했다. 그러나 자신이 하지 않으면 마코토는 한도 끝도 없이 테이블에 달라붙어 있을 게 분명했다.

마코토도 나오코의 생각을 알아차린 듯 희미하게 웃었다.

"맞아. 머리를 쉬게 하는 것도 중요하지."

두 사람은 침실로 이동했다.

불을 끄고 몇 분이나 지났을까, 나오코는 어둠 속에서 여전히 눈을 뜨고 있었다. 이곳에 온 뒤로 줄곧 잠을 잘 못 잤다. 하지만 오늘 밤은 그것만이 아니었다. 평소라면 훨씬 전부터 규칙적인 숨소리가 들려와야 할 텐데, 아까부터 뒤척이는 소리만 들렸다. 마코토와 여러 번 같이 여행했는데 이런 일은 한 번도 없었다.

"마코토."

살짝 말을 건네 보았다. 마코토의 움직임이 멈췄다. "왜?" 하고 또렷한 목소리가 들려왔다.

"조금 전에 한 얘기, 재미있었어."

"조금 전에 한 얘기?"

"죄 없이 죽는다."

"아! 대단한 얘기도 아닌데."

마코토는 슬쩍 웃고 말았다.

"그래도 재미있었어."

"그럼 다행이네."

"다른 건 몰라?"

"다른?"

시트 스치는 소리가 났다. 마코토가 몸을 움직인 듯했다. 나오코는 마코토가 아마 두 팔을 머리 밑으로 넣었을 것이라 상상했다. 그녀가 누워서 생각할 때의 버릇이다.

잠시 후 대답이 돌아왔다.

"문자를 흩어놓아서 원문을 감추는 암호인데 재미있는 얘기를 들은 적이 있어. 이 암호는 유럽에서는 옛날부터 아주 빈번하게 사용되던 거고, 어떤 학자가 이 암호를 이용해 연구를 발표한 적이 있다고 해."

"이상한 일을 다 했네."

"재미 삼아 한 거겠지. 네덜란드의 호이겐스라는 학자야. 원문을 알파벳으로 분해하고, ABC 순서대로 재배열했다는 거야. 그랬더니 완성된 암호문이라는 게, 느닷없이 A만 여덟 개 정도, 다음에는 C가 다섯 개 정도 늘어서 있었대. 토성의 띠를 발견했을 때의 논문이었다는군."

"원문은 어떤 내용이었어?"

"라틴어라 일본어 번역밖에 모르는데 대강 '얇고 평평하며, 별과 닿는 부분이 전혀 없는, 가로로 기울어진 띠로 둘러싸여 있다'라는 뜻이었던 것 같아."

"그게 토성의 띠라는 거야?"

"그런 것 같아."

"음……."

나오코는 우두커니 그 형태를 머릿속에 그려보고 툭 내뱉

있나.

"왠지 그 원문이 더 암호 같다."

"그렇지……."

다시 침묵이 흘렀다. 나오코가 막 잘 자라는 말을 하려 했을 때였다. 갑자기 담요를 휙 젖히는 소리가 들렸다. 어렴풋이 마코토가 자리에서 일어나 슬리퍼를 신고 있는 모습이 보였다. 숨소리가 조금 거칠었다.

"왜 그래?"

"알아낸 것 같아! 해독할 수 있을 것 같아."

마코토는 미묘한 단어를 골랐다.

거실 테이블에 마주 앉은 두 사람은 다시 「세인트폴」 노래를 앞에 놓고 있었다.

'세인트폴 첨탑 위 나무 한 그루'

"간단했어. 이 노래는 암호가 아니야."

마코토는 이를 앙다물고 노래를 봤다. 마치 지금까지 깨닫지 못한 것에 화가 난 것처럼 보였다.

"그대로 읽으면 되는 거야. 특별한 처리를 할 필요가 없어."

"그대로라고?"

그러자 마코토는 노트에 적은 노래의 몇 군데를 손으로 누르면서 말했다.

"세인트폴의 탑, 울타리, 그리고 런던 브리지. 이 단어 세

개를 보면 연상되는 거 없어?"

나오코는 놀라 가사를 다시 읽었다. 마코토가 이런 말을 했다는 것은 이들 단어를 보자마자 연상했다는 뜻이다. 세인트폴, 울타리, 런던 브리지……. 하지만 몇 번이나 다시 읽어봐도 나오코의 머리에는 떠오르는 게 하나도 없었다.

"나오코는 세인트폴 대성당을 알아?"

마코토의 질문에 그녀는 자그맣게 고개를 가로저었다.

"그럼 조금 어려울지도 모르겠네. 세인트폴 대성당은 첨탑의 높이, 즉 뾰족한 탑으로 유명해. 뾰족한 지붕이라면 뭐 연상되는 거 없어?"

"뾰족한 지붕……."

그 풍경이 나오코의 눈동자에 떠올랐다. 그것은 공상이 아니라 실제로 본 것이다. 게다가 상당히 최근……. 그녀는 심호흡을 크게 하고 입을 열었다.

"별채 지붕."

의사 부부가 묵고 있는 방은 별채로 되어 있고, 거기 지붕은 다른 곳과 달리 뾰족했다.

"맞아. 그럼, 울타리와 런던 브리지는."

이건 간단했다. 나오코는 즉시 대답했다.

"벽돌담과 뒤쪽 돌다리지. 즉 여기에 나오는 단어는 이 숙소에 있는 것들과 치환할 수 있다는 거지?"

마코토가 산난하다고 말한 이유를 드디어 나오코도 이해
했다.

"그렇지. 암호가 아니라 암시라고 했어야 해.「시작」이라는
노래도 마찬가지야. 하얀 지면에 검은 씨앗, 이 비밀을 풀기
위해서는 공부가 필요해……. 이건 암호를 해독하기 위해서
는 머더구스를 공부해야 한다는 암시가 아닐까. 여전히 '검
은 씨앗'이 뭘 의미하는지는 명확하지 않지만."

"암호가 아니라, 암시……. 그대로 읽으면 된다는 말이지."

"그러면 이 노래는 이런 식으로 읽으면 되겠네."

마코토는 노트를 들고 노래하듯 말했다.

"별채에서 사과를 훔쳐 벽돌담을 거슬러 가면, 돌다리에 도
착한다."

"감동적이네."

"그렇지."

마코토의 얼굴이 활짝 펴졌다.

"즉 이것은 행동의 순서를 가리킨다고 생각해. 우선 별채로
가서, 담을 따라 돌다리로 가라는 거지."

"별채에서 사과를 훔친다는 게 뭘까?"

"그곳에 암호해독의 열쇠가 있다는 말 아닐까?"

마코토의 얼굴에 자신감이 돌아와 있었다.

3

다음 날 아침식사 시간에 무라마사가 다카세에게 질문하는 소리가 들렸다. 다른 손님들은 이 자그마한 체구의 형사를 피해 되도록 먼 테이블에 앉았지만 나오코 일행은 조금이라도 정보를 모으려고 옆 테이블을 골랐다. 무라마사도 대화 내용이 그녀들에게 들리는지는 신경 쓰지 않는 눈치였다.

"숯창고요?"

다카세의 목소리가 먼저 귀에 들어왔다. 무라마사는 고개를 살짝 끄덕였다.

"최근에는 아무도 안 갔을 텐데요. 그 창고가 왜요?"

"다카세 군도 간 적 없나요?"

"없습니다."

"여기 손님들 중에서 창고를 아는 사람은 누굽니까?"

"글쎄요. 제가 가르쳐드린 적은 없지만 주변을 산책한 적이 있는 분이라면 알지도 모르죠."

"그런가요. 정말 감사합니다."

무라마사는 다카세에게 인사를 건네고, 나오코 일행 쪽을 보며 의미심장하게 브이 사인을 보냈다.

아침식사 후 마코토는 마을로 나가 머더구스 관련 서적을 입수하고, 나오코는 의사 부부의 방을 방문하기로 했다. 마을에는 다카세가 데려다줄 계획이었다.

"어라?"

현관 신발장에서 운동화를 꺼내려던 마코토가 소리를 냈다. 신발 위치가 바뀌어 있었던 것이다.

"내 거네."

나오코는 직접 놓지 못할 만큼 높은 곳에서 스노부츠를 꺼냈다.

"아아, 그렇다면 어젯밤 형사들이 조사한 모양이네."

"신발을?"

마코토가 다카세에게 물었다.

"예. 뭘 조사했는지는 모르겠지만."

나오코와 마코토는 얼굴을 마주 본 후 고개를 갸웃했다. 신발에서 뭘 알아냈을까?

"숯창고는 어디에 있나요?"

마코토는 왜건에 타기 직전에 다카세에게 물었다.

"계곡 건너편에 돌다리를 건너야 하는 곳에 있습니다."

그가 대답했다.

"역시!"

마코토는 이해했다는 표정으로 나오코를 봤다.

"파티가 열리던 밤, 오오키 씨는 돌다리를 건너려다 떨어졌어. 도대체 무엇 때문에 그런 짓을 했을까가 경부의 의문이었겠지. 그러다가 아마 숯창고를 발견했을 거야. 혹시 그곳에 최근 누군가 들어갔던 흔적이 있었을지 모르지."

"오오키 씨는 숯창고 같은 데에 무슨 볼일이 있었을까?"

"그걸 알면 사건은 해결된 거나 마찬가지지."

"시간 나면 한번 가볼까?"

"상관없지만 무리하지 마. 지금 해야 하는 게 하나 있잖아."

"알아."

"역시 오오키 씨는 살해된 건가요?"

다카세가 물었다. 그도 당연히 상황이 이상하다고 생각했을 테니까.

"범인이 있으면 그렇죠."

마코토는 그렇게 말하고 자동차에 올라탔다.

나오코는 친구를 배웅한 뒤 방으로 돌아가지 않고 의사 부부의 방으로 향했다. 어쩌면 산책 중일지 모르겠다 싶었는데 노크하자 부인의 힘에 넘치는 대답이 돌아왔다. 부인은 그녀의 얼굴을 보자마자 신나 했다.

"지금 막 차를 끓이던 참이야."

의사의 모습은 보이지 않았다. 부인은 아침 목욕 중이라고 알려줬다.

향긋한 향이 나는 일본차를 놓고 한동안 이런저런 잡담을 나눈 후, 나오코는 암호 이야기를 꺼냈다.

"오빠가 머더구스의 노래에 대해 무슨 말을 하지 않았나요? 아주 사소한 거라도."

"그게⋯⋯."

부인은 벽걸이 쪽을 돌아보며 생각에 잠긴 눈빛을 보냈다. "이 노래를 아주 오랫동안 보고 있던 기억이 나네. 하지만 감상을 들은 적은 없어. 늘 쳐다보다 돌아갔지."

"그래요."

나오코의 머리에 떠오른 것은 오빠가 머더구스 관련 서적을 구했다는 말이었다. 그 책에는 분명 「런던 브리지」라는 노래도 실려 있었을 것이다. 그런데도 오빠는 일부러 방을 찾아 벽걸이를 바라볼 이유가 있었을까?

혹시 이 벽걸이 노래에는 일반적인 노래와 다른 점이 있는 게 아닐까? 그렇다면 이해된다. 그렇다면 그게 뭐지? 가사가 다른가?

이윽고, 그녀의 시선이 벽걸이의 어느 한 점에 멈췄다. 「런던 브리지」의 첫 부분이었다.

London Bridge is broken down.

Broken down, Broken down,

London Bridge is broken down,

My fair lady.

"London Bridge is broken down······?"

나오코가 시선을 사로잡은 것은 1행 끝의 마침표였다. 3행의 같은 구절에서는 쉼표를 찍었는데 왜 여기만 마침표일까? 그녀는 일어서서 그 부분을 더 자세히 관찰했다. 역시 마침표였다.

"이거, 이상하지 않아요?"

돌아보며 질문을 던지자 부인은 흐뭇한 표정으로 나오코가 가리킨 곳을 봤다.

"아아, 그거. 단순한 실수 아닐까? 쉼표를 새기려다 잘 안 돼서 마침표가 된 거지."

나오코는 그런 실수가 아닐 거라고 생각했다. 어떤 벽걸이에도 이런 실수는 없었다. 무엇보다 마침표를 쉼표로 수정하는 것 정도는 문제가 아니었다.

어떤 의도가 여기에 숨어 있다. 나오코는 그렇게 확신했다. 그리고 고이치도 분명 이 부분에 주목했을 게 틀림없다. 왜 쉼표가 마침표가 됐는지, 그는 그것을 해명하기 위해 여러 번 이곳을 찾은 것이다.

문득 머릿속에 노래 하나가 떠올랐다. 언젠가 의사가 "고이치 씨는 검은 씨앗인가 뭐라고 얘기했지"라고 했었다. 검은 씨앗, 그것은 곧 쉼표와 마침표를 말하는 게 아닌가?

그리고 또 「시작」이라는 노래.

'하얀 지면에 검은 씨앗, 이 비밀을 풀기 위해서는 공부를 해야만 해.'

그런 건가! 나오코는 자신의 몸이 떨리고 있는 게 느껴졌다. 이 노래는 단순히 머더구스를 공부하라는 의미가 아니었다. 그리고 고이치도 그걸 알아냈다.

"잠깐 실례하겠습니다."

나오코는 양해를 구하고 노래를 노트에 베껴 적기 시작했다.

다 베낀 나오코는 부인에게 부탁해 2층의 노래도 보여달라고 했다. 그리고 「올드 머더구스」 중에도 이상한 마침표가 있는 것을 발견했다. 2행 마지막이었다.

Old Mother Goose,

When she wanted to wander.

Would ride through the air

On a very fine gander.

여기에 마침표를 찍는 것은 문법적으로 이상하다. 나오코는 이게 암호해독의 중대한 힌트라고 확신했다.

그녀는 이 노래를 베낀 다음 부인에게 인사하고 방을 나왔다.

별채 출입구에서 밖으로 나온 뒤 숙소 뒤로 돌아갔다. 입속으로 「세인트폴」의 후반부를 읊조렸다.

'사과를 따서는 울타리에서 울타리로 쏜살같이 내달려 드디어 런던 브리지에 도착했네.'

울타리는 이 숙소에서 담을 가리키는 것이리라 추측했다. 담을 따라 나아가면 당연히 숙소 뒤를 돌아야 하고 거기에는 돌다리가 있다. 그런데 돌다리 주변에 로프가 둘러쳐져 있어서 전처럼 근처까지 다다갈 수 없었다.

다음 노래는 「험프티 덤프티」라는 노래.

'험프티 덤프티는 벽 위에 앉아 있다.'

나오코는 뒤를 돌아봤다. 머더구스 주변에는 담장이 둘러쳐져 있다. 노래처럼 행동하려면 여기서 담으로 올라가야만 한다. 벽에 올라가면 어떻게 되지? 설마 노래처럼 담에서 떨어지는 건 아니겠지.

담 위에 앉으면 뭐가 보일까?

뇌리를 스친 생각이 나오코를 매혹시켰다. 돌다리가 있는 지점에서 담에 올라가 그곳에서 살펴보면 정말로 암호처럼 되는 게 아닐까.

결심을 하고 담으로 다가갔다. 높이는 2미터 정도 되었다. 옆에 블록이 쌓여 있어서 그것을 디딤돌 삼아 담으로 올라갔다.

담 위에서 보는 경치는 절경이었다. 날씨가 나빠서 멀리까지 보이진 않았지만 그런대로 수묵화 같은 분위기를 자아냈다. 그러나 나오코가 찾고 있는 것은 그런 게 아니었다. 암호의 힌트였다. 하지만 여기서 보이는 것은 눈 덮인 산과 돌다리, 그리고 보기만 해도 저절로 오금이 저릴 정도로 깊은 계곡뿐이었다.

"상당히 용감하네요."

아래에서 소리가 났다. 가미조가 짙은 선글라스를 끼고 나오코를 올려다보고 있었다.

"뭐가 보이나요?"

"별로요."

나오코가 내려오려고 했을 때, 가미조는 시선을 먼 곳에 둔 채 말했다.

"당신 오빠도 종종 그러고 있었죠."

내려오던 나오코는 동작을 멈췄다.

"오빠가요? 뭘 보고 있었나요?"

"글쎄요. 무엇이었을까요? 하지만 그 사람은 경치나 보려고 일부러 담에 오를 사람은 아니었던 걸로 기억합니다만."

"가미조 씨."

나오코가 새삼 격식을 갖춰 부르자, 그도 진지하게 쳐다봤다.

"가미조 씨는 뭔가 알고 계시지 않나요? 그러니까…… 오빠의 죽음에 대해."

하지만 그는 유난스럽게 손을 흔들어댔을 뿐이었다.

"과대평가하지 마세요. 저는 아무것도 모릅니다. 아무것도 모르는 그저 평범한 손님이죠."

그러고는 다시 왔던 길로 사라졌다.

마코토는 정오가 되기 전에 조금 피곤한 기색으로 머더구스 책과 함께 돌아왔다.

"아무것도 없어."

마코토는 방으로 돌아와 테이블 위에 책을 늘어놓으면서 투덜거렸다. 머더구스 책을 가리키는 말인 것 같았다.

"우선 일본에서 영국 전승동요를 전문적으로 연구한 예가 없고, 대학 졸업논문의 주제가 된 것도 '전혀'라고 할 만큼 없는 것 같아. 그런 탓에 문헌도 거의 없네. 어쩔 수 없이 노래가 실려 있는 책만 사 왔어. 그래도 이거 구하느라 서점을 세 군데나 돌아다녔어."

"수고했어."

나오코는 마코토의 노고를 치하하면서 책장을 주르륵 넘겼다. 네 권 모두 다니카와 슌타로가 번역했다.

"아! 맞다! 돌아오는 길에 재미있는 사실을 알아냈어."

마코토는 네 권 중 한 권을 들고 접어놓은 곳을 펼쳤다. 「런던 브리지」가 실려 있었다.

"전에 의사 부인의 얘기로는, 강에 여러 번 다리를 만들었는데 무너져버려서, 재질을 바꾸다가 결국 놀로 만들었다는 가사라고 했지. 하지만 이 책에 실린 건 좀 다르던데. 다리가 금과 은으로 지어져서 도둑을 막기 위해 불침번을 세웠다는 거야."

Build it up with silver and gold,
Silver and gold, silver and gold,
Build it up with silver and gold,
My fair lady.

    (중략)

Set a man to watch all night,
Watch all night, Watch all night,
Set a man to watch all night,
My fair lady.

    (후략)

은과 금으로 세우자,
은과 금으로, 은과 금으로,
은과 금으로 세우자,
멋진 아가씨.

밤새 불침번을 세우자,

밤새 불침번을, 밤새 불침번을,

밤새 불침번을 세우자,

멋진 아가씨.

"정말이네. 부인은 왜 잘못 알았을까?"

이 노래에 관한 한 자신감이 넘쳤던 부인의 얼굴이 떠올랐다.

"「런던 브리지」는 8소절로 구성된 것과 12소절로 구성된 게 있대. 부인이 말한 것은 아마 8소절짜리일 거야. 그쪽이 역사적 사실에 충실한 거지. 하지만 런던 브리지에는 어둡고 무서운 과거가 있고, 그것을 상징하는 게 12소절짜리 노래야."

"어둡고 무서운 과거?"

마코토는 이번 사건의 핵심과는 관계없다고 전제한 다음 말을 이었다.

"옛날에는 가교나 축성처럼 어려운 공사를 할 때는 인간제물의 도움을 받았다고 해."

"인간제물?"

"토대에 산 사람을 매장하는 의식이야. 일종의 액막이지. 이런 일은 영국에만 있었던 게 아니야. 비슷한 관습이 전 세계 어디에나 있었어."

"생매장? 너무 잔인해!"

"서양의 경우, 이 인간제물에는 파수꾼이라는 의미도 있었던 모양이야. 그러니까 런던 브리지가 완성될 때에 당연히 인간이 제물로 생매장되었던 거고, 이 노래는 당시의 비극을 표현했다고 해."

"진짜 어두운 노래네."

나오코는 노래 가사를 새삼 다시 봤다. 암호 같은 것을 잊고 순수하게 단어를 좇자, 정말로 그 신비로움과 불가사의함이 마음에 전해지면서 상상력을 불러일으켰다.

"자, 여담은 여기까지."

마코토는 나오코의 감상을 날려버리듯 책을 덮었다.

"요컨대 이「런던 브리지」노래에는 가사에 드러나지 않은 '매장'이라는 단어가 포함되어 있단 말이야. 이걸 암호로 해석하면 '다리 밑에 무언가 묻혀 있다'는 게 되지 않을까?"

"보석은 다리 밑에 묻혀 있다는 거네."

나오코가 지나치게 앞서가는 것을 말리듯 마코토는 오른손을 내밀었다.

"그렇게 간단하지 않아. 다만 돌다리 근처라는 것만은 틀림없는 것 같아."

"그래, 맞아. 그래서 생각난 건데……."

나오코는 의사 부부의 방 벽걸이에 새겨져 있는「런던 브리지」의 마침표와 쉼표에 대해 마코토에게 말했다. 마코토 역시 특히 오빠도 거기에 매달렸다는 사실에 관심을 보였다.

"다시, 검은 씨앗이라……. 도대체 무슨 뜻이지?"

마코토는 명탐정처럼 한 손으로 턱을 괸 채 팔짱을 꼈다.

그로부터 나오코와 마코토는 꼬박 한 시간쯤 머더구스 책을 노려보았다. 특히 각 방에 있는 노래를 집중적으로 조사했다. 하지만 읽으면 읽을수록 그 기이한 내용에 당황했을 뿐, 암호해독의 실마리를 하나도 찾지 못했다.

"이 노래도 의미심장하긴 한데, 도통 모르겠네."

마코토가 나오코에게 보여준 것은 「잭과 질」이라는 노래였다.

Jack and Jill went up the hill

To fetch a pail of water;

Jack fell down and broke his crown,

And Jill came tumbling after.

잭과 질은 언덕에 올라

물을 한 동이 가득 길었네,

잭이 떨어져 왕관이 깨졌네,

그리고 질도 따라 미끄러져 넘어졌네.

"두 아이가 물을 길으려다 달의 신에게 납치된다는 북유럽 신화에서 유래된 거 아닐까. 물을 길러 언덕을 오른다는 게 이상하다는 말도 있지만."

"잭과 질 방은 에나미 씨가 묵는 방이지."

"응. 한번 봐둘 필요가 있겠지."

마코토는 손가락으로 약도를 톡톡 두드렸다.

"그런데 나, 아무래도 마음에 걸리는 게 있어."

나오코는 자신이 보고 있던 페이지를 마코토 쪽으로 돌렸다. 그것은 이미 봤던 '거위, 거위 행차하신다'로 시작되는 「거위」라는 노래였다. 이 책에서는 물론 「키다리 할아버지」 노래와 합쳐져 있었다.

"방 벽걸이에는 왜 일부러 노래의 원형을 실었을까? 의미만 따지면 현재 노래도 괜찮잖아."

"맞아. 아무래도 이상해. 암호를 만들기 위해서 그 방에는 「거위」 노래가 필요했어. 하지만 그 방은 2층으로 되어 있기 때문에 아무래도 두 가지 노래를 준비해야만 했고. 그래서 일부러 둘을 나눴다고 생각하면 어떨까?"

말은 그렇게 했지만 마코토의 표정도 어딘가 석연치 않았다.

이날도 숙소에서 점심식사를 마쳤다. 오늘은 라운지에 아무도 없었다. 형사의 감시를 받고 싶은 것은 아니었지만 그 형사들조자도 보이지 않았다. 카운터 안에 구루미가 있고, 거구인 셰프가 의자에 앉아 있었다.

"세상은 참 얄궂어."

두 사람에게 햄 토스트와 커피를 가져다주면서 셰프가 중얼거렸다.

"이 세상에는 남자와 여자가 별처럼 많은데 좋은 남자나 좋은 여자는 상대가 없지. 이 두 사람도 괜찮은 여자인데 둘이서만 늘 붙어 다니니까 괜찮은 남자 둘이 남아돌게 되는 거 아닌가."

"그게 자기라고 생각하는 것 같네."

구루미가 주간지를 보면서 말했다.

"내 몸은 2인분이니까 계산이 그런대로 맞네. 하지만 얄궂은 일이 하나 더 있지."

그는 굵은 팔을 바지주머니에 넣고, 종잇조각을 하나 꺼냈다.

"내년 2월까지 예약이 다 찼어. 조금 전에 전화가 왔어. 그 사고가 신문에 실리는 통에 인기가 급상승 중이래. 이런 게 바로 얄궂다는 거지. 아니면 꺼지기 직전의 마지막 불빛?"

"꺼져요?"

햄 토스트를 씹고 있던 마코토가 고개를 들었다.

"펜션, 그만두시려고요?"

나오코가 물었다.

셰프는 중잇조각을 다시 주머니에 넣고 말했다.

"마스터가 그럴 작정이야. 계속하고 싶지 않다더군. 뭐, 나
도 강요할 생각은 없고."

"지쳤군."

구루미가 말했다.

"그럴지도 모르지."

셰프도 순순히 인정했다.

"이럴 생각은 아니었다, 이럴 생각이 아니었다고 하면서 이
렇게 되어버렸지. 그래서 결론을 낸 거지. 이쯤에서 접어야
한다고."

"여기는 어떻게 되나요?"

마코토가 나지막하게 물었다.

"철거되겠지. 좀처럼 사겠다는 사람을 찾지 못할 테니."

"마스터와 셰프는 헤어지는 건가?"

구루미가 섭섭해했지만 셰프는 호탕하게 웃더니 나오코 쪽
을 보며 말했다.

"나는 그 녀석과 헤어지지 않아. 우리는 한 팀이니까. 자네
들과 마찬가지지. 그런 콤비가 있어. 이건 논리로 따질 수 없
는 거야. 아무리 멀리 떨어져 있어도 서로만 아는 신호가 있
어서 언제든 함께하게 되지. 주변 사람들이 보기에는 뒤죽박
죽 전혀 맞지 않는 콤비인데도 이상하게 같이 있으면 죽이

척척 맞는 사람들 말이야."

나오코가 스푼을 떨어뜨렸다. 그리고 그 스푼이 바닥에 떨어져 날카로운 소리를 냈는데도 여전히 허공만 쳐다보고 있었다.

"나오코, 왜 그래?"

"어디가 안 좋니?"

그런데도 나오코가 멍하니 넋을 놓고 있자 마코토가 어깨를 흔들었다. 그제야 나오코의 시선에 초점이 돌아왔다.

"마코토, 알았어."

"알아? 뭘?"

"잘 먹었어요."

나오코는 아직 반 이상 남은 햄 토스트와 거의 입에 대지도 않은 커피를 남겨둔 채 자리에서 일어나 서둘러 걷기 시작했다. 마코토도 당황했는지 멍하니 나오코를 바라보고 있는 셰프와 구루미에게 인사를 한 후 황급히 뒤를 쫓았다.

방으로 돌아온 나오코는 흥분을 억누르며 노트를 넘겼다. 찾는 것은 「거위」와 「키다리 할아버지」라는 노래였다.

"있다!"

나지막한 비명을 지른 나오코는 페이지를 펼친 노트를 테이블에 놓았다.

Goosey, goosey gander,

Whither shall I wander?

Upstairs and downstairs

And in my lady's camber.

거위야, 거위야,

어디를 가니?

위로, 아래로 다니다,

마님 방에 갔지.

Sing a song of Old father Long Legs,

Old father Long Legs

Can't say his prayers:

Take him by the left legs,

And throw him down stairs.

키다리 할아버지의 노래를 부르자,

키다리 할아버지,

기도도 못 외우지,

왼쪽 다리를 떼어서,

아래로 던져버렸지.

"나오코, 어떻게 된 거야?"

어느새 마코토가 뒤에 서서 나오코의 노트를 들여다보고 있었다. 나오코는 이 두 노래를 손가락으로 가리켰다.

"시바우라 부부의 방은 1층과 2층의 노래가 붙어 있었어. 이것은 즉, 그 방과 같은 구조의 의사 부부의 방 노래도 그런 식으로 합쳐야 한다는 뜻 아닐까?"

"의사 부부의 방이라면…… 「런던 브리지」와 「올드 머더구스」 노래를 합쳐야 한다고?"

"맞아."

"어떻게?"

"마침표와 쉼표 위치야."

나오코는 두 노래의 마침표와 쉼표에 표시를 했다.

"지금까지는 그저 앞뒤 노래를 붙이는 것만 생각했지만 그렇지 않아. 붙이는 규칙을 「거위」 노래에서 알려준 거야. 그 표시가 마침표와 쉼표야. 이 노래에는 「키다리 할아버지」의 첫 번째 쉼표까지의 문장인 'Sing a song of old father Long Legs,'까지 삭제하고 남은 부분을 「거위」의 노래에 붙이는 거야."

나오코는 시바우라 사키코가 적어 준 노래를 마코토에게 보여줬다.

Goosey, goosey gander,

Whither shall I wander?

Upstairs and downstairs

And in my lady's chamber.

Old father Long Legs

Can't say his prayers:

Take him by the left legs,

And throw him down stairs.

"그럼 「런던 브리지」와 「올드 머더구스」도 같은 요령으로 붙여볼까?"

"그렇게 간단할지 모르지만 해보자."

나오코는 그 두 노래를 메모해 둔 페이지를 펼쳤다.

London Bridge is broken down.

Broken down, broken down,

London Bridge is broken down,

My fair lady.

Old Mother Goose,

When she wanted to wander.

Would ride through the air

On a very fine gander.

"「키다리 할아버지」처럼 「올드 머더구스」의 첫 번째 쉼표
까지인 'Old Mother Goose,'를 삭제하고, 나머지를 전부
「런던 브리지」 뒤에 붙이면……."

나오코는 노트 여백에 두 노래를 합친 완성품을 썼다.

London Bridge is broken down.

Broken down, broken down,

London Bridge is broken down,

My fair lady.

When she wanted to wander.

Would ride through the air

On a very fine gander.

"뭐가 뭔지 전혀 모르겠네."

"잠깐만 기다려.「거위」라는 노래에서 합친 두 노래는 모두
첫 번째 마침표에서 문장이 끝나. 그러니까 각각의 노래에서
첫 번째 마침표 다음은 삭제해 버리면 돼. 그러고 보니까「런
던 브리지」도「올드 머더구스」도 이상한 데 마침표가 있어."

"그림…… 뭐야, 각각 1행씩밖에 남지 않잖아."

마코토는 그 두 행의 문장을 이어 적었다.

London Bridge is broken down

When she wanted to wander

"이거라면 해석 못할 것도 없지?"

"응……. 그녀가 나갈 때, 런던 브리지가 무너진다는 말인데."

마코토의 대답에, "정답이야. 아주 좋았어"라며 박수를 쳤다.

"그런데 왠지 암호 같지는 않네."

"그렇긴 하지만…… 의미를 모르겠어."

"너무 성급하군."

나오코가 제법 건방진 소리를 했다. 자신의 추리에 잔뜩 기분이 좋아진 모양이다.

"다음 노래는 분명히 「풍차」지? 바람이 풀면 풍차는 돌고, 바람이 멈추면 풍차는 멈춘다는 너무나 당연한 가사였지."

"여기 있어."

마코토가 머더구스 책에서 그 노래를 찾아냈다.

When the wind blows,

Then the mill gose;

When the wind drop,

Then the mill stop.

"모르겠어? 이 노래를 어떻게 할지?"

"의미만 따져서는 안 될 것 같은데."

"그런 말이 아니야. 뭐냐면 「거위」와 「키다리 할아버지」를 바탕으로 「런던 브리지」와 「올드 머더구스」의 노래를 합친 것처럼, 이 노래를 참고로 해서 더 변형시켜야 할지 몰라."

"더 변형한다고……. 하지만 마침표나 쉼표에는 이상이 없는 것 같은데."

"다른 단서가 있을 거야."

나오코는 금방 자신들이 만들어낸 문장, 'London Bridge is broken down, When she wanted to wander'와 「풍차」 라는 노래의 단어를 하나씩 살폈다. 틀림없이 어떤 열쇠가 숨겨져 있을 것이다. 이윽고 나오코의 눈이 한 단어에 멈췄다. 'When'이었다. '……할 때'라는 뜻을 가지고 있다.

"'When'이 열쇠가 아닐까?"

나오코의 말에 마코토 역시 그걸 생각하고 있었다며 동의를 표했다.

"두 문장 모두 '……할 때, ……한다'는 형태를 갖추고 있어. 다만 「풍차」라는 노래에시는 '바람이 불 때'에 대해 '바람이 멈출 때'라는 반대의 경우를 노래하고 있어."

"그럼, 금방 만든 문장도 그런 식으로 다시 고쳐보면 어떨까?"

"다시 고쳐?"

"예컨대 이렇게."

나오코는 노트에 다음과 같은 문장을 적었다.

When she wants to wander,

Then London Bridge is broken down;

When she does not want wander,

The London Bridge is not broken down.

"그녀가 나갈 때, 런던 브리지가 무너진다. 그녀가 나가지 않을 때, 런던 브리지는 무너지지 않는다……라는 건가. 그다지 어감이 안 좋네."

"다시 한번 비틀어야 해. 「풍차」에서는 'not' 대신 반대말을 사용했으니까 이것도 그렇게 해야 할 거야."

"'나가다'의 반대말은 '돌아오다'겠지?"

"'무너지다'의 반대말은 '완성되다'……, 다리니까 '걸리다'가 좋을까. 그렇게 번역하면 이렇게 돼. '그녀가 돌아올 때 런던 브리지가 걸린다.'"

"응. 그게 더 낫네. 그런데 그녀가 누구지?"

"풍차 방 다음은 잭과 질 방이야. 잭은 남자아이 이름인데 질은 뭐지?"

마코토는 책을 보며 말했다.

"남자라는 설과 여자라는 설이 있어."

"그럼, 질이 열쇠일 거야."

"하지만 그렇게 간단하게 연결 지어도 될까? 잭과 질 방은 다른 방과 조금 떨어져 있잖아."

"그래도 다른 방은 없어. 풍차 옆은 방이 아니라 휴게실이라……."

"그게……."

마코토는 의자에서 일어나 팔짱을 낀 채 테이블 주변을 서성였다. 가끔 테이블 위에 어지럽게 놓인 메모를 보기도 했다. 지금까지의 추론이 과연 올바른 것인지 체크하고 있는 듯했다.

"오빠는 도대체 어떻게 풀었을까?"

참다못한 나오코는 머리를 감싸 쥐었다. 뜻밖의 방법으로 해독이 진전된 만큼 다시 막히자 답답했던 것이다.

"오빠……라."

나오코의 말을 듣고 마코토가 움직임을 멈췄다.

"고이치 씨가 '마리아 님이 언제 집에 돌아왔지?'라고 썼잖아."

나오코는 천천히 고개를 들어 마코토를 보았다. 마코토가 말했다.

"풍차라는 방 옆은 휴게실이야. 둥근 테이블이 놓여 있고……. 그리고 분명히 마리아 상……."

두 사람은 얼굴을 맞댔다. 그리고 동시에 소리를 질렀다.

"마리아가 돌아올 때, 런던 브리지가 걸린다!"

나오코는 침실로 뛰어 들어갔다. 그리고 백을 뒤져 고이치가 보낸 엽서를 꺼냈다.

"'그녀'라는 것은 마리아였어. 그래서 거기에 마리아 상이 놓여 있었던 거고."

마코토는 신음했다.

"그래서 고이치 씨는 이런 불가사의한 질문을 했던 거야. 하지만 덕분에 지금까지의 해독이 틀리지 않았다는 걸 알게 됐네."

"이걸로 오빠를 거의 따라잡았어. 이제 '마리아 님이 돌아올 때'를 조사해야만 해."

4

날이 저물고 있었다. 나오코와 마코토는 삽을 들고 눈 덮인 산길을 거의 달려가듯 내려가고 있었다. 가끔 시계를 보았다. 그리고 그보다 자주 서쪽 하늘을 올려다봤다.

스포츠우먼인 마코토와 달리 나오코는 심장이 터질 것만 같았다. 눈으로 땀이 들어가고, 가슴이 아파왔다. 평소라면 무리하지는 말라는 말을 건넸을 마코토도 오늘만은 힘내라는 말뿐이었다. 그리고 나오코 역시 쉴 생각은 털끝만큼도 없었다. 무엇보다 시간이 없었다.

'저녁노을이 질 때 런던 브리지가 걸린다.'

나오코는 고통을 잠재우는 주문처럼 이 문장을 마음속으로 되뇌었다.

「무당벌레」라는 노래를 생각해 낸 것은 마코토였다. 마코토는 책을 들고 한동안 입을 떼지 않았다. 숨을 멈추고 조용히 어떤 페이지를 나오코에게 보여줬다.

Ladybird, ladybird,

Fly away home,

Your house is on fire

And your children all gone;

All except one

And that's little Ann

And she has crept under

The warming pan.

무당벌레야, 무당벌레야

날아서 집으로 가

너희 집에 불이 나서

아이들이 모두 죽었다

오직 한 사람만 남았지

꼬마 앤 혼자만

앤은 아래로 기어갔지

난방기 밑으로

'ladybird'가 서양에서는 'Our Lady' 즉 성모 마리아와 결부시키는 경우가 많다는 해설이 실려 있었다. 그리고 '너희 집에 불이 나서'라는 것은 하늘이 붉다는 의미란다.

"저녁노을을 가리키는 거야."

마코토는 뚫어져라 나오코를 쳐다봤다.

"밤이 다가오니까 산으로 돌아가라는 노래야. 그러니까 마리아 님이 집으로 돌아오는 것은 저녁때가 되는 거지."

"그때 런던 브리지가 걸린다고?"

"그림자야."

마코토가 낮게 중얼거렸다.

"저녁노을로 돌다리의 그림자가 늘어나. 실제 다리는 끊어져 있지만 그림자는 연결된다는 소리가 아닐까."

"그곳을 파면……. 아! 하지만 「잭과 질」이 남아 있잖아."

"잭은 산으로 물을 길으러 갔다는 내용이었지? 물을 길어 올리는 것은 우물을 판다는 의미와 관련이 있으니까 그곳을 파라는 뜻으로 해석해도 되지 않을까?"

마코토는 침실로 가서 창문을 열었다. 오늘은 오랜만에 하늘이 맑게 개었다. 하지만 태양은 이미 상당히 서쪽으로 치우쳐 있었다.

"가자!"

마코토는 나오코의 손을 잡았다.

"지금 놓치면 다음에 또 언제 저녁노을이 질지 몰라."

계곡 밑에 도착해서도 여전히 걷기 힘들었다. 눈이 많이 쌓여 있진 않았는데 바위 대부분이 얼어 있어서 조금만 방심하면 미끄러졌다. 그렇지만 태양이 서서히 지는 모습을 보고 있자니 조심스럽게 걸을 여유가 생기지 않았다.

"요즘 그렇게 눈이 많이 온 것도 아닌데 꽤 쌓여 있네."

앞장선 마코토가 말했다. 그녀의 숨소리도 거칠었다.

"우리들이 여기 오기 전날 엄청 내린 모양이야. 다카세 씨가 말해줬어."

나오코는 숨이 턱에 걸려 있었다.

마코토의 등이 붉게 물드는 게 보였다. 노을이 진 것이다. 두 사람은 발에 힘을 줬다.

"보인다!"

마코토가 큰 바위에 올라 가리켰다. 그곳에는 돌다리의 그림자가 계곡 바닥을 핥듯 곧장 뻗어 있었다. 마코토의 예상대로 끊어져 있던 돌다리의 그림자가 지금은 단단하게 붙어 있었다.

"저 근처야. 저기가 목표야."

마코토는 지금까지보다 더 빨리 움직이기 시작했다. 이미 나오코가 따라잡을 수 있는 상황이 아니었다. 나오코는 마코토로부터 위치를 정확하게 전달받고 나서야 걸음을 늦췄다.

일단 저물기 시작하자 해는 빨리 떨어졌다. 마코토가 있는 곳에 겨우 도착했을 때에는 사방이 거뭇해지기 시작했다.

"왜 그래?"

나오코가 물은 것은 마코토가 한 장소에 발을 멈춘 채 꼼짝도 안 했기 때문이다. 선 채로 물끄러미 발밑을 쳐다보고 있었다.

"왜 그래?"

나오코가 다시 묻자, 마코토는 가만히 발밑을 가리켰다. 진흙과 눈이 섞인 지면에 그곳만 검은 흙을 드러내고 있었다.

"여기야?"

나오코는 마코토의 얼굴을 봤다. 마코토는 입을 다문 채 고개만 끄덕였다. 그리고 "파보자"라는 한마디를 던지고는 땅에 삽을 꽂았다. 물을 머금어 부드러워져서인지 생각보다 흙은 쉽게 파졌다.

"나도 할게."

나오코도 돕기 시작했다. 물기가 있어서 흙이 무겁긴 했지만 큰 돌 같은 건 없었다. 얼마 후 마코토의 삽이 딱딱한 무언가에 부딪히는 소리가 났다. 나오코는 긴장했다. 마코토는 쭈그리고 앉아 조심스럽게 그 위의 흙을 털어냈다. 상당히 어두워진 탓에 나오코가 손전등을 비췄는데 땅속에서 나온 것은 아주 오래된 나무상자였다.

"귤상자 같네."

마코토가 혼잣말처럼 말했다.

"열어봐."

나오코의 말이 입 밖에 나왔을 때 마코토는 이미 뚜껑에 손을 대고 있었다. 어쩌면 못이 박혀 있을지 모르겠다고 생각했으니 의외로 쉽게 열렸다.

"예상대로네."

마코토가 안을 보며 말했다. 나오코도 "예상?" 하고 물으면서 따라 들여다봤다. 그 순간 앗! 소리가 흘러나왔다.

상자 속은 텅 비어 있었다.

"왜…… 비었지?"

"답은 간단해."

마코토가 될 대로 되라는 식으로 말했다.

"누군가 먼저 와서 내용물을 가져갔겠지."

"그랬겠죠."

갑자기 등 뒤에서 소리가 나는 바람에 나오코는 놀라 심장이 덜컥 내려앉았다. 마코토도 방어자세라도 취하려고 재빨리 일어섰으나 곧 자세를 풀었다. 무라마사 경부와 나카바야시 형사가 고무장화를 신고 뒤뚱거리며 다가오고 있었다.

"무라마사 씨, 어떻게 여기에……."

의아해하는 마코토에게 체구가 작은 남자는 가볍게 손을 흔들며 대답했다.

"미행이라고 할 것까진 아니지만 두 분이 중장비를 들고 나가시기에 쫓아왔지요."

그리고 그는 두 사람이 판 구멍에 슬쩍 눈길을 던졌다.

"그랬군요. 누군가 파낸 뒤인가 보군요."

"범인이죠. 고이치 씨를 죽인."

마코토가 강한 어조로 말했다.

"고이치 씨는 최종적으로 암호를 해독한 게 분명합니다. 그리고 그걸 안 범인이 가로채기 위해 그를 죽인 거고요."

경부는 그 말에 대답하지 않고, 쭈그려 앉아 구멍을 찬찬히 살폈다.

"저녁노을하고 관계가 있나요?"

쭈그려 앉은 자세 그대로 물었다. 나오코가 대답했다.

"그렇습니다. 저녁노을로 생기는 돌다리의 그림자 위치가 암호가 가리키는 장소였습니다."

"그랬군요!"

자리에서 일어선 경부가 나카바야시에게 귓속말을 하자, 젊은 형사는 두세 번 고개를 끄덕인 후 빠른 걸음으로 온 길을 되짚어 갔다.

"기분이 안 좋네요. 형사님."

마코토가 항의하듯 낮게 말했다.

"그쪽이 가진 건 보여주지 않겠다는 겁니까?"

경부는 두 사람을 보며 슬그머니 웃었다.

"천만에요. 두 분에게는 모두 말씀드리지요. 만약 제 기억이 틀림없다면 사건은 해결됐습니다."

7장

「잭과 질」의 노래

1

무라마사 경부는 일부러 기다렸다는 듯 라운지의 분위기가 한층 고조된 다음에야 나타났다. 카드를 섞고 있던 셰프는 작은 체구를 발견하자 손길을 멈추고 눈을 크게 떴다.

무라마사는 라운지 구석에 서서 동그란 얼굴을 돌려 전체를 돌아봤다. 모두 열네 명에 달하는 손님과 종업원이 모여 있었다. 시각은 막 9시를 넘어서고 있었다.

제각각 게임을 즐기고 있던 몇몇 사람은 그의 모습이 전과 다르다는 것을 알아차렸다. 가만히 선 채 냉정한 눈으로 한 사람씩 주시하고 있었다. 그 차분한 태도에서는 통찰력 같은 것이 느껴졌다.

나오코는 구석 자리에서 잡지를 읽고 있었는데 그의 시선이 느껴지자 그에 응하듯 거꾸로 그의 눈을 응시했다. 그렇게 2, 3초 동안 서로 눈빛을 교환했다. 나오코는 무라마사가 살짝 고개를 끄덕인 것처럼 느꼈다. 만약 진짜로 그랬다면 자신도 그에 응할 생각이었으나 그는 무표정을 유지한 채 시선을 옮겼다.

"죄송하지만……."

선체를 둘러본 그는 특유의 고성을 냈다. 전원의 주목을 끌목적이라면 그의 목소리는 최고의 조건을 갖췄다. 전원이 모든 손길을 멈췄다.

"조금만 시간을 내주십시오. 곧 끝납니다."

마스터가 자리에서 일어나며, 들고 있던 카드를 거칠게 테이블에 내던졌다.

"또 뭘 하려는 겁니까? 손님들에게 폐를 끼치지 않겠다고 약속하지 않았습니까! 얘기가 다르지 않습니까?"

"앉아주십시오."

무라마사는 부드럽게 말했다.

"이것은 수사입니다. 그러니 협력해 주십시오. 자, 기리하라 씨, 앉으셔서 잠깐만 제 얘기를 들으시지요."

그래도 평소의 마스터라면 반론 한마디쯤은 더 했을 것이다. 그러나 그는 그러지 않았다. 그러지 못하도록 하는 무언가가 이 조그만 체구의 남자에게서 발산되고 있었던 것이다.

무라마사는 다시 한번 쭉 돌아본 다음, 천천히 입을 뗐다.

"이틀 전 밤, 오오키 씨가 뒤편 돌다리에서 떨어져 사망했습니다. 이 사건에 대해 신중하게 조사한 결과, 사고로 위장된 타살로 밝혀졌습니다."

그의 말투는 담백했다. 조사 결과를 형식적으로 보고할 때와 같았다. 그 때문에 모인 사람들 대부분이 그의 말뜻을 금방 이해하지 못한 것 같았다. 한숨 쉴 정도의 시간이 지난 뒤에야 각각의 충격이 수런거림이 되어 라운지를 가득 채웠다.

"그런 말도 안 되는……!"

제일 먼저 구체적인 반응을 보인 것은 역시 마스터였다. 사체 발견자였기에 더 수긍할 수 없었을 것이다.

"거짓말이겠지?"

이것은 셰프의 반응이었다. 그는 여전히 카드를 쥐고 있다. 무라마사는 마스터와 셰프 쪽을 보며 표정을 조금 풀었다.

"아니요, 사실입니다."

"사망 추정시각이 수정된 건가?"

의사가 그다운 질문을 던졌다. 무라마사는 고개를 저었다.

"아니요, 선생님. 사망 추정시각은 바뀌지 않았습니다. 피해자의 시계가 멈춘 시각, 즉 7시 45분이 틀림없을 겁니다."

"그럼 사고지."

셰프가 말했다.

"아니요, 타살입니다."

경부는 담담하게 말했다.

"범인은 트릭을 이용했습니다."

"그 자리에 없어도 사람이 떨어지게 한 트릭이라고?"

"그렇습니다."

흥! 하고 셰프가 코웃음을 쳤다.

"속임수 같군."

"그렇습니다."

무라마사는 똑같은 대답을 다시 했다.

"속임수입니다. 어떤 속임수인지 설명해 드리죠."

무라마사가 말하고 있을 때, 나오코와 마코토는 그가 아니라 어떤 한 인물에 시선을 집중시켰다. 그 사람이 어떤 반응을 보이는지 확인하기 위해서였다. 경부의 말은 트릭의 설명, 즉 새로운 목재와 낡은 목재를 바꿔치기하는 얘기로 접어들었다. 그리고 이즈음 나오코 일행은 그 사람의 표정에 확연한 변화가 일어나는 것을 확인했다.

경부는 트릭에 대한 설명을 끝낸 다음, 다시 한번 모두의 얼굴을 보며 말했다. 반론은 없겠지, 하는 자신만만한 표정이다.

"사실을 말씀드리자면, 이 트릭은 저희들이 알아낸 게 아닙니다. 여러분 중 한 분이 귀중한 증언을 해주셨습니다. 그런 의미에서 범인의 계획은 처음부터 실패했다고 할 수 있죠."

무라마사는 천천히 걷기 시작했다. 모두 입을 꾹 다문 채 아무 말도 하지 않았다. 정적 속에서 그의 구두소리만 기묘한 리듬으로 울렸다.

"그럼, 문제의 범인 말인데요, 용의자는 의외로 간단히 지목할 수 있었습니다. 범인과 트릭은 같은 선상에 있으니까요."

"같은 선상?"

마스터가 되물었다.

"그렇습니다. 이런 트릭을 들으면, 제일 먼저 어떻게 생각할까요? 보통 누가 이런 짓을 했나 생각할 겁니다. 그러나 이런 사고방식도 가능하죠. 누가 이런 트릭을 만들 수 있을까?"

"예리하군."

이번에는 가미조였다.

"고맙습니다."

경부는 가볍게 고개를 숙였다.

"오오키 씨가 다리를 건너기 위해 사용하려던 목재를 낡고 썩은 것으로 바꿔두면 도중에 끊어져 추락하지 않을까 하는 것은 누구나 생각할 수 있을지 모릅니다. 그러나 실제로 실행하는 것은 어떨까요. 바꿔치기를 했지만 끊어지지 않을 수도 있고, 혹은 썩은 게 너무나 분명히 드러나 오오키 씨가 눈치챌지도 모릅니다. 그렇다고 손을 대면 경찰에 들킬 우려가 있고요. 결국 오오키 씨에게 들키지 않을 정도의 겉모양에 한 사람의 몸무게를 견딜 수 없는 목재를 선택해야만 합니다. 문제는 이런 정교한 선택을 할 수 있는 사람이 이 중 몇 명이나 될까 하는 것입니다."

모두가 긴장하며 순간 숨을 죽였다. 나오코도 무라마사에게 이 얘기를 처음 들었을 때 받은 가벼운 충격을 떠올렸다.

그는 나오코와 마코토에게 드릭에 대해 듣는 순간부터 이런 생각이 떠올랐다고 했다. 물론 마코토는 "무라마사 씨는 프로니까"라며 냉정한 태도를 유지했다.

경부는 끈기 있게 얘기를 이어갔다.

"그렇다면 어떤 사람이 유력해질까요?"

"잠깐만요!"

마스터는 신경질적으로 말하며 자리에서 일어섰다.

"당신 얘기를 듣고 있자니 마치 범인이 나라고 하는 것 같군요."

그러자 무라마사는 익살스러운 얼굴로 마스터를 봤다.

"아! 그런가요?"

"그렇지 않습니까? 나는 이곳의 가구나 소도구들을 직접 만들고 있어서 나무의 종류나 강도에 대해 그 누구보다 정통합니다. 지금 당신 설명으로는 내가 가장 유력한 용의자가 아닙니까?"

"그런 의미에서는 저도 마찬가지입니다, 마스터."

구석에서 소리가 났다. 모두의 시선을 받으며 다카세가 일어났다.

"저도 마스터를 돕고 있습니다. 목재의 재고 상황은 제가 더 잘 압니다. 그러니 저도 용의자군요."

"나는 아니야."

셰프가 말했다.

"나는 요리 말고는 할 줄 아는 게 없으니까. 톱질도 잘 못하니까."

"저는 톱 정도는 사용할 수 있습니다."

무슨 생각을 했는지 의사 부인이 손을 들었다. 옆에 있던 남편이 서둘러 손을 잡아내렸다. 덕분에 분위기가 조금 누그러졌다.

"모두가 입후보하실 필요는 없습니다. 범인은 제가 지명할 테니까요. 그보다 여러분도 생각해 보시기 바랍니다. 왜 오오키 씨는 그런 위험한 일을 하면서까지 돌다리를 건너려 했을까요? 마침 일어서셨으니, 다카세 씨, 어떻게 생각하십니까?"

다카세는 학교에서 갑자기 어려운 질문을 받은 학생처럼 쩔쩔맸다. 하지만 그는 전에도 나오코 일행과 이 문제를 생각한 적이 있다.

"건너편에 볼일이 있었겠죠."

다카세는 전과 같은 대답을 했다. 무라마사는 "명답입니다"라며 주위를 둘러봤다.

"하지만 볼일에도 여러 가지가 있겠죠. 어디로, 무엇을 하러 갔을까요? 저희들은 오오키 씨의 신체를 다시 한번 면밀히 조사했습니다. 그리고 한 가지 사실을 알아냈습니다. 오오키 씨는 고어텍스 스키재킷을 입고 있었는데 팔꿈치에 검은 일룩이 있었습니다. 검사 결과, 기본이리는 그을음이었습니다. 게다가 등산화에서도 소량이지만 같은 성분이 검출됐습니다. 그러나 숙소 주변을 아무리 조사해 봐도 그런 게 묻을 만한 곳은 없었습니다. 그래서 뒷산을 조사해 봤는데……."

그는 다카세를 보며 엷은 미소를 지었다.

"숯창고에 갔던 겁니다. 최근 누군가 왔었던 흔적이 역력했고, 문제의 그을음 성분도 일치했습니다."

"숯창고? 그런 게 있나?"

의사가 누구에게랄 것도 없이 물었다. 마스터가 대답했다.

"아주 오래된 겁니다. 지금은 아무도 사용하지 않고, 가는 사람도 없을 겁니다."

"하지만 오오키 씨는 어떤 이유에서 갔습니다. 그렇다면 파티가 있던 날 밤에 돌다리를 건너가려던 곳도 바로 그 숯창고로 생각하는 게 타당하겠죠?"

"하지만 무엇 때문에?"

의사가 의문을 제기하자 셰프가 대답했다.

"숯을 구우려고 간 건 분명히 아니겠죠."

"다른 사람을 만나러 간 게 아닐까?"

남편 시바우라 도키오와 함께 구석에 웅크리고 있던 사키코가 갑자기 의견을 냈다. 모두의 시선이 집중되자 남편이

옆구리를 찔렀다.

"쓸데없는 생각을 함부로 말하지 마! 지금은 아주 심각한 상황이라고!"

"아니요. 괜찮습니다, 부인."

무라마사는 턱을 조금 들어 사키코를 봤다.

"저희들도 다른 사람을 만나기 위해서라고 생각했습니다. 게다가 극비로 말입니다. 그리고 만나기로 했던 상대가 범인 이라고. 왜냐면 트릭의 성격상, 오오키 씨가 그 시각에 목재 를 이용해 돌다리를 건넌다는 사실을 범인은 알고 있어야만 하니까요. 그렇다면 어떻게 알까? 그것은 범인이 그러기로 약속했기 때문이라고 생각했습니다."

"잠깐만 기다려주게."

의사가 경부의 빠른 말에 브레이크를 걸듯 손을 들어 올렸 다. 그리고 뭔가를 생각해 내려는 듯 천장을 노려보며 눈을 살짝 감고 읊조리기 시작했다.

"오오키 군은 전에 이미 숯창고에 갔고 두 번째 가는 도중 에 돌다리에서 떨어져 죽었다. 그 두 번째는 누군가를 만나 기 위해서였고, 그 상대가 범인이다. 그렇다면 첫 번째 갔을 때도 범인과 만났을 가능성이 있다는 말인가."

"그렇습니다."

무라마사는 자기의 뜻이 제대로 전달됐다고 여겼는지 크게 끄덕였다.

"목적이 무엇이든, 오오키 씨와 범인은 몇 번인가 숯창고에서 만났을 거라 추리했습니다. 그리고 널빤지를 사용해 돌다리를 건너는 방법은 범인과 오오키 씨만 아는 노하우였습니다. 그런 생각으로 수사를 진행했고, 또 조금 전 말씀드린 대로 목재를 선정하는 안목을 고려한 결과, 이 중에서 범인으로 생각되는 인물은 딱 한 사람밖에 없는 것으로 밝혀졌습니다."

그는 뒷짐을 지고 거드름을 피우는 듯한 걸음걸이로 모두가 보고 있는 앞을 천천히 걷기 시작했다. 한동안 아무 말 없이 각자의 반응을 확인하듯, 끝에서 끝으로 시선을 보냈다. 그 모습을 보고 있는 사람들의 입들도 굳게 닫혀 있었다.

이윽고 구두소리가 멈췄다. 그리고 그는 아주 자연스럽게 한 인물을 가리켰다. 나오코 일행이 아까부터 거동을 주시하고 있던 인물이었다.

"범인은 에나미 씨, 당신입니다."

경부의 지명에 에나미가 첫 번째 반응을 보이기까지 잠깐이지만 적막이 흘렀다. 그사이 모두의 시선이 경부와 에나미에게 집중됐고, 셰프마저도 카드를 떨어뜨렸다. 에나미는 포커 칩을 들고 달그락달그락 소리를 내며 장난을 쳤다. 그리고 손을 멈춤과 동시에 입을 열었다.

"왜 저죠?"

얼굴은 창백했지만 목소리만은 또렷했다. 나오코는 그것이 그의 마지막 보루일 것이라고 생각했다.

"왜라뇨? 당신밖에 없지 않나요?"

무라마사 경부는 이런 상황에 익숙한 듯 여유로운 표정을 지으며 다시 천천히 걷기 시작했다.

"당신이 회사에서 하는 일에 대해 조사했습니다. 건축자재를 연구하더군요. 그러니 일본 가옥의 기본 자재인 목재에 대해서는 전문가겠죠."

에나미는 순간적이긴 했지만 낭패감을 드러냈다. 하지만 그런 기미를 숨기기라도 하듯 눈을 감고, 입술을 조금만 열어 담담하지만 의미심장하게 말했다.

"확실히 그게 중요하다면 내가 다른 사람보다 의심을 받겠죠."

그리고 잠깐 뜸을 들인 후, "그러나" 하며 목소리를 높였다.

"벌레가 얼마나 갉아먹었는지 상태에 따라 목재의 강도가 얼마나 약해지는지는 어느 정도 경험만 있으면 알 수 있습니다. 아까 얘기가 나왔지만 이 숙소의 마스터나 다카세 씨도 가능한 일입니다. 아니, 실제로 나무를 사용하는 쪽이 이론에만 밝은 저보다 나을지 모릅니다."

얘기를 듣던 마스터와 다카세가 험악한 눈빛으로 에나미를 바라보았지만 둘 다 아무 말도 하지 못했다. 두 사람 모두 조금 진 ○○○로 그린 사실을 인정했기 때문이다.

하지만 '무라마사의 표정은 변하지 않았다. 여전히 입가에 엷은 미소를 짓고 있었다.

"그건 맞는 말씀입니다. 하지만 생각을 바꿔보죠. 목재를 바꾸는 일을 범인은 언제 실행했을까요?"

에나미는 대답할 생각이 없는 듯했다. 알고 있겠느냐는 표정이었다. 무라마사는 짐짓 의외라는 얼굴을 지으며 말했다.

"낮은 아니라는 게 분명합니다. 너무 빨리 바꿔놓으면 혹시 오오키 씨가 돌다리 근처에 갔다가 알아차릴 수 있으니까요. 그런 걸 고려하면 바꿔칠 타이밍은 정해져 있습니다. 즉 그날 밤 파티가 시작되기 직전이나 시작된 직후입니다. 자, 여기서 조금 전 에나미 씨가 직접 언급하셨던 기리하라 씨와 다카세 씨는 말입니다. 파티 시작 직전이나 직후는 두 사람 모두 너무 바빠서 숙소에서 나올 여유가 전혀 없다고 들었습니다. 그렇다면 소거법으로 저절로 해답이 나오죠."

"그게 나라는 겁니까? 하지만 다른 손님 중에 그런 지식이 있으면서도 숨기고 있는 사람이 있을 수 있지 않습니까? 그런 애매한 것을 증거라고 말씀하시는 겁니까?"

에나미는 마치 무라마사의 생각을 비웃듯 입가를 일그러뜨렸지만 불안하게 포커 칩을 만지는 손놀림이 그의 내심을 증명하고 있는 것처럼 보였다.

"당신, 숯창고에 갔었죠?"

갑자기 무라마사가 화제를 바꿨다. 에나미 본인도 놀란 것처럼 보였는데 주위 사람들도 허를 찔린 표정을 지었다. 그는 에나미의 앞에 두 손을 들이대고 그의 얼굴을 들여다봤다.

"숯창고에 갔었죠?"

에나미는 씩씩대기 시작했다.

"왜 그럽니까? 갑자기⋯⋯."

"아까 이미 말했던 숯창고 이야기입니다. 가셨죠?"

"모릅니다. 그런 데는."

"몰라요? 이상하네."

무라마사는 현관 쪽을 가리켰다.

"현관 옆 신발장에 넣어둔 흰 바탕에 빨간 라인이 들어간 스노슈즈, 그거 에나미 씨 거죠? 사이즈는 255밀리미터이고요."

에나미의 시선이 불안정하게 흔들렸다.

"⋯⋯그게 왜?"

"아니요, 너무 더러워 보여서요. 오염물을 조금 채취해 조사했습니다."

"실례 아닙니까? 남의 물건을 함부로!"

"모든 분들의 신발을 조사했습니다. 그게 제 일이니까요."

체구가 작은 형사는 마치 에나미를 자극하듯 느릿느릿 말했나.

"오염물이나 먼지 같은 것은 수사에 아주 중요합니다. 당신의 255밀리미터짜리 신발에서 채취한 오염물을 조사한 결과, 아주 소량이었지만 그을음이 검출됐습니다. 도대체 어디서 묻힌 건가요?"

에나미는 허를 찔린 듯 경악했다. 무라마사도 침묵을 지켰다. 무거운 공기가 라운지를 가득 채웠는데, 손목시계의 전자음이 정적을 깼다. 모두의 시선이 그쪽으로 쏟아지자 시바우라가 서둘러 시계를 벗어 조작했다.

그게 신호라도 된 듯 에나미가 입을 열었다.

"아! 그러고 보니 딱 한 번 갔습니다. 거기가 숯창고였나요? 죄송합니다, 저는 단순한 창고라고 생각했습니다."

"숯창고에 간 적이 있다고 인정하시는 겁니까?"

"제가 들어간 창고가 그런 이름이라면 그렇습니다."

"왜 그런 데 가셨습니까?"

"특별한 목적은 없었습니다. 산책하다 발견해서 그냥 궁금해서 들렀던 겁니다. 정말입니다."

"그게 언제였나요?"

"글쎄요. 정확히 기억나진 않습니다."

"거기서 오오키 씨와 만나시지 않으셨습니까?"

"당치 않습니다!"

에나미는 테이블을 세게 내리쳤다. 그 소리에 근처에 있던 몇 사람의 몸이 굳어졌다.

"산책하다 장난삼아 들여다본 게 답니다. 신발에 묻은 것 정도로 범인으로 몰리는 건 참을 수 없습니다."

에나미는 몸과 마음을 바로 잡겠다는 의지를 드러내듯 자세를 고쳤다. 바로 옆에서 혼잣말을 하듯 무라마사가 나직이 말했다.

"그럼, 숯창고에서 만난 게 아니라고요?"

"왜 그러십니까?"

에나미가 험악한 표정으로 되물었다.

"아니, 숯창고가 아니라면 어디서 만났을까 생각했습니다. 어디서 만나셨죠?"

무라마사가 거꾸로 질문을 던졌다. 옆에서 상황을 지켜보는 사람들에게는 그의 목적이 전혀 짐작되지 않았다.

"그런 바보 같은 질문이 어디 있습니까? 아무 데서도 만나지 않았습니다!"

"아, 그래요? 그럼 그날 밤, 두 분이서 나가신 이유는 뭡니까?"

"제가 오오키 씨와 둘이 나갔다고요?"

에나미는 무라마사의 말이 전혀 의외라는 듯 어깨를 으쓱해 보였으나 가늘게 떨리는 목소리만은 명백했다.

"오오키 씨가 죽기 전날 밤입니다."

경부는 일부러 수첩까지 꺼내 보면서 말했다.

"당신은 11시가 지날 무렵까지는 여기서 게임을 했습니다. 그리고 그 뒤 각자 방으로 돌아가 잠들었지만 당신과 오오키 씨는 밤중에 몰래 숙소를 빠져나왔습니다. 우리들은 이것을, 숯창고에서 만나기 위해서라고 해석했습니다. 그때 돌다리에 널빤지를 놓고 건너는 방법을 이용했기 때문에 오오키 씨도 다음 날 밤에 그 흉내를 냈을 거라고요. 그러나 당신과 오오키 씨는 그 창고에서 만난 적이 없다고 하니, 그럼 도대체 무엇 때문에 숙소를 빠져나가셨나요? 그 이유를 말씀해 주십시오."

에나미는 놀란 듯 눈을 부릅떴다. 그리고 그럴 리가 없다며 앞뒤 안 맞는 답변을 늘어놓았다. 무라마사는 가볍게 심호흡을 하고, 그에게 예리한 눈빛을 보냈다. 단번에 승부를 내겠다는 눈빛이었다.

"다른 사람에게 들켰을 리가 없다는 얼굴이네요. 하지만 유감스럽게도 그날 밤, 당신과 오오키 씨로 보이는 모습을 똑똑히 본 사람이 있습니다. 당신이 먼저 뒷문으로 들어왔고, 조금 뒤에 오오키 씨가 돌아왔다는 것까지 기억하고 있더군요. 자, 말씀하시지요. 당신과 오오키 씨는 무슨 일을 하셨습니까?"

구석에서 둘의 대화를 듣고 있던 나오코는 깜짝 놀랐다. 분명히 그날 밤, 오오키가 외출했었던 것 같다는 말을 무라마사에게 하긴 했다. 그때 또 다른 사람도 그런 것 같다고도 했다. 그러나 그 사람이 에나미라는 건 전혀 모르는 사실이었다. 옆에서 마코토가 속삭이는 소리가 들렸다.

"넘겨짚는 게 대단한데!"

하지만 효과는 있었다. 에나미의 얼굴에서 순식간에 핏기가 사라지면서 창백해졌다. 한밤중에 왜 오오키와 만났느냐는 질문에는, 아무리 그라도 갑자기 변명거리가 생각나지 않는 모양이었다.

"말씀하시지요."

경부가 재촉했다. 에나미가 입을 다물어버렸기 때문에 경부의 말은 더 이상 넘겨짚은 게 아니었다. 경부가 유리해진 것이다.

그러나 에나미도 지지 않고 말했다.

"동기는 없습니까?"

그는 다른 방향에서 방어하기로 결정한 것이다. 일단 상대가 쥔 말을 알고, 그 틈새를 비집고 들어가 돌파구를 마련하자는 속셈인 듯했다.

"그날 밤에 오오키 씨를 만난 것은 인정하죠. 그 장소가 숯창고였다는 것도요. 그리고 파티를 빠져나온 오오키 씨가 가려고 했던 곳이 그 창고였을 거라는 추리에도 고개를 끄덕이지 않을 수 없네요. 하지만 그렇다고 해서 제가 범인이라고 단정 지을 순 없습니다. 도대체 내가 그를 죽여야 하는 이유가 무엇인가요? 그에 대한 설명이 완벽하지 않다면 저는 어떤 말도 하지 않을 겁니다!"

"그럼, 화제를 다시 바꿔보죠."

에나미의 빠른 말투와는 대조적으로 무라마사는 이상할 정도로 느릿느릿 얘기했다. 그런 모습은 격렬하게 날뛰는 포획물을 처리하는 노련한 사냥꾼을 연상시켰다.

"파티 전날, 그러니까 당신이 밤중에 오오키 씨를 만날 날입니다만, 저녁에는 어디 계셨죠?"

"파티 전날?"

"지금으로부터 3일 전입니다."

무라마사가 거들었다.

"3일 전 저녁 말입니다."

무라마사는 특히 '저녁'을 강조했다. 그리고 그것이 에나미의 기억을 자극했다는 것은 꽤 떨어진 곳에 있는 나오코의 눈에도 훤히 보였다.

"그게…… 어쨌다는 겁니까?"

"대답해 주십시오."

더듬거리는 에나미의 말을 끊으며 무라마사가 말했다.

"이건 일종의 알리바이 조사입니다. 대답해 주십시오."

에나미는 경부를 노려봤다. 무라마사도 심각한 얼굴로 응대했다. 서로 상대의 의중을 파악하려는 침묵이 이어졌다.

"할 수 없군요."

무라마사가 조용히 말했다.

"조금은 더 수월하게 항복할 거라 생각했는데 너무 안일했나 보군요. 그렇다면 강력한 협력자를 청하는 수밖에 없군요."

"협력자?"

이렇게 물은 것은 마스터였다.

고개를 숙이고 있던 손님 몇몇이 고개를 들었다.

무라마사 경부는 가슴을 펴고 똑바로 나오코 일행을 바라보았다.

"하라 나오코 씨, 설명을 부탁드립니다!"

2

나오코 일행은 모든 의문이 풀렸을 때, 무라마사에게 모든 것을 맡기겠다고 말했다. 자신들은 탐정이 아니라 단순한 증인에 불과하다는 입장도 밝혔다. 그러자 무라마사는 오늘 밤

모두 앞에서 공개하겠다고 했다. 이런 일은 빠를수록 좋기 때문이라는 이유에서였다.

"그것과 관련해 부탁이 있습니다."

그때 무라마사는 드물게 머쓱한 표정으로 말을 꺼냈다. 그의 그런 표정을 본 적이 없었던 터라, 나오코 일행은 뜻밖이었다. 그는 머뭇거리며 얘기했다.

"당신이 하라 고이치 씨 때문에 조사했다는 사실과 얻은 결과에 대해, 어쩌면 직접 얘기해야 할지도 모릅니다. 특별한 연출효과를 얻기 위해서가 아니라, 긴장감을 증폭시키면 범인에게 줄 타격도 커지기 때문입니다."

"네? 하지만 그런 중요한 일을."

"중요하니까 당신에게 맡기는 겁니다. 그런다고……."

경부는 여기서 가볍게 웃었다.

"당신이 말한다고 해서 제 공이 줄어드는 것도 아니니까요."

"하지만……."

"부탁하겠습니다."

고개까지 숙이는 바람에 결국 나오코는 청을 받아들였다. 그때부터 긴장감에 몸을 떨기 시작했는데 지금도 멈추지 않았다. 무엇보다 마코토가 나오코의 귀에 속삭여준, "오빠의 명복을 빌겠다는 마음이야, 그러니 꽤 괜찮은 일 아니야?"라는 말이 큰 용기를 주었다.

명복이라······.

그 말은 지금도 나오코의 가슴에 뭔가 뜨거운 것을 남겼다. 그리고 드디어 클라이맥스라는 긴장감이 나오코의 온몸을 감쌌다.

나오코는 전원의 시선을 온몸에 받으며 천천히 일어났다. 긴박한 공기가 라운지 안을 지배했다. 분명히 이 분위기는 범인에게 상당한 부담이 될 것이다. 물론 자신에게도 중압감으로 작용했다.

"오빠가 이 숙소에 전해지는 머더구스에 얽힌 주문의 의미를 조사했다는 것은, 이 중에서도 알고 계신 분이 많을 거라 생각합니다. 저희들은 오빠가 왜 그렇게까지 주문에 집착했는지 궁금했습니다. 그래서 여러분께 여쭤본 결과 2년 전에 가와사키 가즈오라는 사람이 죽은 사건과 관련이 있는 게 아닐까 생각했습니다."

나오코는 마코토가 셰프에게서 들은 가와사키 가즈오의 죽음과 관련된 다양한 뒷얘기를 간략하게 설명했다. 그녀의 한마디 한마디에 손님들은 나름의 반응을 보였는데 특히 가와사키가 수천만 엔에 달하는 보석을 가지고 이 숙소에 왔고, 죽은 뒤에도 그것이 발견되지 않았다는 데 도달하자 수군거리기 시작했다. 이야기하는 도중 셰프의 표정을 살폈는데 그는 팔짱을 낀 채 복잡한 표정으로 허공을 응시하고 있었다.

"오빠는 사와사기 씨기 그 보서을 주문이 가리키는 곳에 묻었다고 추리했습니다. 그래서 암호해독에 열중했습니다. 저희는 오빠의 죽음과 관련된 비밀을 알기 위해서는 역시 암호해독에 도전하는 수밖에 없다고 생각했습니다."

"그래서…… 풀었나?"

의사가 몸을 일으키며 물었다. 나오코는 생각에 잠긴 표정으로 그를 바라본 후 마치 뭔가를 선고하듯 딱딱하게 말했다.

"풀었습니다."

또다시 사람들이 웅성거렸다. 하지만 나오코의 다음 말을 듣기 위해 입을 다물고 주목했다.

"암호는 어려웠습니다. 그것을 푸는 것은 오빠의 뒤를 좇는 일이었습니다. 자세한 설명은 줄이겠습니다만 각 방에 있는 벽걸이의 노래를 순서대로 풀어보니 다음과 같은 문장이 완성됐습니다. '저녁노을이 질 때, 런던 브리지가 걸린다.' 그리고 이건 런던 브리지에 대한 에피소드입니다만, 다리에 다양한 것들이 묻혔다는 얘기가 전해지고 있습니다. 이런 얘기들을 종합해 보면 저녁노을이 질 때 뒤편 돌다리의 그림자가 연결되고, 그곳을 파야 한다고 저희들은 판단했습니다."

휘파람소리가 들렸다. 가미조였다. 그는 익살스럽게 오른손을 가볍게 들었다.

"그런 숨겨진 문장이 나오다니! 나는 몇 년 전부터 골머리

312

를 잃었는데. 그래서 거길 팠나?"

"팠습니다."

"보석은 어땠습니까?"

이번에는 나카무라였다. 눈빛이 변했다. 나오코는 호기심 어린 눈빛을 온몸으로 받으면서도 여전히 차분한 목소리로 말을 이었다.

"없었습니다."

썰물이 빠지듯 모두의 얼굴에서 호기심이 사라지고 대신 실망감이 드러났다.

"없었다고?"

의사가 말했다.

"예."

나오코는 또렷한 목소리로 대답했다.

"나무상자가 묻혀 있었는데 안은 비어 있었습니다."

"하하하!"

가미조가 웃었다.

"누가 먼저 다녀간 모양이군."

"그런 것 같습니다."

"문제는 그게 누구냐는 겁니다."

여기서 무라마사가 말을 받았다. 모두의 얼굴이 다시 체구 작은 남자에게 향했다.

"누전민 엔에 달히는 보서을 하라 씨 일행보다 먼저 파낸 사람이 있습니다. 그게 누군가? 이번 사건과 관련 있지 않을까 생각한다고 해서 이상하지는 않겠죠. 그래서 당신에게 묻는 겁니다. 3일 전 저녁에 어디에 계셨습니까?"

그의 시선은 에나미에게 향했다. 에나미는 지금까지 입술을 깨물고 나오코의 말에 귀를 기울이고 있었다.

"제가 그 보석을 파냈다는 겁니까?"

에나미는 무슨 말도 안 되는 트집을 잡느냐는 듯 눈을 크게 뜨고 놀라며 물었다. 그러나 경부는 거기에 답하지 않고 같은 질문을 던졌다.

"어디 계셨습니까?"

"산책했습니다, 형사님."

에나미가 대답했다. 그리고 냉소하듯 혹은 태도를 바꾸듯 계속했다.

"하지만 그건 증명할 수 없습니다. 그러나 그렇다면 여기 있는 사람 중에 몇 명이나 될까요? 3일 전 저녁에 어디에 있었는지 증명할 수 있는 사람 말입니다."

그렇지만 무라마사는 그의 반론을 예상했다는 듯 흔들리지 않았다.

"분명히 당신이 3일 전 저녁에 어디에 있었는지 증명할 수 없다는 것은 특별한 일이 아닙니다. 종종 있는 일이죠. 당신만 특별취급하는 건 불공평합니다. 하지만 만약 증명하지 못하는 게 당신 하나라면 어떻게 되죠? 보석을 파낸 것이 당신이라고 생각하는 게 타당하겠죠?"

에나미는 믿기지 않는다는 듯 눈을 부릅떴다. 그러나 이런 반응을 보일수록 무라마사의 말투는 부드러워지는 듯했다.

"당신이 놀라는 것도 무리가 아니죠. 그러나 사실입니다. 그러면 당신이 납득하도록 설명해 드리죠."

무라마사는 라운지 안쪽을 가리켰다. 거기에는 나카무라와 후루카와가 나란히 앉아 있었다.

"나카무라 씨와 후루카와 씨는 이틀 전에 이 숙소에 왔으니 제외하겠습니다. 같은 이유로 시바우라 씨 부부도 대상에서 제외됩니다. 이에 대해서는 에나미 씨도 이견이 없으시리라 생각합니다. 자, 그럼 다음은, 우선 가미조 씨와 마스다 선생님은 저녁식사 전에 반드시 이 테이블에서 체스를 둔다는 것은 모두가 아실 겁니다. 따라서 이 두 분도 관계가 없죠."

경부에게 알리바이를 인정받은 가미조는 나오코가 늘 피아노 건반을 떠올리는 하얀 이를 드러내며 웃었다.

"의사선생님하고 체스를 둬서 좋았던 건 처음이네요."

의사가 대답했다.

"나한테 감사하게."

"다만 마스다 부인이 어디에 계셨는지는 모르겠습니다

반……."

경부의 말에 의사 부인이 쇳소리를 냈다.

"나는 방에서 그림을 그리고 있었어요. 정말이에요!"

"자자……."

경부는 손짓으로 부인을 달랬다.

"부인의 경우, 증명할 수 없어도 발굴작업이 불가능한 게 분명하니까 문제는 없습니다."

이 말 역시 부인의 마음에는 안 든 것 같았으나 상황이 상황인지라 더 이상은 말이 없었다.

"남은 사람은 종업원들인데 저녁이 되면 식사준비로 아무도 빠져나갈 수 없다고 들었습니다. 실제로도 그렇겠죠. 저도 짧은 기간 동안 여기에 있으면서 신세를 졌던 터라 얼마나 수고하시는지 잘 알고 있습니다. 자, 그러면 에나미 씨, 남은 사람은 당신밖에 없습니다."

에나미는 얼굴에 배어 나온 진땀을 닦으려는 듯 손바닥으로 문지르고, 혀로 입술을 여러 번 핥았다. 그런 행동은 그가 극도의 긴장상태라는 것을 드러냈다. 하지만 그래도 에나미는 물러서지 않았다.

"확실히 3일 전 저녁이라면 제 알리바이는 없을지 모릅니다. 그러나 보석이 발굴된 날이 어떻게 그날이라고 단정할 수 있습니까? 어제일 수도 있고, 그저께일 수도 있죠. 아니 3일

전이 아니라 그 전에 발굴됐을지도 모르죠."

"에나미 씨, 우리들이 3일 전이라고 단정한 것은 상당한 근거가 있습니다. 하라 나오코 씨 일행이 텅 빈 나무상자를 파낸 것은 조금 전인데 지난 2, 3일은 날이 흐려서 저녁노을이 지지 않았습니다. 저녁노을로 하늘이 붉어진 것은 빨라야 3일 전입니다. 그러면 훨씬 전이 아니냐고 당신은 반론하겠죠. 그러나 그 전날 큰눈이 내려서 이 주변에 적설량이 한꺼번에 늘어났습니다. 그런데 발굴 장소 부근에는 그만큼 눈이 쌓여 있지 않았습니다. 즉, 파낸 것은 3일 전 저녁 이외에는 불가능합니다."

이것은 무라마사 경부의 추리였다. 나오코 일행이 발굴한 직후에 나타나, 누군가가 먼저 파냈다는 이야기와 현장 상황을 슬쩍 둘러보고는 이렇게 추리했던 것이다. 마코토까지 "세금으로 밥을 헛먹은 것만은 아니네"라고 귀엣말을 했을 정도였다.

하지만 에나미는 여전히 굴하지 않았다.

"대단하시네요. 하지만 빠진 게 있지 않나요? 역시 제게는 알리바이가 없지만 알리바이 없는 사람이 또 한 명 있지 않나요? 오오키 씨 말입니다. 설마 죽은 사람은 면제라고 말씀하실 건 아니죠?"

"예상했던 질문입니다. 에나미 씨."

무라마사도 동의했다.

"말씀하신 대로 실은 그날 같은 시간, 오오키 씨의 행적은 밝혀지지 않았습니다. 지금 와서 본인에게 물을 수도 없는 노릇이고. 그러나 그날, 오오키 씨는 숙소로 돌아온 다음 라운지에 나타났습니다만, 당시 복장이 바지에 스웨터라는 가벼운 차림이었던 것은 많은 사람이 기억하고 있습니다. 발굴 작업을 한 뒤라고는 생각할 수 없겠죠. 그에 비해 당신은 숙소에 돌아오자마자 목욕을 했습니다. 작업으로 온몸이 더러워졌기 때문이라고 생각하는데 어떻습니까?"

에나미는 입을 다물었다. 무라마사는 계속했다.

"이 지점에서 떠오르는 에피소드가 하나 있습니다. 그것은 저녁식사 후에 포커를 치며 오오키 씨가 했던 말입니다. 이것은 마스다 부인으로부터 들은 말입니다만, 그는 이렇게 말했다고 합니다. '오늘 저녁에 재미있는 걸 봤다. 까마귀가 흙을 쪼아대고 있었다'라고요. 그때는 기분 나쁜 말로 흘려들었는데 자세히 생각해 보니 이 근처에는 까마귀가 없습니다. 그럼, 오오키 씨는 무슨 말을 하고 싶었던 걸까요? 제 추리로는 오오키 씨가 당신이 보석을 파내는 것을 보고, 그것을 비꼰 것 같은데요."

에나미는 테이블을 두드렸다.

"그래서 제가 그를 살해했다는 겁니까?"

"아니요. 들켰기 때문에 살해한 것은 아닙니다. 오오키 씨가 당신에게 입막음의 대가로 돈을 요구한 것이 살인의 동기겠죠. 심야에 숯창고에서 만난 것은 그 거래 때문이었고. 그리고 다음 날 파티 도중에 그가 창고로 가려고 했던 이유는 거기서 돈을 받기로 한 것 아닌가요?"

무라마사의 얘기는 순식간에 핵심으로 접어들었다. 에나미는 농담 말라며 벌떡 일어섰다.

"그럴듯한 거짓말이군요. 형사님. 도대체 어디에 증거가 있습니까? 제가 숙소에 온 것은 4일 전입니다. 당신 말로는 다음 날 보석을 파냈다는 건데 저는 잘 모르겠습니다만 그 암호라는 게 그렇게 단시간에 풀 수 있는 건가요?"

"불가능합니다."

이렇게 말한 것은 나오코였다. 에나미의 얼굴이 순식간에 뭔가를 뒤집어쓴 것처럼 일그러졌다.

"암호는 그렇게 쉽게 풀 수 있는 게 아닙니다. 그러므로 당신이 푼 게 아닙니다. 암호를 해독한 것은 제 오빠입니다. 당신은 해독 결과를 손에 넣기 위해 오빠를 살해했습니다."

3

잠시 후 에나미는 고함을 쳤다.

"말도 안 되는 소리 집어치워! 어떻게 내가 자네 오빠를 죽일 수 있단 말이야!"

"가능합니다. 아니요, 당신만 할 수 있죠."

"재미있는 말이군. 어떻게 살해했는지 설명해 주겠나? 밀실의 비밀도 풀었나?"

나오코는 그의 눈을 똑바로 봤다.

"예. 그러죠."

나오코는 우선 라운지를 둘러본 다음, 아까부터 줄곧 입을 다문 채 상황을 지켜보고 있던 다카세에게 말을 걸었다.

"처음 오빠 방에 갔던 건, 에나미 씨와 다카세 씨였죠?"

다카세는 갑작스러운 질문에 당황하면서도 분명하게 고개를 끄덕였다.

"그때 침실 문과 모든 창문이 잠겨 있었죠."

"그렇습니다."

다카세가 대답했다.

에나미가 차갑게 말했다.

"그러니 내가 그다음에 침실에 들어가는 것은 불가능하다니까."

나오코는 그의 말을 무시하고 계속했다.

"그 후 30분 정도 있다가 다시 찾아갔을 때는 입구도 잠겨 있었죠?"

"예."

다카세가 턱을 잡아당기며 똑 부러지게 대답했다.

"그때 창문은 어땠죠?"

"예?"

다카세는 나오코의 질문 의도를 모르겠다는 듯 입을 벌린 채 답을 찾지 못했다. 옆에서 에나미가 끼어들었다.

"당연히 잠겨 있었겠지. 도대체 무슨 말을 하는 건가?"

"당신한테 물은 게 아니야!"

마코토가 차갑게 쏘아붙이자 놀란 에나미의 얼굴이 경직됐다.

"어땠나요?"

이어서 나오코가 물었다. 다카세는 한동안 시선을 허공에 두고 있다가 이윽고, "그때는 창문을 확인하지 못했습니다" 라고 대답했다.

"하지만 당연히 잠겨 있지 않았겠나?"

의사가 납득할 수 없다는 얼굴로 나오코를 봤다.

"당연히 그랬겠지. 침실로 들어가는 게 불가능했으니까. 안쪽에서만 열리는 창문은 잠겨 있었겠지."

"하지만 고이지 씨가 식섭 창문을 열었을 수도 있습니다."

시바우라가 조심스럽게 옆에서 의견을 내놓았다. 그의 아내 사키코도 옆에서 고개를 끄덕이고 있었다.

"그렇다면, 그때는 아직 고이치 씨가 죽지 않았다는 말인가."

"아니요, 오빠는 이미 죽어 있었습니다."

의사가 시바우라의 의견에 납득하려고 했는데 나오코가 부정하고 나섰다.

"다카세 씨가 처음 침실 문을 두드렸을 때 오빠는 이미 죽어 있었습니다. 오빠는 얕은 잠을 자는 편이라 누군가 문을 두드렸는데도 깨지 않았다는 것은 있을 수 없는 일입니다."

"그렇다면 창문이 열릴 수는 없지."

의사의 말에 나오코는 "그 얘기는 조금 더 기다려주세요" 하고 제지하고, 다시 다카세를 바라보았다.

"그 후 다시 한번 오빠 방을 방문했을 때, 마스터키로 입구를 열고 침실 문도 여셨죠?"

"그랬습니다."

"그때, 창문은 잠겨 있었나요?"

"잠겨 있었습니다."

"감사합니다."

나오코는 그에게 가볍게 목례를 하고, 그대로 에나미 쪽으로 몸을 돌렸다.

"다카세 씨가 오빠 방에 두 번째로 갔을 때, 창문은 열려 있었습니다. 다카세 씨가 세 번째로 가기 전에, 당신은 몰래 뒷문으로 나와 오빠 방 창문을 통해 그 방으로 숨어 들어가 창문을 잠근 후 침실을 거쳐 거실로 나왔습니다. 물론 이때 침실 문도 잠갔습니다. 그리고 다카세 씨가 방으로 들어오기 전에, 거실 구석에 놓인 긴 의자 뒤에 숨었습니다. 그리고 다카세 씨가 침실로 들어간 사이에 당신은 탈출한 겁니다."

"그러나 창문은……."

머리를 갸웃하는 의사에게 나오코가 말했다.

"창문은 안쪽에서만 열립니다. 그건 사실입니다. 그리고 에나미 씨는 방 밖에 있었습니다. 그렇다면 해답은 하나밖에 없습니다. 다카세 씨와 에나미 씨가 침실 문을 두드렸을 때, 침실 안에는 누군가가 있었습니다. 물론 오빠 이외의 사람이."

손님들 사이에서 확연한 동요가 일었다. 모두가 서로에게 시선을 보냈고, 다른 사람과 시선이 마주치자 서둘러 눈을 피했다.

"그렇습니다. 이 사건에는 공범자가 있습니다. 그 사실을 알아차리지 못했다면 해결하지 못했을 겁니다."

나오코는 천천히 앞으로 걸어 나갔다.

모두의 열띤 시선이 쏟아졌다. 그 뜨거운 시선 사이로 나오고는 후들거리는 다리를 끌고 나아졌다.

"공범은 당신입니다."

나오코는 주저앉을 것만 같은 긴장감을 견뎌내며 한 사람을 가리켰다. 그 사람은 자신이 지목된 걸 모르는 것 같은 표정을 지었지만 얼마 후 서서히 고개를 들어 나오코를 올려다봤다.

나오코가 다시 한번 말했다.

"당신이죠. 구루미 씨."

4

구루미는 꿈을 꾸는 것처럼 멍한 눈빛이었다. 그녀의 무표정은 나오코의 말을 하나도 듣지 못한 것 같았다.

"처음부터 설명하겠습니다."

나오코는 구루미에게서 시선을 떼고, 다른 손님들에게 얘기가 들리도록 얼굴을 들었다.

"오빠는 암호를 풀었습니다. 그것을 안 에나미 씨와 구루미 씨는 해독 결과를 손에 넣고, 보석을 갖기 위해 오빠를 독살했습니다. 하지만 그대로 두면 경찰의 의심을 받게 됩니다. 그래서 우선 구루미 씨가 침실에 남아 창문과 문을 잠갔고,

나중에 에나미 씨가 다카세 씨를 불러 오빠를 부르러 왔습니다. 다카세 씨를 부른 것은 물론 제삼자의 증언을 확보하기 위해서입니다. 침실이 완전한 밀실이었다는 것을 증명하기 위해 일부러 창문 쪽으로 돌아가기도 했습니다. 지금에야 말하는 거지만 노크를 했는데 대답이 없다고 뒤로 돌아서 창문까지 확인하는 것은 좀 지나친 행동이죠. 어쨌든 이렇게 침실이 밀실이라는 인상을 남긴 다음, 구루미 씨는 침실 문을 통해 거실로 나와 입구를 잠갔습니다. 그리고 자신은 창문으로 탈출했습니다. 구루미 씨가 돌아온 것을 확인한 에나미 씨는 다카세 씨에게 다시 오빠를 부르게 지시했습니다. 즉 이 시점에서 입구가 잠겨 있다는 것을 기억하시기 바랍니다. 그리고 마침내 세 번째입니다. 조금 전 말씀드렸듯 에나미 씨는 열려 있던 창문으로 침입해, 창문과 침실 문을 잠근 뒤 거실의 긴 의자 뒤에 숨었던 겁니다. 마침 이 무렵, 구루미 씨가 다카세 씨에 말했습니다. 아무래도 하라 씨가 이상하니, 마스터키를 이용해 들어가 보는 게 낫다고 말입니다."

몇 사람이 놀라 입을 벌렸다. 모두 구루미가 했던 말을 기억하고 있었던 것이다.

"다카세 씨가 먼저 방에 들어갔습니다. 그리고 침실에도 들어갔습니다. 그 사이에 에나미 씨는 긴 의자 쪽에서 모습을 드러냅니다. 입구에서는 구루미 씨가 망을 보고 있었기 때문에 다른 사람에게 틀킬 염려는 없었죠. 그렇게 다카세 씨가 오빠의 사체를 발견하고 침실에서 나오는 것을, 이제 막 보러 온 것 같은 표정으로 기다렸던 겁니다. 어떻습니까? 다카세 씨. 당신이 침실을 나왔을 때 처음으로 누굴 만났습니까?"

다카세는 망연자실한 시선을 자기 손으로 떨어뜨린 다음 한참 생각에 빠져 있다가, 마침내 순간 숨을 멈췄다.

"맞아요. 에나미 씨와 구루미 씨가 있었습니다."

쿵, 하는 소리가 났다. 소리가 나는 쪽을 돌아보자, 에나미가 무너지듯 한쪽 무릎을 바닥에 대고 있었다. 그 모습은 실 하나가 툭 끊어진 마리오네트 인형을 연상시켰다. 한편 구루미는 무표정한 얼굴이었다. 망연자실한 것 같기도 하고, 모든 것을 포기한 것 같기도 했다.

"에나미 씨, 당신은 두 가지 실수를 저질렀어요. 그래서 밀실 트릭을 풀 수 있었습니다."

지금까지 잠자코 있던 마코토가 여기서 확실하게 못을 박듯 조용히 이야기를 시작했다.

"우선 첫 번째 실수는 우리들에게 이 밀실이 이상하다고 말한 겁니다. 당신은 창문을 바깥에서 잠글 수 있는 방법이 있지 않겠느냐는 의문을 던졌습니다. 지금 생각해 보면 우리들의 추리를 전혀 엉뚱한 방향으로 끌고 가려고 한 말이었는데 효과를 봤죠. 기계적인 트릭에만 골몰했으니까요. 하지만 결과적으로 그것이 거꾸로 치명적인 것이 됐습니다. 이런저런 상황에서 당신이 의심스럽다는 의문을 품었을 때 왜 그런 말을 했을까 하는 의문이 생겼기 때문입니다. 그리고 그 결과, 창문이 어떻게 잠기는지 같은 것에 매달릴 필요가 전혀 없다는 생각이 들었습니다."

마코토는 여기서 상대의 반응을 확인하듯 말을 끊었지만, 에나미가 아무 말도 하지 않자 계속했다.

"두 번째 실수는 고이치 씨가 죽었을 때 백개먼을 했다는 말을 한 겁니다. 그날 밤 당신은 평소와 달리 포커를 치지 않았습니다. 여러 사람이 하는 포커에 참여하면 도중에 빠져나올 수 없기 때문입니다. 그래서 적당한 시기에 포커에서 빠질 필요가 있었겠죠. 하지만 그게 이상했습니다. 고이치 씨를 부르러 갈 정도로 포커를 치고 싶었던 당신이, 도중에 백개먼으로 바꾼 것이 말입니다. 게다가 백개먼의 상대는 구루미 씨였죠."

마코토의 이야기가 예상보다 훨씬 에나미에게 타격이 된 듯했다. 그는 두 무릎을 꺾으며 어깨를 축 늘어뜨렸다.

"미안해요. 에나미 씨."

그 순간, 구루미가 처음으로 입을 뗐다. 열이 나는 것처럼 나른한 어투로 말한 구루미는 자리에서 일어나 에나미에게 다가갔다. 하지만 걸음걸이가 환자처럼 휘청댔다. 구루미는 그의 옆까지 다가가 쓰러지듯 쭈그리고 앉아 그의 어깨를 감쌌다.

"이 사람은 죄가 없소."

목이 막힌 것 같은 가는 목소리가 에나미에게서 새어 나왔다. 에나미의 야윈 등이 흔들렸다.

"이 사람은 나를 돕기만 했을 뿐이오. 모두 내가 계획한 거요."

"에나미 씨……."

구루미의 등도 가늘게 떨렸다. 대부분의 사람들이 둘에게서 시선을 거두었다.

"어쩔 건가, 무라마사 경부."

의사가 괴로움에 일그러진 얼굴로 경부를 봤다.

"사건도 해결됐으니 이제 우리들에게 볼일이 없겠지. 혹시 괜찮다면 방으로 돌아가도 될 것 같은데."

나오코에게는 그 말이 오랫동안 단골손님으로 얼굴을 맞대 온 사람의 괴로워하는 모습을 모두 앞에 드러내고 싶지 않다는 마음으로 여겨졌다. 오빠를 잃은 자신조차 두 사람이 범인이라는 사실이 슬펐다.

무라마사는 오른손으로 찌푸린 얼굴을 문지르고는, 고개를 끄덕이며 모두를 둘러봤다.

"그렇습니다. 결론은 보신 대로입니다. 협력해 주셔서 정말 감사합니다. 그럼, 이제 여러분들은 방으로 돌아가 주시기 바랍니다."

거참, 하며 몇 사람이 일어났다. 의사 부부, 시바우라 부부, 나카무라와 후루카와 콤비순으로 자리를 떴다. 셰프도 부엌으로 사라졌다.

"그럼."

무라마사는 에나미의 어깨에 손을 올렸다.

"자세한 얘기를 들어보죠. 저희들 방까지 함께 가주시죠."

"저기, 저는요?"

경부를 올려다본 구루미의 눈은 새빨갛게 충혈되어 있었다. 하지만 뺨에 눈물이 흐른 흔적은 없었다.

"당신 얘기도 들어야죠. 물론 에나미 씨가 끝난 다음에 말입니다."

그러자 구루미는 잘 부탁한다는 듯 조용히 고개를 숙였다.

경부가 에나미를 데리고 복도를 걷기 시작했을 때 손님 중에서 혼자 남아 있던 가미조가 갑자기 "기다려주십시오!" 하며 말을 걸었다. 형사와 용의자 둘 다 의외라는 얼굴로 돌아봤다.

"에나미 씨에게 한 가지만 묻고 싶은데 괜찮겠습니까?"

가미조는 무라마사를 보며 말했다. 무라마사는 슬쩍 에나미를 바라본 후, 가미조를 향해 고개를 끄덕였다.

"하시죠."

가미조는 긴장한 것처럼 보였다.

"묻고 싶은 건 다른 게 아니라, 당신은 어떻게 보석과 그것이 머더구스의 암호가 가리키는 곳에 묻혔다는 걸 알게 됐느냐는 것입니다."

에나미는 몇 초 동안 질문의 의미를 생각하는 듯했다. 그러더니 조금 뒤 대답했다.

"보석 이야기는 그녀에게…… 구루미 씨에게 들었습니다. 암호가 가리키는 장소에 묻은 것 같다는 얘기는 하라 고이치 씨에게 들었고요."

"당신이 하라 고이치 씨에게 직접 들었습니까?"

"아니요, 그게……."

에나미의 공허한 눈길이 구루미에게 향했다. 그녀가 말했다.

"제가 들었습니다. 그분이 상당히 암호에 흥미를 가지고 있었던 터라."

"역시……."

경부는 만족했느냐고 물었다. 가미조는 절하는 시늉을 했다.

"방해해서 죄송합니다."

라운지에는 다섯 명이 남았다. 이쪽 테이블에는 구루미가 금방이라도 쓰러질 것 같은 모습으로 의자에 앉아 있었고,

그 건너편에 나오코와 마코토가 나란히 앉았다. 세 사람 사이에는 체스판이 놓여 있었는데 한쪽이 체크를 한 상태였다.

카운터에는 다카세와 가미조가 있었다. 다카세가 술이나 한잔하고 싶다는 가미조의 말 상대를 해주고 있는 것처럼 보였다. 어느새 마스터는 사라지고 없었다.

"우리들은 오래전 도쿄에서 만났습니다. 애인이라고 생각하시면 될 겁니다."

구루미가 찬물을 끼얹은 것 같은 정적을 깨고 이야기를 시작했다.

"장래도 약속했습니다. 하지만 확실한 미래를 보장받을 수 있는 것이 아무것도 없었습니다. 저는 배운 것도 일가친척도 없이 술집을 전전했고, 그 사람은 내일 망해도 이상할 게 하나도 없는 회사의 그저 그런 샐러리맨이었지요. 어떻게든 여기서 벗어날 기회가 있길 바랐습니다. 하라 고이치 씨와 만난 것은 바로 그럴 때였습니다. 물론 처음에는 살인 같은 무서운 일은 전혀 생각하지 않았습니다. 하라 씨가 파내면 그저 가로챌 생각이었습니다. 그날 밤, 하라 씨가 내일 파내려면 오늘은 일찍 잠자리에 들어야겠다고 말했으니까요. 그런데 그 사람이 일을 저지르고 말아서……. 그는 하라 씨가 콜라를 가지고 방으로 가는 걸 보고, 따라가서 얘기를 나누며 틈을 봐서 독을 넣었다고 했어요. 그래서 결국 저도 돕게 됐습니나."

"그럼, 에나미 씨가 살인을 저지른 후에야 알게 됐다는 건가요?"

마코토의 질문에 구루미는 단호한 태도로 대답했다.

"하지만 자수를 권하지 않았으니 그 시점에 이미 저도 공범이었습니다. 게다가 밀실을 만드는 것을 도왔고⋯⋯. 그다음은 말할 필요도 없겠죠. 형사님이 말씀하신 대로입니다. 하라 고이치 씨가 남긴 해독 문장으로 보석이 어디 있는지는 알아냈습니다. 곧바로 파내면 의심을 받을 것 같아서 1년 동안 참고 기다린 겁니다. 1년이나 기다린 것은 같은 계절이 아니면 노을의 각도가 일치하지 않을 거라고 생각했기 때문입니다."

"가와사키 씨가 보석을 묻은 시기도 딱 이 무렵이었으니까요."

마코토의 말에 구루미는 동의했다.

"오오키 씨를 죽인 이유도, 무라마사 경부가 말한 대로입니까?"

"예."

그녀는 조금 갈라진 목소리로 대답했다.

"그 사람은 제가 공범이라는 사실을 몰랐지만 에나미 씨를 협박한 것은 사실입니다. 그리고 형사님이 말씀하신 대로 입막음의 대가로 돈을 요구했습니다. 우리들은 요구를 받아들이기로 하고 금액을 물었습니다. 그러자 오오키 씨는 물건을 보고 결정하겠다고 했습니다."

"파티 전날에 물건을 직접 보여준 거군요."

나오코는 한밤중의 차가운 공기를 떠올렸다.

"파낸 보석은 그 숯창고에 숨겨놨기 때문에 거기서 보여줬습니다. 그러자 그는 자기 몫을 분배해 달라고 요구했는데, 그것은 우리들의 예상을 훨씬 뛰어넘는 것이었습니다. 정확히 전체의 2분의 1을 요구한 겁니다."

나오코는 오오키의 콧대 높은 표정을 머릿속에 떠올렸다. 겉보기에 스마트하던 그도, 역시 냉혹하고 탐욕스러운 남자였던 것이다.

"하지만 저는 포기하고 요구를 들어주자고 했습니다. 수천만 엔의 반으로도 충분하니까요. 하지만 그 사람…… 에나미 씨는 오오키 씨가 정말 이대로 물러날까 의심했습니다. 약점을 잡히면 평생 시달릴지도 모른다고……."

"그 사람이라면 그럴 가능성도 있죠."

마코토의 말은 다분히 오오키의 성격을 고려한 것이었다.

"그래서 저는 더 이상 살인은 절대 싫다고 했는데, 설마 그런 속임수를 쓰리라고는 전혀 생각하지 못했어요."

구루미는 거기까지 얘기하고는 마치 모든 에너지를 다 써

버린 것처럼 테이블 위에 놓아뒀던 팔에 머리를 묻었다. 매니큐어를 칠한 손톱이 팔의 살을 파고들었다.

나오코는 마코토와 마주 보고, 가슴 밑바닥에 가라앉아 있던 응어리를 토해내듯 긴 한숨을 쉬었다. 사건이 해결됐다고 해서 일거에 기분이 좋아진 것도 아니었고, 오히려 우울함을 배가시켰다.

"우리들도 방으로 돌아갈까?"

"그러자."

마코토의 제안에 나오코도 동의했다. 그리고 의자에서 일어섰다. 나오코는 뭘 얻었는지 자문했다. 아무것도 얻지 못한 채 잃기만 했다는 게 대답이었다. 물론 각오했던 일이지만.

두 사람은 의자를 테이블 안에 밀어 넣고, 구루미에게서 떨어졌다. 하지만 그때 의외의 곳에서 목소리가 들렸다.

"잠깐만요!"

말을 건넨 것은 그때까지 잠자코 나오코 일행의 얘기를 듣고 있던 가미조였다. 그는 둥근 의자를 회전시켜 나오코 일행 쪽으로 몸을 돌린 다음 말했다.

"구루미 씨, 고백할 게 그것뿐입니까? 한 가지 더, 당신 가슴속에 숨겨둔, 너무나 죄스러운 게 남아 있지 않습니까?"

철렁했다. 두 팔에 묻은 구루미의 얼굴이 살짝 움직였다. 가미조는 한 손에 술잔을 들고, 다른 한 손으로는 그녀를 똑바로 가리켰다.

"가와사키 가즈오 말입니다. 당신이 살해했죠?"

5

가미조는 잔을 든 채 천천히 구루미가 앉아 있는 테이블로 다가갔다. 구두소리를 들었는지 구루미가 고개를 들었다.

"지금까지 얘기를 들어보면, 마치 모든 것을 에나미 씨가 계획하고 실행하고, 당신은 그저 옆에서 벌벌 떨고 있었던 것처럼 들리네요. 하지만 일련의 사건은 당신이 가와사키 씨를 죽이면서 시작된 거 아닙니까?"

구루미는 눈을 크게 뜨고는 격렬하게 깜빡거렸다.

"저는 죽이지 않았어요."

"시치미를 떼도 소용없어요."

가미조는 지금까지 나오코가 앉았던 의자를 빼서 그 위에 몸을 던지듯 앉았다. 끼익, 하고 나무 마찰음이 들렸다.

"조금 전, 에나미 씨에게 물어보니, 암호가 가리키는 곳에 보석이 묻혀 있다는 말을 하라 고이치 씨에게 들었다고 하던데."

구루미는 대답하지 못했다. 그는 그것을 긍정의 의미로 해석한 듯했다.

"그러나 절대 그럴 수 없습니다. 왜냐하면, 하라 고이치 씨
는 보석에 대해 전혀 몰랐으니까요."

"네?"

경악한 것은 나오코였다. 고이치가 보석에 대해 전혀 몰랐
다? 그럴 리가 없어. 애당초 오빠가 보물찾기를 한 것 같다고
말한 것은 가미조가 아닌가.

가미조는 놀라는 나오코를 배려하듯 먼저 "거짓말을 해서
죄송합니다"라고 사과했다.

"실은 제가 하라 씨에게 이 숙소에 와달라고 부탁했습니다.
암호를 풀기 위해서였죠. 배운 게 없는 제게 암호해독은 아
무래도 불가능한 것 같아서요."

"가미조 씨, 당신은 도대체?"

마코토의 물음에 그는 부끄러운 듯 가볍게 헛기침을 했다.

"저는 가와사키 씨의 사망 원인과 보석의 행방을 조사하기
위해 가와사키 댁에서 보낸 사람입니다. 사망원인에 대해 지
금까지도 아무런 단서를 잡지 못했습니다만 보석이 암호 장
소에 있다는 것은 한 정보통을 통해 알게 됐습니다. 그래서
작년, 하라 고이치 씨와 함께 다시 숙소에 왔던 겁니다."

"그러니까 오빠는 여기에……."

목이 멘 나오코를 향해 그는 깊이 고개를 숙였다.

"고이치 씨와는 여행하다 만났는데 결과적으로 큰 변을 당하게 하고 말았습니다. 어떻게 사죄의 말씀을 전해야 할지 모르겠습니다."

고개를 든 가미조는 이번에는 정면에 앉아 있는 구루미를 응시했다. 그 눈은 나오코 일행을 볼 때와는 달리 예리하게 빛나고 있었다.

"고이치 씨에게 암호해독을 부탁하긴 했지만 그 자리에 무엇이 묻혀 있는지는 말하지 않았습니다. 그 사람도 암호해독에 관심이 있을 뿐이지, 그 안에 뭐가 있는지는 알고 싶지 않다고 했으니까요. 따라서 당신이 그에게 들었다는 말은 전혀 앞뒤가 안 맞는 말입니다."

나오코와 마코토는 구루미의 뒤쪽에 있었기 때문에 그녀가 어떤 표정으로 가미조의 추궁에 임하고 있는지는 알 수 없었다. 하지만 잠시 뒤 감정이 전혀 실리지 않은 목소리로 그녀가 대답했다.

"보석이 묻혀 있다는 말을 들은 적은 없어요. 암호가 가리키는 장소에 뭔가가 있는 것 같다고 해서 당연히 보석일 거라 추리한 거죠. 보석 이야기는 전부터 알고 있었으니까요."

"호! 그래요? 그럼 그 보석 이야기는 어떻게 알게 됐나요? 내가 조사한 바로는 이 숙소에서 보석에 대해 알고 있는 것은 셰프밖에 없는데. 그는 장례식 때 그 얘기를 들었고, 그때

지는 그와 믿었습니다. 보석에 대해 절내로 나른 사람에게 말하지 말아달라고 부탁했습니다. 그가 말한 사람은 여기 있는 나오코 씨와 마코토 씨가 처음이자 마지막입니다."

"하지만 셰프는 고이치 씨에게도 말했다고……."

마코토가 말하자, 가미조는 이미 알고 있다는 듯 고개를 끄덕였다.

"당신들에게 그렇게 말해달라고 셰프에게 부탁했습니다. 그러는 편이 당신들의 추리가 잘 풀릴 거라 생각했거든요."

그랬군, 나오코는 비로소 이해가 되었다. 이 숙소에 온 뒤부터 지나치게 술술 풀렸기 때문이다. 뒤에서 가미조가 모든 걸 꾸며 놓았던 것이다.

가미조는 다시 예리한 눈빛으로 구루미를 응시했다.

"대답해 주시지요. 보석에 대해 어떻게 아셨죠?"

구루미는 몸을 꼿꼿이 세우고 가미조를 대했다. 거기에는 조금 전까지의 약한 모습은 찾아볼 수 없었다.

"저도 들었습니다."

또렷한 목소리였다. 그 소리에 나오코는 움찔했다.

"저도 가와사키 씨 가게에 갔다가 소문을 들었어요. 수천만 엔어치의 보석을 가지고 나갔다고요."

가미조는 입가를 일그러뜨렸다.

"그런 말을 믿을 거라고 생각하십니까?"

구루미는 외면했다. 안 믿는 건 당신 자유라는 듯이. 그러나 이어서 가미조가 웃음을 터뜨렸다.

"속았어요, 구루미 씨. 아니, 2년 전부터 속은 셈인가."

놀란 구루미가 그를 바라보았다. 나오코와 마코토도 마찬가지였다. 가미조는 자랑스럽게 가슴을 폈다.

"가와사키 씨가 보석을 가지고 나간 것은 사실입니다. 그 보석을 돈으로 환산하면 수천만 엔에 달한다는 것도. 다만 거기에는 조건이 하나 있습니다. 그 보석이 모두 진짜라는 조건 말입니다."

앗, 소리를 낸 것은 누구였을까? 나오코는 어쩌면 자신일지도 모른다고 생각했지만 그런 자각이 들지 않을 정도로 큰 충격을 받았다. 아마 다른 두 사람도 마찬가지였을 것이다. 구루미는 그 자리에 얼어붙은 듯 꼼짝도 하지 못했다.

"놀란 것 같군요."

가미조의 표정은 구루미의 반응을 즐기는 것처럼 보였다.

"가지고 나온 보석은 모두 가짜였습니다. 착색 비취와 인조 보석들뿐이죠. 판다 해도 용돈 정도나 벌 수 있을 겁니다. 물론 이런 사실은 가와사키 씨의 주변 분들은 모두 알고 있었습니다. 셰프도 알고 있습니다. 경찰도 마찬가지고요. 그래서 지금까지 큰 소동이 일어나지 않았던 겁니다. 따라서 수천만 엔에 달하는 보석을 가지고 나갔다는 소문이 날 리가 없으니, 당신이 거짓말을 하는 게 되겠군요."

구루미는 미동도 하지 않은 채, 이번에야말로 어떤 변명도 통하지 않을 거라 깨달았는지 한마디도 하지 못했다. 그런 구루미에게 한 번 더 타격을 주려는 듯 가미조가 입을 열었다.

"아시겠습니까? 당신이나 에나미 씨는 한 푼도 얻지 못할 범죄를 되풀이한 겁니다. 목숨을 걸고 실행에 옮겼겠지만 그 대가는 그저 색깔을 입힌 유리알일 뿐입니다. 이 모든 것은 역시 당신이 가와사키 씨를 죽이면서 일어난 비극이죠."

구루미는 몽유병 환자처럼 일어나서는 멍한 상태에서 중얼거렸다.

"죽이지 않았어요."

"거짓말해 봐야 소용없습니다. 당신은 그가 보석을 가지고 있다는 것을 알고, 죽인 다음 빼앗으려고 했습니다. 그런데 어디에서도 찾을 수 없었습니다. 그래서 당신은 그가 삽을 가지고 나갔던 것을 떠올렸던 겁니다. 대강 그렇게 된 거 아닙니까?"

"죽이지 않았어요."

"거짓말!"

"죽이지……."

고장 난 태엽인형처럼 구루미는 그대로 정지했다. 그리고 톱니바퀴가 어긋난 것 같은 딱딱한 동작으로 몸을 휙 돌려,

나오코 일행과 마주했다. 하지만 그 공허한 눈동자를 통해 그녀가 나오코를 보고 있는 게 아니라는 사실을 알 수 있었다. 입을 반쯤 벌린 채 말을 꺼내지 못했다.

나오코는 구루미의 내부에서 무언가가 무너져 내리는 모습을 지켜보고 있는 느낌이었다. 그것은 무너진다기보다 녹아내린다고 표현하는 게 적절해 보였다. 그리고 그녀의 내부가 모두 사라져버린 것을 드러내듯 구루미의 단정한 얼굴이 별안간 일그러졌다. 그 모습을 본 나오코는 뭉크의 「절규」를 떠올렸다.

다음 순간, 구루미는 비명을 지르기 시작했다. 그것은 사람의 목소리로 인식하기까지는 조금 시간이 필요한 소리였다. 나오코도 마코토도, 그리고 가미조도, 이 갑작스러운 패닉상태에 그저 당황할 뿐이었다. 이윽고 각 방에서 사람들이 뛰어나왔다.

6

다음 날 아침, 시바우라 부부와 나카무라, 후루카와 콤비가 숙소를 떠났다. 나오코와 마코토는 현관까지 배웅을 나갔다.

"그럼, 여기서 먼저 실례하겠습니다."

양손에 짐을 들고, 시바우라는 나오코 일행에게 고개를 숙였다. 나오코도 더 깊이 숙이는 것으로 대답했다.

"저희들 때문에 여행을 망쳐서 정말 죄송합니다."

"당치 않은 소리예요. 좋은 경험을 했습니다. 이런 일은 평생 겪지 못할 테니까요. 또 있으면 큰일이겠지만."

시바우라는 진지하게 말했다. 그의 곁에서 사키코도 미소를 지었다.

자동차가 사라지는 것을 지켜보고, 두 사람은 라운지로 돌아왔다. 그곳에서는 일찌감치 의사와 가미조가 일전을 벌이고 있었다. 가미조는 어제 일을 까맣게 잊은 듯 태평한 얼굴로 체스판을 보고 있었다. 그러나 이거야말로 여기에 왔을 때부터 이어진 일상적인 광경이라, 왠지 나오코는 안심이 됐다.

"불공평하군."

의사의 말에, 가미조의 미간이 올라갔다.

"왜요?"

"스무 번이나 체스를 뒀는데도, 상대가 누군지 몰랐다는 게 말이 되나. 그러니 이제까지 내가 계속 진 것은, 그런 자네의 의심스러운 점 때문이었다고 생각하네."

"하지만 가미조 씨도 당신에 대해 아무것도 모르잖아요. 의사라는 것 빼고는."

옆에서 부인이 참견했다.

"아니요, 저는 두 분에 대해서 알고 있습니다."

"오호, 뭘 알지?"

"여러 가지요. 예를 들어 따님 부부와 싸우고 별거하신 것이나 지금 병원이 가장 바쁠 때인데 일부러 보란 듯이 장기 여행을 오셨다든가."

"무서운 사람이군, 자네는."

"일이니까요."

"3년에 걸친 일이 일단락됐으니 오죽 기분이 좋겠나. 보석 가게 주인의 죽음에 얽힌 진상과 가짜 보석을 가지고 돌아가면 보수는 얼마나 되나?"

"한동안 쉴 수 있는 정도죠."

"음, 사람을 속이기만 하면 되는 일이니 괜찮은 장사일세."

"필요하시면 언제든 불러주세요."

가미조는 그렇게 말하고는 체크를 외쳤다.

정오가 되기 전에 무라마사 경부가 돌아왔다. 처음 그와 만났을 때처럼 라운지의 가장 구석 테이블에서 나오코 일행과 마주 앉았다.

"두 사람은 거의 모든 걸 털어놓았습니다."

무라마사는 눈가에 피곤을 달고 있었지만 얼굴빛은 좋아 보였다.

"하라 고이치 씨를 살해한 방법은 상당히 치밀한 것 같습니다. 예를 들어 에나미가 눈길을 걸은 후 방으로 들어갈 때 사용했던 덧신을 처리한 방법 같은 거요. 젖은 신발로 방에 들어가면 안 되니까요. 놈은 우선 실내용 슬리퍼를 신고, 그 위에 비닐봉지를 덮어씌운 상태로 눈길을 걸었습니다. 그리고 방에 들어갈 때 비닐을 벗겨 주머니에 넣었습니다. 이렇게 하면 젖은 발자국을 남길 우려가 없으니까요."

"잠깐 생각해서 할 수 있는 일은 아닌 것 같네요."

"계획적인 범죄입니다."

무라마사가 단언했다.

"그 밖에는 대체로 추리한 대로였습니다. 문제는 누가 주범이고 누가 공범이냐는 건데, 본인들의 진술을 들으면 에나미가 주범이 됩니다."

"왠지 찜찜하네요."

마코토가 경부의 내심을 꿰뚫어 보듯 말했다. 그는 쓴웃음을 지으며 머리를 긁적댔다.

"실제로 계획한 것도 실행한 것도, 확실히 에나미입니다. 그러나 애당초 말을 꺼내고 제안한 것은 구루미라고 생각할 수밖에 없습니다. 아니, 분명히 제안한 건 아니더라도 에나미에게 넌지시 알려주는 정도였겠지만. 제 개인적인 의견으로는, 에나미가 구루미에게 조종당한 것 같습니다. 그 좋은 예가 독약입니다."

"맞아."

마코토가 힘을 주어 말했다.

"독약에 대해선 아직도 밝혀지지 않았죠."

"그렇습니다. 투구꽃에서 추출한 특수한 독이기 때문에 입수경로에 흥미를 가졌지만 실은 뜻밖의 얘기를 들었습니다."

"무슨 말씀이시죠?"

"구루미가 펜던트를 가지고 있었던 것은 아시죠?"

"새 모양의 펜던트였죠."

나오코의 말에 경부는 그렇다며 끄덕였다.

"그 펜던트는 이 숙소의 전 주인 것이었다고 하는데 기리하라 씨에게 받았다고 합니다. 펜던트 뒤에 뚜껑이 달려 있는데 그 안에 독약이 들어 있었다고 합니다."

"펜던트 안에 독약이?"

나오코는 영국인 부인이 자살했다는 말을 떠올렸다.

맞아! 약을 먹고 자살했다고 했다. 그 여성은 자신이 먹은 독을 펜던트에 넣어 유품으로 남긴 것이다. 하지만 도대체 무엇 때문에?

"처음에는 무슨 분말인지 몰랐답니다. 하지만 길고양이한테 먹였더니 즉사하기에 맹독이라는 걸 알았다나요. 그래도 그런 걸 가지고 다니다니, 무서운 아가씨죠. 바로 그런 점 때문에 작년에 일어난 독살사건은 구루미가 수모자라는 느낌이 듭니다만, 결정적인 단서는 없습니다."

"역시 찜찜하네요."

마코토가 냉소하듯 말했다.

"정말 그렇습니다."

무라마사는 떨떠름한 표정을 지은 뒤 다시 웃었다.

"가와사키 씨 살해사건은 어떻게 된 건가요?"

"일단 구루미가 자백했습니다. 그러나 고의적인 살인은 아니었다고 주장하고 있습니다. 가와사키 씨에게 돌다리로 불려 나갔고, 오히려 자신이 죽을 뻔했다는 겁니다. 가와사키 씨는 보석을 묻는 걸 들켰다고 생각해 덮친 듯합니다. 구루미는 못 봤다고 했지만 믿지 못했고, 실랑이를 벌이다 그 사람만 떨어졌다……는 겁니다."

"그럴듯하네요."

무라마사가 그렇다며 고개를 끄덕였다.

"뭐, 보석을 가지고 있었다고 해도, 바로 죽여버리고 자기 것으로 만들어야겠다는 생각은 못했을 거라고 생각합니다. 특별한 모순점이 발견되지 않는 한 그녀의 진술을 믿을 수밖에 없습니다."

그러나 구루미는 그런 우발적인 살인을 저지름으로써, 살인에 대한 일종의 면역을 지닌 마녀로 변한 게 아닐까…….

나오코는 그런 생각이 들었다.

"보석은 어디에 있었나요?"

마코토가 물었다.

"여기 창고에 숨겨져 있었습니다. 뭐 별로 값나가는 물건은
아니지만 가와사키 집안에 돌려줘야겠죠."

"경부님은 알고 계셨죠?"

마코토가 따지듯 물었다.

"보석이 가짜라는 사실을. 그래서 보석과 관련해 살인사건
이 일어난 건 아니라고 말씀하신 거죠."

아무도 그런 데 목숨을 걸진 않을 테니까.

무라마사는 미안하다는 듯 고개를 숙인 후, 속일 생각은 없
었다며 사과했다.

"아, 맞다. 보석과 함께 발견된 게 있습니다. 이것은 당신에
게 돌려드리는 게 좋을 것 같아서."

그가 가방에서 꺼낸 것은 다섯 권의 책이었다. 모두 표지
가 찢어져 있었다. 그 책의 제목을 보고 나오코는 저절로
"앗!" 소리를 냈다. 그것은 그녀들도 가지고 있는 머더구스
책이었다.

"그건…… 혹시."

"그렇습니다."

무라마사가 끄덕였다.

"오빠분 겁니다. 범인들도 처리하기 힘들어 지금까지 가지고 있었던 모양입니다. 게다가 그중 한 권의 표지에는 해독 결과가 적혀 있어서요."

그는 그 책을 나오코 앞에 놓았다. 낯익은 글씨체가 눈에 들어왔다.

"하늘이 붉게 물들 때, 그림자의 런던 브리지가 완성된다. 다리가 완성되면, 그 밑을 판다."

역시 오빠는 암호를 풀었던 것이다. 아마 마리아에 대한 엽서를 나오코에게 보낸 뒤, 해독에 성공했을 것이다. 게다가 나오코와 마코토가 읽은 똑같은 책을 이용해서 말이다. 그 사실이 나오코의 마음을 따뜻하게 만들었다.

"어머, 이건?"

마코토가 책 한 권을 손에 들고 머리를 갸웃했다. 그것은 머더구스가 아니라 켈트족 민화를 모은 책이었다.

"참고자료가 아닐까요?"

무라마사가 말했다.

"맞아요. 분명히 그럴 거예요. 켈트족은 영국의 고대민족 중 하나니까. 오빠는 거기까지 조사했네."

"그런가."

마코토는 어쩐지 석연치 않은 모양이었으나 책을 제자리에 돌려놓았다.

무라마사는 돌아갔다. 나오코는 작은 체구의, 한없이 빙빙 돌려 말하는 형사를 좋아하지 않았지만 역시 그는 경부라는 이름이 부끄럽지 않은 남자였다.

오후에 의사 부부와 가미조가 숙소를 떠나기로 했다. 부부는 나오코 일행과 처음 만났을 때와 같은 복장에 같은 가방을 들고 차에 올랐다.

"도쿄에 오면 연락해."

차 안에서 부인이 말했다.

"여기보다 좀 더 맛있는 음식을 사줄 테니."

"내 참!"

뒤에서 셰프가 어깨를 으쓱했다.

부인은 창문 너머로 악수를 청했다.

"또 만나지. 별로 맛없는 음식을 먹어도 되니까."

마지막으로 가미조가 차에 올랐다. 그는 나오코, 마코토와 차례로 악수를 했다.

"모든 일이 당신 손바닥 위에서 일어났네요."

마코토가 가미조의 손을 잡은 채 말했다. 그는 똑바로 마코토의 눈을 바라보았다.

"자네들이 없었다면 해결하지 못했겠지."

"처음으로 이렇게 악수했을 때 깨달았어야 했어요. 최근에는 이렇게 손의 힘이 전해지는 남자가 거의 없으니까요."

"또 만나지."

"꼭이요."

살짝 미끄러지던 자동차가 천천히 움직이기 시작했다. 나오코는 끝까지 눈으로 그 모습을 좇았다. 모두 앞으로 다시는 만나지 못할 거라는 사실을 알고 있을 것이다. 그녀의 눈에서 갑자기 눈물이 흘러 내렸다.

그날 밤, 나오코는 마코토가 흔드는 바람에 잠에서 깼다. 나오코가 살며시 눈을 뜨자, 마코토가 심각한 눈빛을 하고 있었다. 불이 켜져 있어서 곧바로 눈을 뜰 수 없었다.

"왜 그래?"

나오코는 얼굴을 문지르면서 손목시계를 봤다. 새벽 3시가 넘었다.

"잠깐 일어나서 얘기 좀 들어봐."

"이런 시간에? 내일 하면 안 돼?"

"미안해. 그렇지만 지금 아니면 안 돼. 부탁이니까 일어나. 큰일이야, 암호가 틀렸어."

나오코는 멍하니 마코토의 얘기를 듣고 있었다. 하지만 그녀의 마지막 말에 나오코의 눈이 번쩍 떠졌다.

"그게 무슨 소리야?"

"틀렸다고. 해독 결과가 달라."

"뭐라고?"

나오코는 침대에서 벌떡 일어났다.

"마리아가 돌아오는 게 언제인가? 그 질문에 대해 「무당벌레」 노래에서 찾아낸 '하늘이 붉어질 때'라는 것이 정답이었어. 하지만 그게 반드시 저녁노을을 나타내는 것은 아니야. 하늘이 붉어질 때가 하나 더 있지."

"일출?"

"그거야! 일출도 있어."

"하지만 마리아 님이 돌아올 때야. 나가서 돌아온다면 당연히 저녁 아니야?"

"그 마리아가 수상해. 기억나? 그 마리아에게는 뿔이 달려 있었잖아."

"기억나. 하지만 그건 뿔이 아니고……."

"뿔이야. 그러니까 그건 마리아가 아니야. 마리아가 아니고, 마녀야."

"마녀?"

"그래. 뿔이 난 마녀 얘기가 여기 켈트족 민화에 나와. 뿔 달린 마녀가 한밤에 어떤 부인의 집을 찾아와 이런저런 요구를 하는 이야기가 나와. 곤란해진 그 부인은 우물의 요정에게 상담해서, 나너를 꽃을 주문을 배워. 그 주문이 이래. '너의 산과 하늘에 큰불이 났어'야."

나오코는 무언가로 심장을 얻어맞은 것 같은 충격을 받았다. 그 문장은 「무당벌레」의 한 구절과 너무나 흡사한 게 아닌가.

"무당벌레야, 무당벌레야, 날아서 집으로 가……."

나오코가 중얼거리자, 그 뒤를 마코토도 따라 읊었다.

"너희 집에 불이 나서."

"이상하다고 생각했어. 구루미 씨 이야기 말이야. 암호를 풀었기 때문에 빨리 자야 한다고 고이치 씨가 말했다고 했잖아? 하지만 빨리 잘 필요가 어디 있어?"

"아침 일찍 일어나기 위해서겠지."

"정확히 말하면 해 뜨기 전이지. 고이치 씨는 그 엽서를 보냈을 때에는, 아직 마리아라고 생각했지만 그 뒤에 곧바로 마녀라고 간파한 거야."

나오코는 다시 한번 손목시계를 보았다.

"내일 일출은 몇 시쯤이야?"

"몰라. 하지만 4시에는 나가는 게 좋을 거야."

"4시라……."

나오코는 시계를 보면서 더 잘 수는 없겠다 생각했다.

"해가 나올 때면 돌다리의 그림자가 나오는 방향도 반대가 되겠지. 길은 알아?"

"다카세 씨를 깨워 안내를 부탁하는 수밖에 없어. 사정을 말하면 이해하겠지. 게다가 삽이 필요하니 창고도 열쇠로 열어줘야 해."

두 사람은 4시가 되기를 기다려, 라운지 옆 직원실 문을 두드렸다. 세게 두드리지 않으면 못 일어나는 게 아닐까 걱정했는데 의외로 금방 대답이 돌아왔고, 게다가 그 목소리에 잠기운은 없었다.

운동복에 청바지 차림으로 나온 다카세는 두 사람을 보자 놀라 눈이 휘둥그레졌다.

"왜 그러십니까? 이런 시간에?"

"도움이 필요해서요."

나오코가 말했다.

"도움?"

"발굴을 한 번 더 해야 합니다."

나오코는 암호해독이 잘못됐다는 사실을 짧게 설명했다. 다카세도 놀란 듯했다. "예? 그럼, 큰일이네요"라며 문 안으로 사라졌다. 그리고 마스터와 셰프에게 큰 소리로 말하는 게 들렸다. 그에게 대답하는 두 사람의 목소리도 상당히 컸다.

얼마 뒤 문을 열고 나온 것은 마스터였다.

"알겠습니다. 지금 당장 가죠."

그로부터 10분 뒤, 나오코와 마코토에 다카세, 마스터, 셰프까지 가세해 다섯 명은 창고에서 삽을 꺼내 출발했다. 선두는 나카세였다.

"그런데 놀랍네."

삽을 어깨에 메고 걸으면서 셰프가 말했다.

"그럼, 뭐야? 가와사키 씨도, 고이치 씨도, 에나미도, 게다가 나오코 씨와 마코토 씨까지 암호문을 잘못 해독했다는 거야?"

"아니요, 아마 고이치 씨만은 제대로 풀었을 겁니다."

마코토가 돌아보며 대답했다.

"하지만 '하늘이 붉게 물들 때⋯⋯'라고만 적어놓아서, 에나미 씨가 오해했겠죠."

"흐음, 역시 그랬군. 그러나 그 오해가 가와사키 씨의 오해와 일치하는 바람에 보석을 발견했으니, 얄궂네."

"하지만 진짜 장소에는 도대체 뭐가 있을까?"

다카세가 조금 긴장한 표정을 지으며 누구에게랄 것도 없이 물었다.

"그녀가 뭔가 숨겨놓았나?"

셰프는 마스터에게 말을 걸었지만 마스터는 그저 고개만 흔들었다. 셰프가 말한 '그녀'는 영국인 부인일 것이다.

"거의 다 됐어요."

마코토가 동쪽 하늘을 올려다봤다. 확실히 하늘이 어렴풋이 밝아오고 있었다.

"서두릅시다."

다카세가 속도를 올렸다.

그로부터 몇 분 뒤, 동쪽에 늘어선 두 산등성이 사이로 천천히 태양이 얼굴을 내밀었다. 그때 나오코는 이 암호는 이 시기가 아니면 해독할 수 없다는 것을 깨달았다. 시기가 달라지면 태양이 두 산 사이로 숨어버리기 때문이다.

햇살에 비친 돌다리의 그림자는 강의 상류 쪽에 드리워져 있었다. 그리고 지금, 그 그림자는 완전히 이어져 있었다.

"저기예요."

마코토가 제일 먼저 말했다. 눈이 많이 쌓여 걷기 힘들었다. 그래도 모두 열심히 걸어갔다. 늦으면 그만큼 위치가 불확실해진다.

"여깁니다."

가장 먼저 도착한 다카세가 삽을 꽂았다. 이어서 마코토, 마스터가 삽을 쥐었다.

셰프의 삽에서 둔탁한 소리가 났다. 다른 네 사람도 얼굴빛을 바꿔 열심히 흙을 파내기 시작했다. 얼마 후 사방 1미터 정도의 나무뚜껑이 나타났다. 보석이 들어 있던 상자보다 훨씬 컸다.

"있다……."

마코토가 말했다. 거친 숨소리와 떨리는 목소리는 발굴 작업 때문만은 아니었다.

"열어보자고."

마스터가 삽을 뚜껑 사이에 넣고, 요령껏 들어 올렸다. 삐걱대는 마찰음과 함께 나무뚜껑이 조금씩 올라가기 시작했다.

"열렸다!"

셰프가 안달이 났는지 뚜껑 안을 들여다봤다. 그리고 안을 보자마자 다섯 명의 얼굴에서 핏기가 사라졌다.

"이런 일이……."

나오코는 얼굴을 감쌌다. 그들의 눈앞에 나타난 것은 보물이 아니라 백골이 된 사체였다.

7

다카세가 경찰에 연락하러 간 사이, 남은 네 사람은 나무상자에서 떨어지지도, 다가가지도 못한 채, 삽을 들고 우두커니 그 자리에 서 있었다. 진짜 백골 사체를 본 적 없지만 누구나 나무상자 안에 잠들어 있는 것이 몇 년 전에 죽었다는 영국인 부인의 아들이라는 사실을 그 크기로 추정할 수 있었다. 영국인 여성은 아들을 묻고, 그 장소를 머더구스의 주문으로 산장에 남겨놓았던 것이다.

"이제야 이해가 가네."

불쑥 마코토가 말했다. 그리고 그녀는 청바지 주머니에서 메모를 꺼내, 그중 한 페이지를 나오코에게 보여줬다.

"「잭과 질」이라는 노래야. 왜 이 노래만 암호해독에 쓰이지 않는지 신경이 쓰였거든."

"「잭과 질」?"

나오코는 그 메모를 들었다.

Jack and Jill went up the hill

To fetch a pail of water;

Jack fell down and broke his crown,

And Jill came tumbling after.

잭과 질은 언덕에 올라

물을 한 동이 가득 길었네,

잭이 떨어져 왕관이 깨졌네,

그리고 질도 따라 미끄러져 넘어졌네.

"아들이 절벽에서 떨어져 죽었죠?"

마코토가 셰프와 마스터 쪽을 돌아보며 확인했다. 셰프가 괴로워하며 고개를 끄덕였다.

"잭은 아들이고 질은 뒤를 따라 자살하기로 결심한 자신을 가리키는 거야. 그 아들의 사체를 런던 브리지 밑에……. 역시 생각해 보면 아무것도 아니었던 거야. 그저 런던 브리지 아래 사람들을 묻었다는 얘기였던 거지."

"미안하지만……."

셰프가 마코토의 말에는 전혀 관심이 없다는 듯 대화에 끼어들었다.

"먼저 숙소로 돌아가는 게 좋지 않겠소? 뒤는 나와 마스터가 맡아도 될 테니까."

에필로그

1

    나오코와 마코토는 그날 오전 중에 머더구스를 떠났다. 백골 사체로 소란스러웠지만 남아 있는 손님은 더 이상 없었다. 마스터와 셰프에게 뒷일을 맡기기로 했다.

    두 사람은 여기 올 때 타고 온 흰색 왜건에 올라 숙소를 뒤로 했다. 벽돌담, 첨탑. 지금 돌이켜봐도 여전히 독특한 인상을 주었다.

    "아직 하나 납득할 수 없는 게 있어."

    미련이 남은 듯 뒤를 돌아보고 있는 나오코 곁에서 마코토가 중얼거렸다. 팔짱을 끼고, 늘 뭔가를 생각할 때 짓는 표정을 하고 있었다.

    "마코토가 그런 얼굴을 하고 있으면 왠지 무서워."

    "가와사키 가즈오 씨는 왜 보석을 암호장소에 묻었을까? 죽음을 각오한 인간의 마지막 여흥이라고 해도, 제정신으로 할 수 있는 일은 아니잖아?"

"그러니까　　　."

나오코는 말끝을 흐렸다.

"제정신이 아니었겠지."

"그럴까? 그 암호는 머리가 이상한 사람이 풀 수 있는 게 아니야. 가와사키 씨는 죽기 반년 전에 숙소에 왔었으니까 그때 주문에 대해 알게 됐고, 아마 열심히 암호를 풀었을 거야. 일부러 그런 일을 했다는 것은 확실히 어떤 목적이 있었을 텐데."

마코토가 침울한 표정으로 더 이상 말을 하지 않았다.

자동차는 이곳에 왔을 때와 같은 길을 정확히 되짚어 달렸다. 스쳐 지나가는 차는 하나도 없었다. 자신들이 있던 장소가 얼마나 세상과 격리된 곳이었는지 나오코는 새삼 깨달았다.

"제 추리를 말해도 될까요?"

지금까지 묵묵히 핸들을 잡고 있던 다카세가 갑자기 말을 꺼냈다. 두 사람은 허를 찔린 것처럼 순간적으로 답을 하지 못했지만 나오코는 곧바로 "그러세요"라며 미소 지었다. 룸 미러 속에서 다카세와 눈이 마주쳤다.

"가와사키 씨가 죽음을 각오했으면서도 보석을 가지고 나온 데는 어떤 이유가 있을 겁니다."

"그러니까 그건 죽기 전에 하고 싶은 일을 하고 싶어서 ……."

나오코의 말에 그는 부드럽게 웃었다. 부정의 미소였다.

"그렇다면 묻었을 리가 없죠. 바로 돈으로 바꾸면 되는데."

"동감입니다."

마코토가 팔짱을 낀 채 수긍했다.

"그러니까 자신을 위해 훔친 게 아니다."

"그렇습니다."

급커브길이 나왔지만 다카세가 정교하게 핸들을 꺾었다.

"누군가를 위해 훔쳤다고 생각합니다."

"누구를 위해? 그런 사람이 있나요?"

"있습니다. 딱 한 사람."

"누구? 부모?"

그렇게 말하던 나오코는 깜짝 놀랐다. 그녀의 뇌리에 떠오른 것은, 가와사키 가즈오가 20년 전쯤에 외도로 아이까지 낳았다는 이야기였다.

"역시, 다른 여자에게서 낳은 아이에게 물려줄 생각이었나?"

마코토도 셰프의 이야기를 떠올린 모양이었는데, "하지만 왜 암호장소에 묻었을까?" 하며 고개를 갸웃했다.

"그거야 정상적인 상속은 불가능했기 때문입니다. 수천만 엔에 달하는 보석을 건네면 그 아이는 처리하기 힘들 겁니다. 입수경로를 설명할 수 없으니까요. 그래서 습득물이라는 형태로 손에 들어가게 하려고 했을 겁니다."

"그렇군요. 우선 보석을 암호장소에 묻고, 암호해독 방법을
아이에게 가르쳐준다. 충분한 시간이 흐른 다음, 그 아이가
보석을 파낸다. 가와사키 씨의 숨겨진 아이라는 게 들통 나
지 않는 한, 그 아이와 보석의 인과관계는 없으니, 습득물로
처리된다."

"그래서 가와사키 씨는 묻은 사람이 누군지 알아낼 수 없도
록 가명을 쓴 겁니다. 전 주인인 영국인 부인이 그걸 묻었다
고 생각하겠지만 증명할 방법도 없으니, 결국 보석은 그 아
이 것이 되겠죠."

"하지만 그렇다면, 훨씬 전에 그 아이가 보석을 파내어 갔
을 텐데요?"

나오코가 물었다.

"그 아이는 아마 계획만 들었을 겁니다. 해독 방법을 알아
내기 전에 가와사키 씨가 죽었고, 게다가 보석이 가짜라는
얘기도 들었던 게 아닐까요."

"흐음……."

법적으로는 남남이지만 자신의 진짜 아버지가 목숨을 걸고
그렇게까지 준비했는데도 그 보석이 가짜라는 사실을 알았
을 때의 심정은 어땠을까.

"그러나 가와사키 씨 부인은 남편이 무슨 일을 꾸미고 있다

는 것을 알아차렸죠. 그래서 만일을 생각해 가짜로 바꿔치기 했다……. 빼낸 보석을 세컨드에게 가지고 갈 거라는 사실까지 간파했을 수도 있죠. 그러고 보면 여자는 참 무서운 존재예요."

"그러고 보니, 가미조 씨는 보석이 암호장소에 숨겨져 있다는 사실을 어떤 정보원한테 들었다고 했는데 그게 누구였을까?"

어제의 얘기를 떠올리며 나오코가 말했다. 그러자 옆에 있던 마코토가 툭 내뱉었다.

"분명히 그 아이가 연락했겠지. 안 그래요? 다카세 씨?"

다카세는 운전에 정신이 팔렸는지 조금 뜸을 들인 다음, "그렇습니다"라고 대답했다.

자동차는 얼마 뒤 마구간을 연상시키는 조그만 역에 도착했다. 다카세는 개찰구까지 배웅해 주었다.

"여러 가지로 정말 고마웠습니다. 다카세 씨 덕분에 정말 많은 도움을 받았습니다."

나오코가 공손히 인사했다.

"무슨 말씀을……. 아무것도 한 게 없는데요."

다카세는 수줍어하며 손을 저었다.

"앞으로 어떻게 하실 생각이세요?"

마코토가 물었다.

"일단 시즈오키에 있는 이미니에게 가려고요. 나음 일은 천천히 생각해 봐야죠."

"그러세요? 어머님께도 안부 전해주세요."

"예."

마코토가 오른손을 내밀었다. 다카세는 그녀의 얼굴을 본 후 그 손을 꼭 잡았다. 그리고 나오코도 그와 악수했다.

열차가 들어왔다. 나오코와 마코토는 열차 쪽으로 걷기 시작했는데, 마코토가 도중에 걸음을 멈췄다.

"다카세 씨, 성함을 알려주시지 않았는데요."

그는 큰 소리로 대답했다.

"게이이치입니다. 다카세 게이이치."

마코토는 손을 흔들었다.

"안녕히 계세요, 게이이치 씨!"

나오코도 손을 흔들었다.

열차가 움직이기 시작했는데도 여전히 다카세는 손을 흔들고 있었다. 그것을 보고 마코토가 중얼거렸다.

"그 역시, 아버지가 죽은 비밀을 찾기 위해 이런 곳에 와 있었던 게 아닐까?"

나오코는 그 의미를 순간적으로 알아차렸다. 숨을 죽이고 창밖을 다시 한번 돌아보았다. 손을 더 크게 흔들고 싶은 충동에 사로잡혔지만 역은 더 이상 보이지 않았다.

에필로그

2

　라운지에는 남자 둘만 남아 있었다. 수염을 기른 남자와 뚱뚱한 남자. 두 사람은 카운터 의자에 나란히 앉아, 싸구려 스카치를 온더록으로 마시고 있었다.

　뚱뚱한 쪽이 먼저 입을 열었다.

　"왜지?"

　수염을 기른 남자가 살짝 고개를 갸웃했다. 질문의 뜻을 확인하는 듯했다.

　뚱뚱한 쪽이 다시 한번 물었다.

　"왜 이게 그 아이와 함께 상자에 들어 있는 거지?"

　그는 카운터 위에 작은 금속조각을 내던졌다. 딱딱한 소리가 라운지에 퍼졌다가 사라졌다.

　수염 난 남자는 슬쩍 보고는 차갑게 대답했다.

　"아마 그 아이가 죽었을 때 지니고 있었겠지."

　"그러니까."

뚱뚱한 남자는 잔을 세게 잡았다.

"그게 왜냐고 묻는 거잖아!"

수염 난 남자는 대답하지 않았다. 잔에 담긴 호박색 액체를 슬픈 눈으로 바라보고 있었을 뿐이다. 뚱뚱한 남자가 계속했다.

"그때 너는 못 찾았다고 했어. 찾지 못하고, 눈보라가 너무 세서 돌아왔다고 했어. 괴로운 표정으로 분하다는 듯 눈물까지 지으며. 그 눈물은 연기였나?"

"그렇지 않아."

드디어 수염 난 남자가 대답했다. 하지만 그것뿐이었다. 다시 조개처럼 굳게 입을 다물어버렸다. 뚱뚱한 남자는 병을 잡고 초조하게 잔에 따랐다.

"말해줘. 도대체 무슨 일이 있었어? 너는 그 아이를 찾은 거야, 못 찾은 거야?"

한동안 시간만 흘렀다. 두 사람의 숨소리 외에는 아무 소리도 들리지 않았다. 뚱뚱한 남자는 수염 난 남자의 옆얼굴을 바라봤고, 그 눈길을 받은 남자는 들고 있는 잔에 시선을 보냈다.

"내가 발견했을 때……"

수염 난 남자가 무겁게 입을 열었다.

"그 아이는 아직 살아 있었어."

뚱뚱한 남자의 얼굴에 경련이 일었다.

"뭐라고?"

"눈 속에서 정신을 잃고 있었지만 숨은 쉬고 있었어. 나는 그 아이를 업고 걷기 시작했어.. 그 아이를 보고 그녀가 기뻐하는 모습을 상상하며 발을 옮겼어……"

남자는 이쯤에서 문득 한숨을 쉬었다. 꿀꺽 하고 스카치를 한 모금 마셨다.

"눈보라가 강해서 그랬는지, 발밑이 무너졌는지, 기억이 분명진 않아. 아마 그 둘 다였던 것 같아. 순식간에 내 몸이 나뒹굴었어. 오랜 시간 찾아다니느라 몸이 많이 약해졌던 모양이야. 나는 어찌어찌 해서 몸을 일으켰지만 발을 다쳤어. 게다가 아이가 사라졌지. 한쪽 발로 열심히 찾았더니, 절벽 중턱에 걸려 있는 게 보였어. 하지만 그 발로는 거기까지 갈 수가 없었어. 나는 온 힘을 다해 별장으로 돌아왔어. 그리고 사정을 얘기하려고 했지."

"하지만 그런 얘기는 없었잖아."

"말할 생각이었어. 하지만 별장에서 기다리고 있던 그녀를 본 순간, 말할 수가 없었어."

"……왜?"

"그녀는 남편 사진을 가슴에 품고 기도하고 있었어. 그 순간, 나는 깨달았어. 그 아이는 그녀에게 남편의 분신이었어.

그 이이기 있는 한 그녀의 마음은 나른 남자에게 가지 않는다는 걸……"

"……."

"나는 그날 밤, 그녀에게 프러포즈할 생각이었어."

"……."

뚱뚱한 남자는 그에게서 시선을 떼고, 술잔을 단숨에 들이켰다. 그리고 빈 잔을 움켜쥐고, 정면 선반을 향해 힘껏 집어던졌다. 사방으로 유리가 흩어지는 소리가 나고, 곧 다시 정적이 찾아왔다.

다른 남자는 아무 소리도 못 들은 것처럼 여전히 무표정이었다.

"그녀는 다음 날 아들의 사체를 발견한 동시에 이것도 발견했겠지. 떨어질 때 아이는 순간적으로 이걸 움켜쥐었을 거야."

남자는 테이블 위의 금속조각을 들었다.

"그래서 그녀는 내가 아이를 버려두고 왔다는 걸 알았겠지. 하지만 그녀는 직접적으로 내게 말하지 않고, 다른 사람에게도 말하지 않았어. 하지만 아들의 사체를 묻고, 그 장소를 암호로 표시했지."

"그리고 그 암호를 네게 상속했지."

"죽인 아이의 사체를 지키는 파수꾼 역할을 시킨 거지. 암호를 풀면 자신의 죄를 고백해야 하고, 풀지 못하면 영원히 파수꾼을 해야 하고."

"그게 그녀의 복수였겠지."

"아무래도…… 그런 것 같아."

수염 난 남자는 금속조각을 다시 한번 바라보았다. 그것은 조그만 배지였다. 그가 오래전 가입했던 등산회 배지. 거기에는 'KIRIHARA'라고 새겨져 있었다.

마코토가 나오코의 옆에서 몸을 일으켰다. 지금까지 자고 있었는데 갑자기 몸을 일으켰기 때문에 나오코가 놀랄 정도였다.

"꿈을 꿨어."

마코토는 살짝 식은땀까지 흘리고 있었다.

"어떤 꿈?"

"……글쎄, 잘 기억나진 않아."

"원래 그래. 귤 먹을래?"

"아니, 됐어."

마코토는 가방 안에서 머더구스 책을 꺼냈다. 팔락팔락 책장을 넘겨 한 페이지를 펼쳤다.

"그 펜던트의 새 말이야, 울새일지도 몰라."

"울새?"

나오코는 마코토가 표시한 페이지를 보았다. 그러고는 나지막하게 읊조려보았다.

"누가 울새를 죽였나? '그건 나'라고 참새가 말했다……라고?"

마코토는 책을 덮고 말했다.

"잘 모르겠는데, 왠지 여자는 무서운 존재 같아."

나오코는 재미있다는 듯 웃었다.

열차는 곧 도쿄에 도착할 예정이다.

우리가 히가시노 게이고의 늪에
흔쾌히 빠질 수 있는 이유

   밀실살인. 이만큼 추리소설의 단골로 등장하는 설정도 드물 것이다. 멀리 애거사 크리스티부터 최근 작품에 이르기까지, 폐쇄된 공간에서의 살인 혹은 공포는 형식을 달리하며 진화해 왔다. 말할 것도 없이 잠겨 있거나 닫혀 있는 상황이 주는 치명적인 매혹 때문이다.

   그 매혹의 출발점은 밀실에서 살인이 일어난다는 것이 언뜻 불가능한 일로 비쳐진다는 것이다. 그러므로 피살자는 있되, 살인자는 오리무중이다. 밀실은 살인을 살인이 아닌 것처럼 봉합하려는 범인의 의도에 의해 조장된 장치일 경우가 많다. 그렇다면 밀실은 원칙적으로 밀실이 아닌 것이다. 거기에는 반드시 틈새가 있다는 얘기다. 이것이 밀실추리물이 독자에게 가져다주는 재미의 백미다.

관계된 자들의 경악은, 밀실살인이라는 비논리적인 상황을 논리적으로 규명하려는 시도로 발전한다. 추리에 살이 붙을 수록 틈새의 정체는 서서히 드러난다. 그리고 거기에는 수면 아래 감춰져 있던, 연루된 자들의 숨은 욕망이 도사리고 있다. 그런 의미에서 밀실추리물은 욕망이 충돌하는 극적인 장치이며, 그 욕망을 숨기려는 또 다른 욕망과 그 욕망을 들춰 내려는 제3의 욕망이 파열하는, 일종의 부조리인 셈이다.

《하쿠바산장 살인사건》은 이런 밀실추리물의 매력을 고스란히 간직하고 있다. 스키장 주변에 있는 펜션에서 밀실살인 사건이 발생한다. 희생자의 여동생이 그의 친구와 함께 사건 발생 1년 뒤 펜션을 방문해 탐정을 자처한다. 문은 안에서 굳게 잠겨 있었고, 창문도 열린 흔적이 없다. 희생자는 여러모로 자살했을 정황 증거를 남겨놓았다. 그러나 당시 그를 봤던, 그리고 1년 뒤 다시 펜션을 찾은 사람들은 그가 자살했을 가능성에 그리 흔쾌히 동의하지 않는다. 여동생의 추리는 거기에서부터 시작된다. 과연 누가, 어떤 동기에 의해 어떻게 그를 살해했을까.

단지 여기까지라면 이 작품은 흔한 밀실추리물의 전형을 답습하고 마는 데 그쳤을지 모른다. 이 소설의 진정한 미덕은, 밀실살인이라는 상황을 일종의 맥거핀(소설이나 영화에서 독자나 관객의 주의를 일부러 다른 곳으로 돌리기 위해 사용하는 속임수 또는 트릭)처럼 활용한다는 점이다. 작가가 독자들에게 제시한, 미스터리의 열쇠는 손에 넣기에 훨씬 더 복잡하다. 펜션의 각 방에 걸려 있는 벽걸이의 동요 머더구스가 그 열쇠인데, 이는 일종의 암호로 실타래처럼 얽힌 사건의 정황을 해독하는 데 중요한 역할을 한다. 개별적으로는 전혀 연관성이 없는 듯한 동요들은, 어떤 규칙에 의해 재조립되며 서서히 사건 해결의 결정적인 단서를 제공한다. 이 과정을 따라가다 보면 작가 히가시노 게이고의 치밀하고도 정교한 상상력에 혀를 내두를 수밖에 없게 된다.

히가시노 게이고는 이 복잡한 추리물을 더욱 매력적으로 만들기 위해 '도미노 살인'이라는 또 다른 장치를 가미한다. 첫 번째 살인과 두 번째 살인, 그리고 세 번째 살인 사이에는 언뜻 연관성이 없어 보인다. 게다가 각각의 살인에는 서로 다른 동기가 얽혀 있다. 그것이 하나의 지점으로 모이는 상황에서 드러나는 또 다른 엄청난 비밀이 일순간에 독자들을 경악하게 만드는 것이다.

이처럼 《하쿠바산장 살인사건》은 밀실추리물의 전형 위에 암호와 도미노 살인의 긴장감을 중첩시키며 독자들을 혼란의 늪에 빠뜨린다. 하지만 어찌 된 일인지 우리는 그 늪에 흔쾌히 빠져 기쁘게 허우적댈 수 있다. 희미하지만 언젠가 분명히게 보이는 밧줄이 내 앞에 도달하고, 밧줄을 손아귀에 움켜쥐었을 때의 쾌감이 상당하리라는 믿음이 있기 때문이다. 그것이 바로 히가시노 게이고의 추리소설이 매혹적인 이유일 것이다.

민경욱

● 일러두기
　이 책은《백마산장 살인사건》의 개정판입니다.

하쿠바산장 살인사건

1판 1쇄 발행 2008년 6월 1일
2판 1쇄 발행 2020년 4월 27일
2판 8쇄 발행 2024년 1월 25일

지은이 히가시노 게이고
옮긴이 민경욱

발행인 양원석
편집장 김건희
디자인 오필민디자인
영업마케팅 조아라, 이지원, 한혜원, 정다은

펴낸 곳 ㈜알에이치코리아
주소 서울시 금천구 가산디지털2로 53, 20층 (가산동, 한라시그마밸리)
편집문의 02-6443-8902   **도서문의** 02-6443-8800
홈페이지 http://rhk.co.kr
등록 2004년 1월 15일 제2-3726호

ISBN 978-89-255-6913-0 (03830)